Das Buch

Daß die Unterwelt von Chicago zum größten Teil aus Verbrechern besteht, läßt sich leider nicht leugnen. Aber wenn man so schlau ist wie Kommissar Hillbilly vom 72. Bezirk, dann versteht man zu differenzieren. Zwischen den brutalen Gangstern des dicken Jim Cooper zum Beispiel, dessen Syndikat einen saftigen Happen der glitzernden Großstadt verwaltet, und dem genialen Außenseiter Dickie Dick Dickens, der sich als Einzelkämpfer durchschlagen (und -schießen) muß, um seiner blonden Braut Effie ab und zu ein Smaragdarmband schenken zu können. Dickie Dick Dickens gehört zu den seltenen Gaunern, die Witz und Menschlichkeit haben, und so ist es kein Wunder, daß er seit Jahrzehnten einen begeisterten Fan-Club besitzt.

Die Autoren

Rolf und Alexandra Becker wurden am 25. November 1923, respektive am 10. Juli 1925 geboren. ›Dickie Dick Dickens‹ (1959) ging aus einer Sendereihe des Bayerischen Rundfunks hervor. Weitere Werke: ›Familie Schölermann‹ (1960), ›Gestatten – mein Name ist Cox‹ (1960), ›Dickie gibt kein Fersengeld‹ (1961), ›Mord auf Gepäckschein 3311‹ (1967), ›Verbrich mir nichts‹ (1975), ›Rendezvous mit meinem Mörder‹ (1977), ›Die Experten‹ (1981), ›Pinkus, der Hochhausdetektiv‹ (1982), ›Pinkus und der einsame Wolf‹ (1983), ›Kommissar Lamm‹ (1984) u. a. m.

Dickie Dick Dickens
Kriminalsatire
von Rolf und Alexandra Becker:

Nachwort von
Toni Budenz und Peter Glock

Deutscher
Taschenbuch
Verlag

dtv

Das Buch entstand nach den erfolgreichen und wiederholten Sendungen im Bayerischen Rundfunk

Im Text ungekürzte Ausgabe
April 1984
Deutscher Taschenbuch Verlag GmbH & Co. KG, München

Umschlaggestaltung: Celestino Piatti unter Verwendung einer Zeichnung von Brian Bagnall
Gesamtherstellung: C. H. Beck'sche Buchdruckerei, Nördlingen
Printed in Germany · ISBN 3-423-10255-1

Ereignisfolge

Vorbemerkung und Quellennachweis

Wenn wir an dieser Stelle den Versuch unternehmen, die Geschichte von Dickie Dick Dickens aufzuzeichnen, die Geschichte des gefährlichsten Mannes der Vereinigten Staaten von Amerika, so sind wir uns der Schwierigkeit unserer selbstgestellten Aufgabe wohl bewußt. Die Einmaligkeit dieses Mannes mit der Feder abzumessen, seine fraglos fragwürdigen Abenteuer in der nüchternen Sprache eines Tätlichkeitenberichtes wiederzugeben, ist wahrlich – wie auch der geneigte Leser sehr bald bemerken wird – kein leichtes Unterfangen.

So wahrscheinlich es auch klingen mag, so problematisch war es doch, authentisches Material über das Leben des Mannes zu finden, dem diese Zeilen gewidmet sind; problematisch vor allem deshalb, weil bis zum heutigen Tage kein absolut schlüssiger Beweis dafür vorliegt, daß er tatsächlich gelebt hat.

So waren die Autoren gezwungen, aus zahllosen, zum Teil zweifelhaften, zum Teil nicht existenten Quellen das Tatsachenmaterial zusammenzutragen, dessen reiche Fülle zu sichten, zu sieben, auszuwerten und widersprechende Fakten in vergleichender Analyse gegeneinander abzuwägen, um eine übersichtliche und allgemein verständliche Darstellung von infinitesimaler Wahrhaftigkeit geben zu können.

Der Bericht stützt sich zum großen Teil auf die fragmentarisch in Urschrift kaum mehr zugänglichen Memoiren des Verbrecherkönigs, die, mit einem Vorwort von E. T. A. Lawrence versehen, am 15. August 1932 der Öffentlichkeit vorenthalten wurden, sowie auf den regen Briefwechsel, den Dickie Dick Dickens in seiner Reifeperiode mit seiner Jugendfreundin Bella Cora del Hortini geführt hat, wobei wir nicht versäumen wollen, Madame del Hortini unseren tiefempfundenen Dank für die Zurverfügungstellung der Dickens'schen Briefe auszusprechen, die streckenweise von hoher dichterischer Ausdruckskraft sowie tiefer lyrischer Besinnlichkeit den wahren Charakter des so oft Verkannten ahnen lassen.

Entsprechenden Dank schulden die Autoren auch dem greisen Kriminalkommissar Hillbilly und dem Polizeischreiber Alois McStriplecownsfield, auf Grund deren Zeugnis so manche Lücke in dem oft recht verworrenen Lebensweg des großen Dickie Dick Dickens geschlossen werden konnte.

Wertvolle Hinweise erhielten wir durch die Wandkritzeleien, die wir in verschiedenen Zellen des Stadtgefängnisses von Chicago sowie dem Zuchthaus Sing-Sing vorfanden, wo Dickie Dick Dickens die leidvollsten Monate seines Lebens verbracht haben soll. Den amerikanischen Gefängnisbehörden sei Dank, daß sie die historischen Gefängniswände in ihrem ursprünglichen Zustand belassen haben.

Der Ergründung der geographischen Lage des Geschehens diente ein freundlicherweise von der Verlagsgesellschaft Glock und Lutz, Nürnberg, zur Verfügung gestellter Weltatlas; für die möglichst lebensechte Wiedergabe der Umgangssprache in den beschriebenen Verbrecherkreisen leistete ›Brehms Tierleben‹ unschätzbare Dienste.

So legen wir denn die folgenden Zeilen in die Hände der Öffentlichkeit mit dem Wunsche, daß sie klärenden Aufschluß über einige rätselvolle Geschehnisse aus einer erst jüngst vergangenen Epoche unseres Jahrhunderts zu geben vermögen, über Geschehnisse, die – dessen sind wir uns gewiß – so mancher mit Recht für völlig unglaublich halten wird.

Die Verfasser

Die wasserdichte Damen-Präzisions-Armbanduhr

Wie man drei Tage an Fememorde glaubt, das muhkuhende Grunzen des Gangsterbosses hört und eine Nacht ohne Leiche erlebt ...

Wir erzählen Ihnen die Geschichte von Dickie Dick Dickens, dem gefährlichsten Mann, den die Unterwelt Chicagos je ausgespuckt hat.

Dickie Dick Dickens – gefürchtet, verachtet, gehaßt – ein Ausgestoßener. Und doch: Hat nicht auch er beigetragen, der herrlichen Millionenstadt ihren geheimnisvollen Glanz zu geben? War es nicht Dickie Dick Dickens, der mit seinen aufsehenerregenden Taten der Stadt erst das rechte Gepräge gegeben hat? So, wie wir uns heute nicht mehr vorstellen können, daß ein Geschäftsmann ohne Auto, ein Haushalt ohne Kühlschrank auskommt, so erscheint uns auch Chicago ohne Dickie Dick Dikkens unmöglich.

Hier also, in Chicago, verlebte Dickie Dick Dickens achtundsechzig Prozent seines sensationellen Lebens. Die restlichen zweiunddreißig Prozent verbrachte er in Sing-Sing, der modernsten Strafanstalt der Staaten.

Es war ein heißer Julitag im Jahre 1924. Chicago – sowieso ein heißes Pflaster – brütete unter den brennenden Strahlen der unerbittlichen nordamerikanischen Sonne.

Die Stadt war gewissermaßen in Schweiß gebadet.

An jenem Tage, im Juli 1924, machte Dickie Dick Dickens zum erstenmal in seinem Leben die Unterwelt Chicagos aufhorchen.

In einer kleinen, dreckigen Kneipe im Osten der Stadt saßen zwei Männer und tranken verdrossen ein warmes, labbriges Bier.

»Hast du gehört, Chef?« fragte der kleinere von beiden. Seine Stimme klang unterwürfig und eilfertig. Er trug eine Schirmmütze aus Leinen, und sein Schlips sah aus, als wollte er sich selbst strangulieren.

Der Kleine beugte sich vor. »Ein neuer Mann macht sich mausig, Jim!«

Der mit Jim Angeredete sah geradeaus. »So?« sagte er und ließ seine Zigarette bedächtig von einem Mundwinkel in den anderen wandern.

Aber der Kleine ließ sich nicht beirren. »Hat heute mein Revier abgegrast. Zwei Brieftaschen, ein Portemonnaie und eine wasserdichte Damen-Präzisions-Armbanduhr.«

Er schwieg einen Augenblick, sah, daß die Zigarette im Mund des anderen wieder zu wandern begann, holte befriedigt Luft und redete weiter. Eifrig, giftig und sabbelig. »... und das in *meinem* Revier, Chef!«

Wieder beobachtete er sein Gegenüber.

Der große, bullige Mann sah immer noch in die Ferne. Übrigens war es lächerlich, in eine Ferne zu blicken, die aus schmierigen Fensterscheiben und braun-grau verschmutzten Gardinen bestand, Gardinen, die nach kaltem Rauch und Bierdunst stanken.

»Ich frage dich, Jim«, fing der Kleine wieder zu zetern an, »hat es Tom Coglan nötig, sich die fettesten Happen von einem Hergelaufenen wegschnappen zu lassen? Phe! Man müßte den Burschen abschießen!«

Der Große, Bullige stand auf. Knallte ein Geldstück auf die Tischplatte.

»Red nicht so viel, Tom! Tu es!« sagte er und rollte das r wie Donnerhall.

Dann tippte er grüßend mit dem Zeigefinger an den Hut, steckte die Hände in die Jackentaschen und verließ gleichgültigen Blickes die Kneipe.

Und der kleine Tom Coglan starrte ihm mit offenem Munde nach. Nicht jeder konnte sich rühmen, mit Jim Cooper, dem mächtigsten Bandenführer von Chicago, ein Bier getrunken zu haben.

Noch dazu ein warmes!

Am Abend jenes heißen Tages im Juli 1924 machte sich der Taschendieb Tom Coglan auf die Suche nach Dickie Dick Dikkens, dem Mann, der ihm in sein Handwerk gepfuscht hatte. Tom Coglan unternahm es, einen Mann zu suchen, von dem er weder Namen noch Gestalt kannte.

Es dauerte zwei Tage, bis er ihn fand.

Es dauerte weitere zwei Tage, bis die Polizei die Leiche entdeckte.

Am Mittag des zweiten Tages tippte der wachhabende Revierführer des Bezirkes 72, Chicago West, ein Protokoll über die Auffindung einer männlichen Leiche, angeschwemmt am Westufer des Michigansees.

Der Tote konnte als der mehrfach vorbestrafte, rückfällige Taschendieb Tom Coglan identifiziert werden. Die Polizei vermute, daß der Tote zur Bande des hinlänglich berüchtigten Jim Cooper gehöre. »Vom Täter fehlt jede Spur.« Mit diesem Satz endete das Protokoll.

»Vermutlich wieder ein Feme-Mord von einer anderen Bande«, meinte Kriminalkommissar Hillbilly, nachdem er das Protokoll gelesen hatte. »Die Gangster nehmen uns die Arbeit ab. Glauben Sie mir«, wandte er sich an den Sergeanten, »wir hätten doppelt soviel* Verbrecher in Chicago, wenn die Herren nicht geruhten, sich gelegentlich gegenseitig abzuknallen.«

»Das gehört bei denen schon zur Höflichkeit«, knurrte der Sergeant und heftete das Protokoll ab.

»Hä«, lachte Kommissar Hillbilly, »soll mich nicht wundern, wenn die Brüder eines schönes Tages um das Polizei-Verdienst-Kreuz einreichen!«

Der Sergeant hielt es für geraten, über diesen markigen Witz seines Vorgesetzten ein trockenes, männliches Lachen hören zu lassen. So was ist immer gut, gibt dem Vorgesetzten das wohlige Gefühl, ein Prachtbursche zu sein, dem Untergebenen die Gelegenheit, gefahrlos eine Abart von eigener Meinung laut werden zu lassen.

Der Kommissar lächelte programmgemäß dünn und selbstgefällig, sandte einen wohlmeinenden Seitenblick auf den Sergeanten und fragte: »Was gefunden bei dem Kerl?«

Der Sergeant antwortete, nun wieder ein ganzer Diensttuender in Haltung und Stimme: »Jawohl, Herr Kommissar! Zwei Brieftaschen, ein Portemonnaie und eine wasserdichte Präzisions-Damen-Armbanduhr. Übrigens geht die Uhr zehn Minuten nach.«

»Schlamperei!« knurrte der Kommissar und verließ stiefelknarrend die Wachstube.

In der Tür wandte er sich um. »Warum brüllen Sie eigentlich immer so, wenn Sie mit mir reden?« fragte er den Sergeanten.

* Nach späteren Ermittlungen des Bevölkerungsstatistikers Max Wellcoff dürfte es sich sogar um annähernd *drei*mal soviel Verbrecher handeln. Dazu: Sozialpolitische Albumblätter, Aprilheft 1951: »Der Einfluß der Unterwelt auf die Reduzierung der Bevölkerungsziffer in den sog. fortschrittszugewandten Ländern.«

Dann schüttelte er den Kopf und verließ endgültig den Raum. Der große, bullige Mann, den der so wässerig zugrunde gegangene Taschendieb Tom Coglan mit Jim angeredet hatte, saß wieder in jener kleinen, dreckigen Kneipe am Rande der Stadt.

Die Kneipe hieß »The Baby's Bottle«, was soviel wie »Babyflasche« bedeutete. »The Baby's Bottle« diente dem mächtigen Bandenführer Jim Cooper – in Gangsterkreisen auch »Jim der Dickköpfige« genannt – als eine Art Residenz. Hier erteilte er Aufträge und nahm Meldungen entgegen. Der Wirt von »Baby's Bottle« hatte längst das Geld, aus der schmutzigen Spelunke eine ansehnliche Wirtschaft zu machen. Doch Jim Cooper verbot das. Erstens hätte er es seines Gansterstandes für unwürdig gehalten, in einer renovierten Wirtschaft mit sauberen Mullgardinen Audienz zu halten, und zweitens hatte er hier schon als kleiner Junge Schokolade und Toilettenhandtücher gestohlen. O nein – Jim Cooper hielt in diesen Dingen auf Form und Tradition.

Gangster sind nun mal so!

In »Baby's Bottle« also saß der Chef; breitschultrig, einäugig, Zigarette im Mundwinkel, Pistole im Schultergurt unter der Jacke. Seinem krausen, braunen Lockenhaar sah man übrigens an, daß er als Kind sehr niedlich gewesen sein mußte.

Auf dem Stuhl, auf dem vor drei Tagen noch der verblichene Tom Coglan gesessen hatte, saß nun der schmale, dünne Harry. Ein Mensch mit spitzer Nase, freundlichen, flinken Augen und dicken, abstehenden, fleischigen Ohren. Saß da, drehte eine Zigarette aus billigem Tabak. Grinste schief.

»Ich stell' mir das so vor«, sagte er langsam, »Tom Coglan hat das Nest von diesem Dickens aufgespürt. Daß er Dickie Dick Dickens heißt, hat er noch durch den Draht gegeben. Aber dann hat er sich benommen wie eine Pflaume mit Maden. Anstatt sich auf den Mann zu konzentrieren, hat er die Brieftaschen, das Portemonnaie und die wasserdichte Damen-Präzisions-Armbanduhr gesucht. Dabei hat ihn dieser Dickens erwischt und abserviert.«

Jim kaute an seiner Zigarette. »Ihr wißt genau, daß der Kerl Dickens heißt?«

»Phh!« machte Harry und wiegte seinen Kopf hin und her, »versteht sich! Man stelle sich das vor: Ein Einzelgänger wagt sich an eine Organisation heran. Er wagt es, ein Mitglied *deiner* Bande auszulöschen. Mann, o Mann! Der Kerl hat Nerven! Wette, daß der Onkel gar nicht weiß, was ihm jetzt blüht!«

Jim, der mit seinem einen Auge wie stets in die Ferne blickte, setzte sein Bierglas so hart auf den Tisch, daß es fast zerbrach. Dann wischte er sich mit dem Handrücken den Bierschaum vom Mund.

»Hast recht, Harry«, sagte er, »benachrichtige alle Leute!«

Harry gab seiner Stimme einen zackigen, metallischen Klang, als er antwortete: »Gut, Chef. Schätze, in vierundzwanzig Stunden haben wir den Burschen. Willst du selbst mit ihm reden?«

»Klar!« sagte Jim Cooper, stand auf, zahlte und stakste mit ärgerlichen Schritten ins Freie.

Dickie Dick Dickens, den bis zu jenem Julitag im Jahre 1924 noch kein Mensch kannte, war zu einer Gefahr geworden. Eine kleine Gefahr zwar, die noch niemanden zu beunruhigen brauchte. Für einen empfindlichen Menschen, wie es Jim Cooper nicht zuletzt auf Grund seiner Einäugigkeit war, genügte es jedoch durchaus, daß man nur einen seiner Leute umlegte, um ihn ernsthaft böse zu machen.

Harry hatte recht: Dieser Dickie Dick Dickens mußte Nerven haben.

Für den südöstlichen Teil von Chicago, jenen Stadtteil, den die Bande Jim Cooper beherrschte, brach nun eine für damalige Verhältnisse ungewöhnliche Nacht an. Eine Nacht ohne Einbruch, ohne Diebstahl, ohne Mord.

Die unter Jim Coopers Führung vereinigten Gangster hatten keine Zeit für ihr Handwerk. Einhundertzweiundsechzig Verbrecher durchstreiften die Stadt, jede Straße, jeden Winkel, jeden Steg. Dreihundertvierundzwanzig Augen bohrten sich in das Dunkel der Nacht – oder genauer: dreihundert*drei*undzwanzig Augen, denn Jim Cooper war bekanntlich einäugig. Dreihundertdreiundzwanzig Augen suchten fieberhaft einen Mann.

Dieser Mann war groß, dunkelhaarig, blauäugig, fünfundzwanzig Jahre alt und hörte auf den Namen Dickie Dick Dikkens.

In einem Blockhaus, das höchst idyllisch am Stadtrand gelegen war, saß ein Mann in einem olivgrünen Wildlederjackett, dessen Ärmelnähte an den unteren Enden mit langen Lederfransen besetzt waren, und spielte mit einer reizvollen Blondine ›Sechsundsechzig‹*.

Sie saßen bei dem sehr traulichen Schein einer durchaus unzeitgemäßen Petroleumlampe**. Blockhaus, Jackett mit Lederfransen und Petroleumbeleuchtung erweckten mehr den Anschein einer Wildwest-Farm als den eines friedlichen Bürgerhauses.

Zweifellos war es sehr einsam in dieser Gegend. Man mußte schon fürs Bier vorsorgen. Die nächste Kneipe lag eine gute halbe Stunde Autofahrt entfernt in einem Straßengewirr, das nach Abfällen, schlechtem Benzin und Waschküchen roch.

Übrigens hatte sie den albernen Namen »Baby's Bottle«.

Die hübsche Blondine, deren große, aufgerissene Augen über ihre Kurzsichtigkeit hinwegtäuschen sollten, rutschte mit ihrem allerliebsten Hinterteil ziemlich unruhig hin und her. Sie hatte anscheinend keine Lust zum ›Sechsundsechzig‹-Spiel. Andererseits wußte sie sehr genau, daß dieses sanfte Spiel eine der liebsten Beschäftigungen ihres Ritters war, vornehmlich deshalb, weil er es schon als kleiner Junge auf der kleinen Farm seiner Eltern im sonnigen Connecticut mit dem großen, schwarzhäutigen Knecht Josua gespielt hatte. Solche Erinnerungen müssen gepflegt werden!

Der hübsche, blauäugige Mann im Cowboy-Jackett sagte: »Ich melde zwanzig an.«

Die Blondine kullerte mit den Augen, machte ein rundes Mäulchen, sagte: »Oh!«

Der Mann sah sie erstaunt an. »Was hast du denn, Effie? Paßt ja gar nicht auf!«

Effie zog die niedliche Stirn in Falten. Vermittels solcher und ähnlicher Anstrengungen versuchte sie stets den Anschein zu erwecken, als sei sie intelligent. Allerdings konnte jedermann deutlich sehen, daß dies nur Verstellung war.

* ›Sechsundsechzig‹, deutsches Kartenspiel, zwei Spieler, 24 Blatt, wegen seiner nervenberuhigenden Wirkung besonders in weiten Kreisen der Geldaristokratie beliebt, seit der Einwanderung deutscher Kolonisten auch in Amerika und anderen überseeischen Ländern bekannt, in Hinterindien und Turkestan irrtümlich ›Fünfundsechzig‹ genannt.

** Eine stilgetreue Nachahmung der Dickens'schen Lampe (das Original wurde beklagenswerterweise bei einer Schießerei im Jahr 1929 zerstört) wird noch heute im »Museum für amerikanisches Volkstum« zur Schau gestellt und jeden Sonnabend nach Sonnenuntergang von Dickie-Dick-Dickens-Verehrern angezündet.

Effie war eines jener bezaubernden Dummköpfchen, die zum Wohlleben so vieler kluger Männer unerläßlich zu sein scheinen. Sie hatte gewissermaßen Beine bis zum Hals, eine Taille, von der Wespen träumen, sowie alles, was ein tief ausgeschnittenes Kleid reizvoll erscheinen läßt. Der Kopf war in der Luxusausstattung mit inbegriffen. Er war als abschließendes Ornament gedacht. Erwähnt sei noch, daß sie über einen ausgezeichneten Instinkt in allen Lebenslagen sowie über eine stets reiche Auswahl an Wünschen verfügte.

Ihre zärtliche Liebe zu dem Mann im olivgrünen Lederjackett sollte ihr im Verlauf ihres Lebens noch genügend Gelegenheit geben, das Blümchen der Treue zu pflegen.

»Nun mach schon!« knurrte ihr Galan und sah ärgerlich in die Karten.

Effie gab sich einen Ruck.

»Nein«, sagte sie, »ich mache nicht! Ich mache mir Sorgen. Du hast wohl keine Zeitung gelesen?«

»Phh....!« Der Mann lächelte. »*Das* meinst du, die Benzinpreise? Ja, die steigen von Tag zu Tag. Na, komm! Nun nimm endlich! Der Stich gehört dir.«

Doch Effie war nicht nach Nehmen und Stechen zumute. Sie knallte die Karten auf den Tisch und hub ein kräftiges Lamento an.

»Ich denke nicht an die Benzinpreise«, rief sie empört, »ich denke an dich! Der Tote, der am Westufer des Michigansees aufgefunden worden ist, dieser Tote hatte eine wasserdichte Damen-Präzisions-Armbanduhr in der Tasche!«

Der Mann zuckte die Achseln. »Meine Sorge!« sagte er und blickte gelassen in seine Karten.

Aber Effie ließ nicht locker. »Mir brauchst du kein Theater vorzumachen! Es ist dieselbe Uhr, die du vor fünf Tagen der Staubsaugervertreterin gestohlen hast! *Du* bist der Mann, der den Toten in den Michigansee geworfen hat!«

Der Mann lächelte mild. Sah sie verliebt an. »Kleine Hexe! Willst du mich erpressen?«

»Red keinen Quatsch! Ich hab' Angst!«

»Vor der Polizei?«

Effi pustete. »Polizei! Wofür hältst du mich? Für eine Anfängerin?«

»Na also«, sagte der Mann.

Dann ordnete er mit peinlicher Sorgfalt die Fransen seines Lederjacketts. »Nun spiel endlich die Partie zu Ende! Du weißt, ich kann es nicht leiden, wenn mich jemand beim ›Sechsundsechzig‹ stört.«

»Ich melde vierzig an!« trompetete Effie strahlend.

»O je!« sagte der Mann.

Effie sah ihren Liebsten über die Karten hinweg süß an. »Der Tote aus dem Michigansee«, sagte sie, »war Tom Coglan.«

»Kann sein«, knurrte ihr Partner, »ich hab' mir seine Visitenkarte nicht angesehen.«

Effie sprach unbeirrt weiter: »Tom Coglan gehörte zu Jim Coopers Bande. Und von Jim Cooper wirst du wohl gehört haben? Der läßt sich das nicht gefallen, daß man einen seiner Leute so einfach mir nichts, dir nichts aus dem Umlauf zieht. Wir sollten stiften gehen. Fort von Chicago!«

Der Mann legte seine Karten hin. Er war ärgerlich.

»Quatsch keine Makulatur!« sagte er. »*Ich* bestimme, was geschieht. Und wir bleiben hier. Gir mir lieber noch einen Schnaps!«

Effie stand auf.

»Dick!« sagte sie plötzlich und sah ihren Liebsten an. »Dickie Dick Dickens! Sieh mal zum Fenster hinaus!«

Der Mann im Wildlederjackett mit Fransen an den Ärmeln stand auf. Ging ans Fenster. Pfiff durch die Zähne.

»Mach das Licht aus!« sagte er.

Effie gehorchte. Dann starrten sie beide in die Nacht.

Im fahlen Mondlicht gleißte Lack und Fensterglas einer Limousine. Vier Männer saßen darin. Hinter einer Baumgruppe stand ein zweites Auto. Ebenfalls mit vier Männern besetzt. Weiter hinten aber, auf der Straße, zog es heran, schwarz, blinkend, geräuschlos und drohend. Wagen an Wagen schob sich näher. Keiner hatte Licht. Und überall konnte man im Mondlicht die dunklen Schatten der Männer sehen, die darin saßen.

Jim Coopers Streitmacht rückte heran. Lautlos, stetig, gummibereift.

Dickie Dick Dickens wurde lebendig.

»Raus hier!« zischte er Effie an. Packte das Mädchen am Handgelenk, zerrte es zum Hinterausgang. Effie rannte hochhackig neben ihm her, im Laufen noch nach einem Trenchcoat angelnd.

Sie liefen durch Heckenwege und Gebüsch. Effie zog die Schuhe aus und hastete vorwärts. Brombeerranken griffen laufmaschenreißend nach ihren schönen Beinen. Sie spürte es nicht. Sie hatte Angst.

Ja, sie hatte Angst. Auch wenn Dickie ein Tausendsassa war. Auch wenn er die Ruhe selbst war. Dieser Jim Cooper war kein Spaßvogel. Der hatte nichts von der leisen, smarten Gefälligkeit ihres Dickies.

Sie hörte sein Keuchen neben sich. Ob er auch Angst hatte? Nein, ein Dickie Dick Dickens hat keine Angst. Nie! Oder wenigstens fast nie. Oder mindestens sehr selten. O ja, es war schon sehr beruhigend, ihn in ihrer Nähe zu wissen. Aber schließlich, was konnte er schon tun, wenn ...

»Wir müssen ein Taxi nehmen«, flüsterte Dick. »Laß uns zur Straße ... dort drüben können wir hin.« Er zeigte auf einen Weg, der zur Chaussee führte. »Wir befinden uns dann im Rükken der Autos.«

Effie nickte nur. Ihr Herz klopfte wie rasend. Nein, das war nicht schön, diese nächtliche Aufregung! Dickie war tollkühn. Er hatte diesen Tom Coglan weggebissen wie eine Hündin einen unliebsamen Liebhaber.

Kein schöner Vergleich übrigens, aber für Effie doch schon eine beachtliche Leistung.

Sie schlichen vorwärts. Immer gewärtig, daß es irgendwo knallte. Jeder Baum konnte leben, konnte Äste haben, auf denen einer von Jim Coopers Leuten saß. Wenn Wald und Heckenwege wenigstens nicht hinter der Chaussee aufhören würden! Wenn in dieser verlassenen Gegend überhaupt ein Taxi aufkreuzen würde. Es war sinnlos, auf ein Taxi zu hoffen. Effie hätte gern laut gejammert. Doch die Situation verbot es.

Plötzlich fühlte sie sich hart am Handgelenk gepackt. Dickie war's, der sie festhielt.

»Kuck mal!« flüsterte er und blieb stehen.

Effie stand still. Ihr Atem keuchte. Ihr Herz tobte. Sie schloß die Augen.

Jetzt war es aus! Restlos aus! In dieser Sekunde würde sie in den Lauf eines Maschinengewehrs blicken, wenn sie aufsah. Am anderen Ende des Maschinengewehrs würde Jim Cooper hokken. Und dann würde es rattern. Tak tak tak ... tak. Effie Marconi würde lautlos ins Moos sinken. Die schöne, schöne Effie! Es war wirklich schade um sie. Bei diesem Gedanken kamen Effie die Tränen.

»Kuck mal«, hörte sie Dickies Stimme wieder flüstern, »kuck mal, ein Reh!«

Sie öffnete die Augen, ließ zwei Tränen kullern. Tatsächlich! Dickie Dick Dickens stand neben ihr und blickte, innig lächelnd, auf ein Reh, das neugierig heräugte. Dann sprang es in wilden Sätzen ab.

Effie aber, die solche träumerischen Betrachtungen in der Stunde der Gefahr nicht recht vertrug, holte aus und knallte ihrem Dickie eine schallende Ohrfeige.

Dickie blieb einen Augenblick wie erstarrt.

»Darauf«, sagte er leise, »werde ich später noch zurückkommen.« Sprach's, zog Effie wieder am Handgelenk und hastete weiter.

Sie hatten die Chaussee erreicht. Der Mondschein erhellte die Straße, als sei es Tag.

»Schweinerei!« sagte Dickie und meinte den Mond.

Weiter! Geduckt schlichen sie vorwärts! Angestrengt nach allen Richtungen lauschend. Jeden Augenblick konnte es irgendwo im herabgefallenen Laub des Vorjahres rascheln, der Lauf einer Maschinenpistole gleißen.

Aber nichts war zu hören. Nichts zu sehen.

Nur das Brausen der Stadt, deren Lichter den Horizont erhellten.

Da!

Sie hielten beide den Atem an.

Das Geräusch eines herankommenden Autos.

Was war es? Freund oder Feind?

Das Auto kam näher. Zottelte gemütlich die Straße entlang. So, als ob es keinen Gangsterkrieg gäbe.

Tatsächlich. Es war eine Taxe!

Effie wagte es. Sie stellte sich mitten auf die Straße, hielt das Auto an.

Der Fahrer fragte sie: »Was gibt's denn?«

»Bitte«, flehte Effie, »nehmen Sie uns ein Stück mit!«

»Wieso?« fragte der Fahrer.

»Wir – äh – wir müssen dringend zur Stadt.«

»Warum?« Der Mann guckte mißtrauisch.

Nun war auch Dickie herangekommen. »Wir sind in Gefahr. Wir werden verfolgt!«

Der Mann am Steuer schien ungerührt. »Von wem werden Sie verfolgt?« fragte er schwerfällig.

Nun hatte es Effie eilig mit der Antwort. »Von einer Verbrecherbande. Von Jim Cooper, falls Sie den Namen schon mal gehört haben.«

»Ja«, sagte der Mann und blitzte Effie mit seinem Auge an, »den kenne ich.«

»Was Sie nicht sagen!« ließ sich Dickie Dick Dickens vernehmen. Es klang ziemlich belustigt.

»Ja«, sprach der große, bullige Fahrer des Wagens, »ich bin nämlich selbst Jim Cooper. Und dieses Schießeisen hier ist geladen. Also nimm dich in acht, Dickens!«

Außer dem Auge blitzte Dickie Dick Dickens jetzt auch der Lauf einer Pistole entgegen.

So fiel Dickie Dick Dickens doch in die Hände von Jim Cooper, dem Einäugigen.

In einem Brief an seine Jugendfreundin Bella Cora del Hortini bezeichnet Dickie Dick Dickens diesen Augenblick als einen der dunkelsten in seiner Laufbahn.

»Damals, geschätzte Cora«, so schreibt er, »gab ich keinen einzigen Cent für mein Leben, obgleich ich genügend Kleingeld in der Tasche hatte.«

»Oh – äh«, sagte Dickie Dick Dickens.

Es ist typisch für Dickie Dick Dickens, daß er in Augenblikken, in denen nach Lage der Dinge nicht viel zu sagen ist, sehr wenig redet. Jim Cooper hatte ihn etwas aus der Fassung gebracht. Doch dann zeigte es sich, daß eine Schrecksekunde bei einem Mann wie Dickens kaum länger als eine Sekunde dauert.

Er lächelte fröhlich und sprach höflich: »Jim Cooper selbst? Freue mich, Ihre Bekanntschaft zu machen. Trifft sich gut, was, Jimmy? Meine Pistole ist nämlich auch geladen.«

Jetzt blitzte auch in seiner Rechten das kalte Eisen.

Jim knurrte nur. Es klang, als hätte eine Kuh das Melken nötig. Dann sagte er noch: »Aha.«

Dickie Dick Dickens schien von schier unendlicher Munterkeit zu sein.

»Lustig, was?« sagte er und grinste.

Jim grinste nicht. »Ich lach' mich halb tot«, antwortete er und starrte in die Nacht.

Dicks Heiterkeit stieg. »Das wäre eine hübsche Idee«, meinte er, »dann brauchte ich dich nämlich nicht totzu*schießen*!«

Effie schrie auf. »Dick! Du willst doch nicht etwa . . .?«

Dick beruhigte sie. »Aber Schätzchen, wie kannst du nur so etwas von mir denken. Natürlich will ich nicht! Aber ich habe nun mal einen nervösen Zeigefinger.«

Jim blickte Dickie verständnislos an. »Redest du immer soviel Unsinn, Dickens?«

Dickie lächelte bescheiden. »Weit gefehlt«, antwortete er liebenswürdig. »Weißt du, Jim Cooper, *meine* Pistole ist nämlich schon entsichert, *deine* noch nicht. Sobald sich dein Daumen zum Entsicherungsbügel biegt, krümmt sich mein Zeigefinger – und Jim Cooper ist gewesen. Gut, was?«

Jim Cooper gab wieder einen seiner Muhkuhlaute von sich und blickte sich um. Weit und breit keiner von seiner Bande. Verflucht! Das hatte er davon, daß er seinen Leuten nichts davon gesagt hatte, daß er mitmachen wollte. Keine Leibwache. Nichts!

»Ja«, sagte Dickie, der seinen Blick bemerkte, »schade. Keiner da. Du bist allein mit uns, mein Süßer.«

Der Süße zog ein schiefes Maul. »Na schön«, murmelte er, »du hast gewonnen, Dickens. Wenn du willst, kannst du für mich arbeiten.«

Dickie lachte. »Für dich arbeiten? In deine Bande eintreten? Als kleines Würstchen? Haha!«

Jim schüttelte den massigen Kopf. »Quatsch«, sagte er, »als Number-One-Gun-Man*.«

Doch auf Dickie Dick Dickens machte das keinen großen Eindruck. Er lachte Jim Cooper glatt aus. »Ich bin ein harmloser, kleiner Taschendieb, Jim, und das will ich bleiben. Wenn meine Kanone tatsächlich mal losgeht, könnte es höchstens ein Zufall sein.«

»Und Tom Coglan?« raunzte Jim Cooper.

»Hat eben Pech gehabt, daß er gerade in *dem* Moment an meiner Pistole vorbeiging. Armer Junge ...«

»Also Number-One-Gun-Man ist nicht?«

Dick schüttelte den Kopf. »Ist nicht.«

»Wie wär's mit – äh – Kassenverwalter?«

»Nee.« Dick lächelte dünn. »Wenn ich es auf deine Kasse abgesehen hätte, Jimmylein, brauchte ich nicht erst in deine Bande einzutreten. Die würde ich mir auch so holen. Ich habe keinen Ehrgeiz, verstehst du ... bin nur ein kleiner Taschendieb.«

Jim Cooper wurde wütend. So wütend, daß Dickie es für

* Zu deutsch etwa: Totmacher Nummer eins. Einer der höchstbezahlten Posten, die eine amerikanische Verbrecherorganisation zu vergeben hat. Dem Number-One-Gun-Man obliegen neben seiner Berufung zum ersten Pistolenschützen Generalstabsaufgaben im Führungsgremium der Organisation sowie Repräsentationspflichten bei allen gesellschaftlichen Gelegenheiten.

geraten hielt, ihm seine Pistole noch dichter vor die Nase zu halten und die Gelegenheit zu nutzen, Jim Coopers Schießeisen an sich zu nehmen.

Man konnte nicht wissen. Gangster stellen manchmal die dümmsten Sachen an.

»Zum Teufel!« schrie Jim Cooper. »Was willst du dann von mir?«

»Ich möchte«, sagte Dick langsam, »ungestört meinen Beruf ausüben. Mein Vorschlag, Jim Cooper: Ich lasse dich lebendig nach Hause fahren, und du überläßt mir den Bananenverkäuferbezirk.«

Jim Cooper machte den Mund zweimal auf und zu, bevor er antwortete. »Den Bananenverkäuferbezirk? Tom Coglans Revier?«

»Ja«, sagte Dick, »genau das.«

Jim schien zu überlegen. »Du verlangst sehr viel.«

»Gemessen daran«, entgegnete Dick ruhig, »daß dein Leben keinen Pfifferling mehr wert sein dürfte, ist es sehr wenig.«

»Also gut«, meinte Jim Cooper, »abgemacht. Das Bananenverkäuferviertel gehört dir.«

»Fein«, sagte Dickie Dick Dickens. »Und merk dir noch eins: Ich bin ein friedliebender, gutherziger Mensch, solange man mich in Ruhe läßt. Aber ich lasse mir nicht von anderen Leuten in der Nase bohren. Also sag deinen Bluthunden, sie sollen die Finger von meinem Revier lassen!«

Jim schwieg.

»So«, sagte Dickie freundlicher, »und jetzt darfst du uns in die Stadt fahren.«

Als Dickie und Effie unmittelbar vor den Toren Chicagos ausstiegen, gab Dickie Jim Cooper seine Pistole zurück. Dann gingen sie, Effie und Dick, fröhlich fürbaß. Ihnen gehörte das fetteste, ertragreichste Viertel der Stadt. Niemand durfte dort seine Taschendiebereien machen außer Dickie Dick Dickens. Der Gedanke, daß Jim Cooper seine Abmachung nicht einhalten könnte, brauchte Dickie nicht zu kommen.

Unter Gangstern gelten mündliche Absprachen.

Es war am 29. Juli 1924, als Dickie Dick Dickens durch diesen Vertrag von der Chicagoer Unterwelt als selbständiger Taschendieb anerkannt wurde. Ein Datum, dessen sich noch heute die Gesetzesbrecher aller Branchen voller Ehrfurcht erinnern. Eine – allerdings unbestätigte – Überlieferung berichtet, daß in den

Jahren 1928 bis 1936 die meisten Strafanstalten der Vereinigten Staaten von Amerika am 29. Juli zu Ehren Dickie Dick Dikkens' geflaggt hatten. Im Zuchthaus von Los Angeles wird heute noch der 29. Juli als Feiertag begangen, dergestalt, daß man den Häftlingen eine Sonderration Vanillepudding mit Himbeersoße verabfolgt.

Damals – im Jahre 24 – ahnten nur wenige von diesem Puddingtag, der ihrem Leben noch einmal Glanz verleihen würde. Ahnten nichts von dem späteren Nachruhm dieses Mannes, dessen Stern gerade im Aufgehen begriffen war.

Doch schon waren die Neider zur Stelle, die Widersacher, die Mißgünstigen, die Wegelagerer unter den Banditen.

In »Baby's Bottle« drang der Qualm durch die Ritzen der dichtgeschlossenen Tür des hinteren Appartements. Hier saßen sie, hartgesottene Männer, Kumpane des Jim Cooper. Narbengesichtig Mark, der Derbe, der Aufrührer unter ihnen. Spitznasig, schmallippig Harry, mit kleinen, wieselflinken Augen. Breitschultrig, kurznackig und derbfäustig Jefferson. Drei der besten Leute aus der Bande. Saßen da und fluchten gegen Jim Cooper.

»Das Bananenverkäuferviertel, Harry! Das *Bananenverkäuferviertel*!« Mark dehnte die Worte, als seien die anderen taub. »Ich könnte mir ein Monogramm in den Bauch beißen vor Wut!«

Harry lächelte schiefmäulig, sagte mit dem Ton des gehorsamen Untertans: »Der Chef hat's angeordnet. Der Chef weiß, was er tut.«

Das reizte Mark noch mehr. »Der Chef ... der Chef! Keine Ahnung hat er! Wo hat man denn so etwas gehört, daß die größte Organisation der Stadt einem lausigen Einzelgänger einen ganzen Bezirk abtritt? Ich sage dir, wenn das so weitergeht, nimmt in einem Jahr kein Hund mehr ein Stück Brot von Jim Cooper!«

»Sag's lieber nicht!« grinste Harry.

Jefferson paßte das nicht. Er schlug die Faust auf den Tisch. »Recht hast du, Mark! Jim Cooper – König der Banditen! Haha! Läßt sich von einem kleinen Taschendieb um den Finger wickeln!«

Eine Rede, die wiederum Mark nicht gefiel.

»Was soll denn das heißen, ›kleiner Taschendieb‹!« geiferte er. »Du, ich sage dir: Wir Taschendiebe verdienen unser Brot genauso ehrlich wie jeder andere Verbrecher! Bloß weil du zufällig Geldschrankknacker bist, glaubst du, hier angeben zu können!«

Jefferson knurrte: »Bin nicht zufällig Geldschrankknacker! Bin der beste Knacker von Chicago!«

Mark höhnte: »Haha!«

Jefferson drohte mit der Faust. »Glaubst du nicht, was!? Brauchst ja nur mal die Gerichtsakten durchzulesen! Da steht alles drin: ›Jeff Jefferson ist einer der gefährlichsten Gewohnheitsverbrecher der Staaten.‹ Jawoll!«

Mark lachte: »Wer's glaubt!«

Jefferson wurde wütend. »Ich geb' dir was, du miserabler Geldbörsenfummler!« Und drosch auf ihn ein.

Mark mochte das nicht. Er schlug zurück. Kräftig.

Harry duckte sich. Ihm war die Prügelei zuwider. Er schoß lieber.

»Äh«, sagte er gelangweilt, »daß ihr euch immer so dämlich in die Rede fallen müßt ...«

»Na ja«, brummte Jefferson und hieb abschließend noch einmal kräftig auf Marks Schädel. Mark drehte eine Spirale, fiel um.

Jefferson setzte sich wieder. »Na ja, da soll man sich nicht aufregen! Ich bin seit zweiundzwanzig Jahren in der Branche. Es ist immer dasselbe! Immer sind es die Taschendiebe, die das Maul aufreißen! Nimm bloß diesen Dickens!«

Mark, der noch auf der Erde lag, jammerte: »Und dem gibt er das Bananenverkäuferviertel!«

»Ruhe!« zischte Jefferson und haute ihm noch eins über den Schädel. »Du bist noch nicht dran!«

Worauf Mark sich in die Gefilde der Bewußtlosigkeit empfahl. Sein aufrührerischer Geist steckte in einem zarten Körper. Mehr als drei kräftige Hiebe auf den Kopf vertrug er nicht.

Harry gähnte. »Eine Art hast du ...«

Jefferson schüttelte den Kopf. »Ach was! Eine Wut hab' ich! Hä! Der Chef! Der war so klein ...« Er legte Daumen und Zeigefinger der rechten Hand dicht übereinander. »So klein mit Hut! Erst hat er dem Dickens den Number-One-Gun-Man-Posten angeboten. Aber Dickens hat abgelehnt!«

»Statt dessen hat er das Bananenverkäuferviertel!« jammerte der wiedererwachte Mark unter dem Tisch.

Harry fühlte sich gestört. »Pest und Hölle, hört auf!«

»Nein!« sagte Mark und rappelte sich langsam hoch. »Ich höre nicht! Unsereins hat auch seine Rechte! Und ich sage dir,

Harry, ich stehe nicht allein! Ich habe sämtliche Taschendiebe Chicagos hinter mir! Und wenn sich Jim Cooper nicht besinnt, treten wir aus der Organisation aus. Dann kann er sehen, wo er die Armbanduhren für seine Ballettratten herkriegt! Das sage ich dir, du, das sage ich dir! Und ich werde es auch Jim sagen.«

Die Tür sprang auf. Für einen Augenblick drang der Lärm des Gastraumes herein. Im Hinterzimmer wurde es still.

Jim Cooper stand auf der Schwelle. Schwieg. Knallte die Tür mit einer Fußbewegung hinter sich zu. Stemmte die Arme in die Seiten.

»Was willst du mir sagen, Mark?« grollte seine Stimme.

Mark schnappte nach Luft. »Daß . . . daß . . . der Dickens das Banan . . .«

»Schnauze!!!« brüllte Jim. »Sonst hau' ich dir eins drauf!«

»Hab' ich schon gemacht«, ließ sich Jefferson eilfertig vernehmen.

Jim Cooper zog sich einen Stuhl 'ran. Setzte sich. Ließ die Zigarette im Munde wandern. Sah einen nach dem anderen an. »Ich erledige die Sache, wie es mir paßt. Verstanden?«

Die Männer nickten. Keiner sagte etwas. Eine andere Auffassung als sein Chef zu haben, kann sich schließlich kein Gangster erlauben. Sonst wird er abgeschossen.

Das ist bei denen so Sitte.

Ich bin nur ein kleiner Taschendieb, gute Nacht, liebes Mädel, gut' Nacht!

Wie man die Brillanten einer Sockenhalterschnallenfabrikantengattin bewertet und warum die tastende Hand nach hundertvierundvierzig Polizeipistolen rätselhaft ist ...

Dies ist das zweite Kapitel der Geschichte von Dickie Dick Dickens, dem gefährlichsten Verbrecher, dessen Füße je die Erde Amerikas betreten haben, der später unter dem Namen »The One-Million-Killer of Chicago«* in die amerikanische Geschichte einging.

Bis heute ist nicht restlos geklärt, wer ihm diesen Spitznamen verliehen hat. Man vermutet, daß es Mammy Tobo-Dutch gewesen ist, die ihn erstmalig so genannt hat. Sie war eine Pensionsvermieterin im Ladenknackerviertel von Chicago, bei der Dickie Dick Dickens zweieinhalb Monate gelebt haben soll.

Fest steht jedoch, daß der Spitzname »Der Millionentöter« eine Übertreibung ist, denn nach vorsichtigen Schätzungen sind nicht mehr als achthundertzweiundsechzig Menschen der mörderischen Kugel Dickie Dick Dickens' zum Opfer gefallen.

Sie alle konnten den Dickie-Dick-Dickens-Tod durchaus fröhlichen Herzens feiern, denn sie wären samt und sonders von langsameren Richtern zum Tode verurteilt und von weniger zielsicheren bürgerlichen Henkern hingerichtet worden. Nicht einer dieser achthundertzweiundsechzig hatte mordlos gelebt.

Aber was tat Jim Cooper, der bis dahin uneingeschränkte Unterweltsfürst aus dem Südosten der großen Stadt, der die erste Schlappe seines Lebens erlitten hatte?

Den Abend des nächsten Tages verbrachte Jim Cooper in seiner Villa.

Ein Haus mit 17 Zimmern, 2 Küchen, 4 Badezimmern, 8 Toiletten, parkartigem Garten, Chauffeurshaus, Geräteschuppen und Gärtnerwohnung. Mit anderen Worten: das schlichte Heim eines Junggesellen.

In den Räumen dieses Hauses wehte der Geist alter Patrizier-

* Zu deutsch: »Der Millionentöter von Chicago«.

wohnungen des europäischen Kontinents. Nichts erinnerte hier an den Schmutz und Dreck von »Baby's Bottle«.

»Baby's Bottle« war rauhes Männerleben, Arbeit, Kargheit. Dies hier war Fülle, Genuß, die sichtbaren Zeichen des Erfolgs. Jim Cooper hatte seinerzeit einen der ersten Innenarchitekten der Stadt verpflichtet. So wurde das Heim des angesehensten Bandenführers mit erlesenem Geschmack hergerichtet. Teuerste und rarste Antiquitäten füllten die Räume. Entzückende gotische Engel ließen sich aufklappen und wiesen dem hingerissenen Betrachter ihr Inneres in Form von Kognak- und Whiskyflaschen. Alles war reichhaltig, üppig, äußerlich ein jedes Stück »aus der Zeit«, innerlich jedoch mit dem modernsten Komfort neuzeitlicher Technik versehen.

Nicht ohne Eitelkeit hatte Jim Cooper es des öfteren geschehen lassen, daß man sein Heim fotografierte, hatte gestattet, daß die Bilder in der populären Zeitschrift ›Vamp und Kientopp‹ erschienen. Nun ja – das war man sich schuldig. Nicht jeder Gauner hatte ein solches Heim.

Jim also saß in eben diesem Heim, wälzte seine Körperfülle auf schwellenden Kissen, lächelte.

Er lächelte einem Mädchen zu.

Es hieß Grit und war beim Ballett. Unnötig zu berichten, daß es aussah wie eine Göttin auf Urlaub.

Mit lässig gezieltem Schwung warf er Grit ein Brillantarmband in den Schoß. Sie rief freudig »Hach« und »Huch« und »O Jim!« und »O danke!«

»Schon gut, hast deine Sache fein gemacht, Püppchen«, grummelte Jim.

Grit war damit beschäftigt, das Armband anzulegen und weitere Hachs und Huchs von sich zu geben.

»Halt es in Ehren, Püppchen!« Er drohte ihr mit dem Zeigefinger. »Es ist noch aus dem Nachlaß von Tom Coglan.«

Grit klapperte mit den Augendeckeln.

»Der Gute!« sagte sie gerührt. »Weißt du zufällig, wo er es her hatte?«

Jim rieb sich das Kinn. »Hm. Soviel ich weiß, vom Arm einer Sockenhalterschnallenfabrikantengattin.«

»Wie aufregend!« Grit stieß einen süßen, spitzen Schrei aus. »War sie reich?«

»Sehr!«

»Typisch Tom Coglan! Er suchte sich nur die Reichen aus. Er war ein guter Mensch!«

»Hm«, machte Jim und wälzte sich in seidenen Pfühlen, »schon gut.«

Grit schlängelte sich zu ihm. Schnurrte. Mauzte. Rieb ihr Wänglein an seine K.-o.-Schläge gewohnte Kinnlade.

»Und nun darf ich es tragen! Ach, Jim! Ich weiß ja gar nicht, wie ich das wiedergutmachen kann.«

Jim sah sie von der Seite an. Schmalzte: »Aber ich weiß es, Püppchen ... ich weiß es!« Griff nach ihren Kurven, wollte sie küssen.

Es klopfte.

Jim fuhr auf, strich sich durch das krause Haar, in dem Grits feine Finger eben noch kleine Kringel gedreht hatten. »Was ist denn?« rief er lauter als nötig.

Die Tür öffnete sich. Harry trat ein.

Es war genau elf Uhr abends. Das war daran zu erkennen, daß es plötzlich aus allen Ecken und von allen Wänden bimmelte, klingelte, gongte. Jim sammelte kostbare Wanduhren mit schönem Schlagwerk.

»Ich bin's, Chef«, sagte Harry mitten in das Gebimmel hinein.

»Keine Zeit!«

»Es ist wichtig, Jim!«

Jim blickte ihn mit seinem einen Auge finster an. »Schieß los, aber mach's kurz!«

Und Harry schoß los. Die Leute, so berichtete er, seien außer sich, die ganze Bande in Aufruhr. Wegen Dickie Dick Dickens. Wegen des Bananenverkäuferviertels.

»Dann leg sie um«, raunzte Jim ärgerlich.

Harry schüttelte den Kopf. »Ich fürchte, es sind ihrer zuviel. Durch die Verluste beim letzten Eisenbahnattentat ist unsere Stärke sowieso erheblich reduziert. Du weißt selbst, wie schwer es ist, ordentlichen Nachwuchs zu bekommen.«

»Gut«, sagte Jim, »laß sie leben.«

»Ich glaube ...« Harry trat vorsichtig einen Schritt näher, senkte seine Stimme, »... es wäre ratsamer, diesen Dickens aus der Welt zu schaffen.«

Jim sprang auf. »Bist du übergeschnappt?! Dickie Dick Dickens hat mein Wort!«

Natürlich wußte Harry, was das bedeutete. Man schrieb das Jahr 1924, und dem ungeschriebenen Sittenkodex der Unterwelt zufolge wog damals das Wort eines Gangsters schwerer als ein geschriebener Vertrag.

(Erst einer späteren Zeit blieb es vorbehalten, die Moral in Verbrecherkreisen derart verwässern zu lassen, daß am Ende ein Gauner dem anderen nicht mehr trauen konnte.)

Aber Harry ließ sich nicht beirren. Sprach von der Moral der Bande. Packte Jim bei seinem Führergeist.

Jim blieb ungerührt. Die Treue des Führers zu seinem Wort mußte gewahrt bleiben!

»Die Leute ... deine Leute ...!« beschwor Harry den großen Jim.

Jim dachte nach. Ja – seine Leute! Seine Jungs! Seine kunterbunten Jungs! Hart geworden in vielen Straßen- und Kneipenschlachten. Die Teufel von »Baby's Bottle«. Ihm kamen die Tränen.

Da pirschte sich Harry näher. Sagte leise: »Wir sollten ihn unschädlich machen, auch ohne Pengpeng.«

Jim äugte zu ihm hin. »Deine Vorschläge?« fragte er kurz.

Harry sagte nur ein Wort: »Polizei.«

Jim nickte: »Gut.«

Wandte sich zu Grit. »Püppchen!«

Grit schlängelte heran.

»Püppchen, du hast mich vorhin gefragt, wie du dich für die Brillanten erkenntlich zeigen kannst!«

»Jaa?« kulleräugte Grit.

»Unterhalte dich mit Harry. Er wird's dir sagen.«

Stapfte hinaus und sah nicht, wie Harry und Grit sich zuzwinkerten.

Im Polizeirevier I des 72. Bezirkes, Chicago West, meldete Sergeant Martin am Nachmittag des folgenden Tages seinem Vorgesetzten, dem Kommissar Hillbilly, die Durchsage eines Telefonats, in dessen Verlauf die Polizei auf einen Mann aufmerksam gemacht worden war, der sein Wesen im Bananenverkäuferviertel trieb. Der Name des Mannes war mit »Dickie Dick Dickens« angegeben.

Als Anrufer konnte ein Mädchen namens Grit Matthews, derzeit Tänzerin im Nachtclub »Trocadero«, ermittelt werden. Grit Matthews, so war der Polizei weiter bekannt, galt als augenblickliche Freundin des Bandenchefs Jim Cooper.

Aus dieser Meldung war für Kommissar Hillbilly unschwer zu erkennen, daß es sich um einen Tip Jim Coopers handelte. Jim Cooper, so folgerte Kommissar Hillbilly, wurde mit jenem Mann namens Dickie Dick Dickens nicht fertig. Jim Cooper wünschte, daß die Polizei, das hieß er, Kommissar Hillbilly, die schmutzige Wäsche für die Gangster waschen sollte.

Kein Haar würde er diesem Dickens krümmen! Der Kommissar sah in den jämmerlichen kleinen Spiegel, der am Schrank der Wachstube hing. Striegelte sein blondes Haar. Striegelte es, als sei es eine Pferdemähne.

So kam es jedenfalls Sergeant Martin vor. Hillbilly war ein kulliger Kauz – dachte Martin. Die Mädchen schwärmten für ihn, Damen älteren Semesters nannten ihn einen »smarten, blonden Jungen«. Höhere Dienstgrade sprachen teils geringschätzig, teils anerkennend von ihm. Tüchtig war er, gut sah er aus und maßlos eitel war er.

Martin suchte die Akte Jim Cooper. Fand die Akte Tom Coglan. Stellte fest, daß man diesen Dickens auf jeden Fall haschen mußte. Der Mann hatte einen Mord auf dem Gewissen.

Schweigend legte Sergeant Martin dem Kommissar das Blatt vor.

Jim Coopers Rechtsanwalt, der feudale Advokat Grimsby, hatte zehntausend Dollar Belohnung für die Ergreifung des Mörders von Tom Coglan ausgesetzt. Für die Ergreifung eines Mannes mit dem Namen Dickie Dick Dickens. Zehntausend Dollar!

»Alle Wetter«, staunte Kommissar Hillbilly. »Na, dann mal los! Lassen wir der Gerechtigkeit ihren Lauf!«

»Okay, Herr Kommissar!«

Sergeant Martin stand auf, langte nach seiner Mütze.

Hillbilly sah seinen Sergeanten gequält an. »Sie schreien schon wieder, Martin ...«

Martin flüsterte: »In Ordnung, Herr Kommissar!«

Bereits auf der Fahrt ins Polizeihauptquartier gab Kommissar Hillbilly die ersten Anweisungen für eine umfassende Razzia im Bananenverkäuferviertel.

Sechsundzwanzig Reviere hatten Alarm. Einsatzwagen fuhren aus den damals noch üblichen Wagenschuppen. Waffen wurden entölt, Munition ausgegeben. Die Polizeimaschinerie lief auf Touren.

Der Name Dickie Dick Dickens war zum erstenmal in Ohr und Mund der Polizei. Das bedeutete, daß er ausführlicher, als ihm lieb war, in die Polizeiakten eingehen würde. Beschreibung des Mannes: Keine. Taschendieb. Hält sich im Bananenverkäuferviertel auf. Hat wahrscheinlich die Leiche aus dem Michigansee auf dem Gewissen.

Dickie Dick Dickens wurde gesucht. Polizeistiefel knarrten in den Revieren, knallten auf dem Pflaster Chicagos. Motoren heulten auf. Das Klicken entsicherter Pistolen begleitete gespenstisch das Einsteigen der Polizisten.

Chicagos Polizei fahndete nach Dickie Dick Dickens.

Während dieser geschäftigen, tausendmal geübten Vorstellung der Gesetzeshüter saß die kleine Grit Matthews in der Garderobe des Trocadero-Tanzclubs und schminkte sich ab. Ließ ihr Brillantarmband funkeln. Weidete sich an den neidischen und bewundernden Blicken ihrer Kolleginnen.

Sie ahnte nicht, was sie tat.

Am unteren Ende des langen Garderobentisches saß eine hübsche Blondine. Sie beachtete das Armband kaum, wurde gefragt, ob es ihr denn nicht gefiele?

»O doch, ganz manierlich«, sagte sie kühl.

Man äffte sie nach. Man lachte sie aus.

»Als ob sie haufenweise die Brillantarmbänder zu Hause liegen hätte!«

Die reizvolle Blondine lächelte müde. Sagte geringschätzig, während sie die Abschminke auf ihrem Gesicht verteilte: »Wer trägt denn heute noch Brillanten? Die machen nur alt und dick!«

»Quatschliese!« sagte Grit.

Die Blondine wandte sich zu ihr.

»Gewiß, bei dir fällt es nicht mehr auf, Grit. Aber laß dir sagen: Eine *Dame* trägt keine Brillanten. Eine Dame bevorzugt Smaragde.«

Und wischte ihr Gesicht ab.

Den anderen Mädchen blieb der Mund offen.

Grit wurde giftig: »Mein Armband stammt aus den vornehmsten Kreisen! Mein Armband hat früher eine Sockenhalterschnallenfabrikantengattin getragen! Sie war steinreich und hatte einen echten Pudel!«

Die Blondine lächelte kühl wie ein klarer Wintertag.

Sie sagte: »Da habt ihr's! Sockenhalterschnallen!«

Sie streckte ihren Arm aus, zog den Ärmel ihres Schminkmantels zurück. Ein gleißendes, wunderbar gefaßtes Smaragdarmband wurde sichtbar.

Den Mädchen verschlug es den Atem.

»Dies«, sagte die Blonde, »trug eine Senatorenwitwe!«

Grit giftete: »Straß! Billige Imitation!«

»Hä!« sagte die Blonde. »Da sieht man mal wieder, wo du herkommst! Als ob mein Freund das nötig hätte!«

Grit höhnte: »Wer kann denn schon dein Freund sein?«

Darauf blaffte die Blonde: »Na und? Wer wird deiner schon sein?«

Grit reckte ihr zierliches Hälschen, stellte sich in Positur. »Jim Cooper ist mein Freund«, sagte sie und blickte wie eine Göttin auf der Siegessäule.

Die Mädchen sahen sie starr an. Jim Cooper, der ungekrönte König des Südostens ... Jim Cooper, der Kerl aller Kerle ... der Führer ... der Chef ...

»Ein Hosenmatz!« sagte die Blonde. »Ein Gernegroß, ein kleiner Schreihals! Ein Mann, der von Dickie Dick Dickens in die Westentasche gesteckt wird. Dickie holt einmal tief Luft, und Jim Cooper ist nicht die Druckerschwärze für seine eigene Traueranzeige wert!«

Die Mädchen tuschelten, fragten, flüsterten.

»Dickie Dick Dickens? Wer ist das?«

»Der Mann der kommenden Saison«, bedeutete ihnen die Blonde stolz.

In der Garderobe wurde es mucksmäuschenstill. Die Ballettmädchen stießen sich erwartungsfroh an. Es lag etwas in der Luft! Der ewig alte, ewig junge Streit der Evastöchter um das Renommee ihrer Männer. Ein Streit, der sich in den verschiedensten Spielarten – mal feiner, mal derber – in allen Gesellschaftskreisen größter Beliebtheit erfreut.

Grit Matthews bevorzugte die derbere Methode. Sie war Gangsterbraut und hatte nur zu oft beobachtet, wie Leute mit Standesbewußtsein ihre Meinungsverschiedenheiten regeln.

Wütend, fauchend, mit gespreizten Händen stürzte sie sich auf die Blonde. Krallte ihre Nägel in das blonde Haar, zerrte daran. Die andere schrie, schlug, biß.

Und die Mädchen standen im Kreis.

Kreischend und keuchend wüteten die beiden Damen aufeinander ein. Grit hatte ein paar derbe Tritte gegen die Schienbeine hinnehmen müssen. Fluchte, flennte und jaulte. »Dein Dick wird sich umsehen! Der ist früher erledigt, als du piep sagen kannst, du ...«

Sie stürzte sich wieder auf die verhaßte Feindin. Die ließ es geschehen, setzte sich kaum zur Wehr. Grit triumphierte und knallte ihr zwei Ohrfeigen. »Haha, wenn du wieder mal Smaragde haben willst, mußt du schon ins Zuchthaus gehen, um sie dir abzuholen!« Und klatschte ihr mit den Händen ins Gesicht.

Die andere stand, rührte sich nicht. »Was soll das heißen?« fragte sie.

»Das soll gar nichts heißen, du Biest! Kann ja passieren, daß er eingelocht wird!«

Sie drosch wieder auf die Blonde ein. Doch als die sich nicht wehrte, verging ihr auch der Spaß, und sie stolzierte auf ihren Platz zurück.

Die Blonde zog sich flüchtig an, hängte ihren Mantel um, vergaß, sich zu kämmen. Mit schnellen Schritten verließ sie den Club. Allein. Mit geschwollenem Gesicht und zerrauften Haaren. Kaum war sie draußen, hastete sie zur nächsten Straße. Hielt ein Taxi an und warf sich hinein.

Die anderen Mädchen, die nach ihr kamen, sahen nur noch das wirre Haar im Fond des Wagens.

Es waren die schönen, blonden Haare der Effie Marconi, der treuen Braut des Dickie Dick Dickens.

Effie rannte durch das kleine Blockhaus, rief nach Dick.

Dickie Dick Dickens, der in seiner olivgrünen Wildlederjacke mit den Fransen am unteren Ärmelende gemütlich im Lehnstuhl saß, wandte den Kopf und lächelte sie an.

Sie stand vor ihm, den Trenchcoat halb ausgezogen, das Gesicht rot und verquollen, die Haare durcheinander. Eine Puppe aus der Mottenkiste. Eine, die man nicht sehr gut behandelt hatte.

»Aber Schätzchen«, mahnte Dick, »sieht so eine treusorgende Hausfrau aus?«

»Dick«, stammelte Effie, noch völlig außer Atem, »gut, daß du da bist.«

»Das ist immer gut, Schätzchen, doch gleich werde ich fort sein.«

»Du darfst nicht aus dem Haus gehen, Dick, heute nicht, und morgen auch nicht.«

Dick lächelte sein bezauberndes Jungenlächeln. »Seit wann darfst du mir denn sagen, was ich darf und nicht darf? Hm?«

Seine Ruhe machte sie rasend.

»Du bist in Gefahr, Dick! Du kannst heute nicht unterwegs sein! Jim Cooper ist hinter dir her. Und die Polizei!«

Dick schnitt eine Grimasse. »Denk dir was Neues aus, Schätzchen! Die alten Sachen ziehen bei mir nicht.«

Effie gab sich einen Ruck, erzählte, was sich in der Garderobe des Trocadero-Tanzclubs ereignet hatte. Grit Matthews' Bemerkungen konnten nur bedeuten, daß Jim Cooper die Polizei auf Dickies Spur gehetzt hatte.

Dick hörte aufmerksam zu.

»Hm«, sagte er dann, »und wie denkst du, soll ich meinen Lebensunterhalt verdienen?«

Effie zuckte die Achseln. Der gute Rat war in diesem Falle mehr als teuer.

»Mach aus dir erst mal wieder einen Menschen«, empfahl Dick und gab ihr einen sanften Klaps. »Ich sehe inzwischen nach, was an der Geschichte dran ist!«

Er nahm seinen Hut und ging davon. Effie konnte nur noch sehen, wie Dickies mausgrauer Chevrolet hinter den Bäumen verschwand. Sie war gar nicht fröhlich bei dem Gedanken, daß Dickie doch gegangen war.

Doch Dickie kam bald zurück.

»Tatsächlich«, berichtete er, »die Polypen haben das Bananenverkäuferviertel umstellt. Und wenn die Polizisten rudelweise auftreten, werden die Leute stutzig, halten ihre Portemonnaies fest, und wir Taschendiebe haben das Nachsehen. Nein, nein, heute kann ich nichts machen. Aber die Polizei kann auch nichts machen und Jim Cooper auch nicht.«

Er rieb sich die Hände. »Aber morgen ... morgen wird's fein!«*

Effie sah ihn aus ängstlichen Augen an. Doch Dick lächelte nur, setzte sich wieder in seinen Lehnstuhl und begann, mit Effie ›Sechsundsechzig‹ zu spielen. Während des Spiels sah Effie ihren Liebsten wieder und wieder prüfend an. Versuchte, in seinen Mienen zu lesen. Was hatte er mit diesem »morgen« gemeint?

Dick sollte recht behalten. An diesem Abend und in dieser Nacht konnte keiner etwas machen. Dick nicht, die Polizei nicht und auch Jim Cooper nicht.

Die Uniformierten klirrten durch das Bananenverkäuferviertel, fanden nichts und niemanden. Kommissar Hillbilly tobte.

Jim Cooper tobte.

* Nicht zu verwechseln mit dem Zitat »Morgen ... morgen muß es sein!« Dieser Ausspruch, der irrtümlich Dickie Dick Dickens zugeschrieben wird, stammt in Wahrheit von Admiral Nelson und war eine Anweisung für den Schiffskoch, am nächsten Tag Bohnensuppe mit Hammelfleisch zu kochen.

Und Dickie Dick Dickens ließ sich nicht sehen. Er saß in seinem Blockhaus und wartete den nächsten Tag, die nächste Nacht ab.

Am Tage nach der verunglückten Polizeirazzia saß Jim Cooper in seiner Villa. Das heißt, er saß nicht, er wanderte wuchtigen Schrittes hin und her.

Sprach nichts. Paffte graue Wolken vor sich hin. Überlegte.

Wer hatte Dickie Dick Dickens etwas verraten?

Harry? Die Polizei? Ach was!

Er rannte zum Telefon und beorderte Harry zu sich.

Harry kam und redete schiefmäulig, ließ seine wieselflinken Äuglein treuherzig spielen. Nein, nein, von ihm sei kein Tip gekommen, von ihm nicht.

Jim packte ihn am Schlips. Schüttelte ihn. Starrte ihn aus seinem einen Auge an. Gefährlich, gereizt. Dann ließ er ihn auf das seidene Sofa fallen. Grunzte. Wanderte weiter. Schwieg.

Harry wußte genau, daß er jetzt nichts sagen durfte. Er war in höchster Gefahr. Jims Wut und seine Unberechenbarkeit machten ihn zu allem fähig.

Außerdem wußte Harry genau, wie leicht ein Gangster durch den anderen ersetzt werden konnte. Das erlebte man tagtäglich, überall.

Und dann war noch diese Grit da. Wenn Jim das spitzkriegte! Grit war süß, war brünett, Grit war eine gleitende Schlange. Wenn Harry an sie dachte, mußte er schlucken. Wenn er sich vorstellte, was er mit ihr erlebt hatte, wurde ihm fast übel vor Erregung. Grit war genau das, was Harry brauchte.

Aber sie war Jims Freundin. Jim hatte die Brillanten, und Jim war der Chef. Wen er haben wollte, mußte er kriegen. Und Grit mußte auch haben, was sie wollte. Zum Beispiel Brillanten. Davon hatte Jim mehr als Harry. Harry hatte dafür mehr von dem anderen, was Grit auch brauchte. So teilte man sich eben in die Dame.

Aber Jim wußte das nicht. Durfte es nicht wissen. Oder ... wußte er es schon?

Harry schielte zu Jim. Der saß in der Ecke, im Lederstuhl und soff. Ließ die Zigarette von einem Mundwinkel zum anderen wandern. Sagte nichts. Harry wurde eiskalt. Er kam sich vor wie die Maus vor der Katze.

Jim ließ sich offenbar Zeit.

Natürlich wußte er Bescheid! Grit hatte ihn, Harry, für Brillanten verkauft. Nein, das war nicht nett von Grit! Das war ausgesprochen schofel! Und jetzt würde Jim ihn umlegen. Weil Grit ihn verkauft hatte. Wegen Brillanten. Harry zitterte innerlich. Aber er ließ sich nichts anmerken. Tat, als ob er schlief. Ihm war eiskalt. Er mußte raus aus der Schlinge! Aber wie? Harry dachte darüber nach, bis ihm wieder warm wurde.

Es gab etwas, was Jim Cooper nicht verzieh. Verrat. Grit hatte ihn mit Harry betrogen. Na schön, darüber würde Jim zur Not hinwegkommen. Aber diese Geschichte mit dem Dikkens, das war Verrat!

Vielleicht auch nicht. Vielleicht war es auch nur schiefgegangen, und Jim witterte Verrat, wo keiner war. Aber wie sollte man ihm das klarmachen? Es war bisher noch kein einziges Mal geschehen, daß man Jim Cooper von einer vorgefaßten Meinung abbringen konnte.

Harry schlug die Augen auf. Er wußte, was er tun würde. Jemand mußte über die Klinge springen, damit Jim sich wieder beruhigte. Warum ausgerechnet er, Harry? Warum nicht Grit, die sowieso dummes Zeug machte und ihn wegen der Brillanten verkauft hatte. Das Aas.

Harry ahnte nicht, daß Grit die Sache durch ihre Dämlichkeit verraten hatte, ahnte nicht, daß Effie Marconi ihre Ohren auf dem rechten Fleck gehabt hatte. Aber Harry war es ganz gleichgültig, wer die Sache hatte platzen lassen.

Er mußte an sich denken.

»Ich weiß, wer dem Dickens was gesungen hat«, fing er an zu reden.

Jim setzte sein Glas ab und grunzte fragend.

Harry sah zur Decke. »Grit«, sagte er.

Jim sprang von seinem Sessel hoch, polterte auf Harry zu. Der zog seinen Mund schief und lächelte. »Ja, Grit tanzt auf mehreren Hochzeiten, weißt du. Nachts, wenn die Uhr neun ist und du müde, dann geht sie zu diesem Dickens.« Jim fluchte. Brüllte. Rollte die R's und rollte mit seinem einen Auge.

Und dann malte ihm Harry die Geschichte aus, eine Geschichte, die von A bis Z erlogen war, die Jim aber haarklein bewies, daß nur die lose Grit Dickie Dick Dickens gewarnt haben konnte.

Mitten in der Unterhaltung wurde Harry allerdings klar, daß Jim keine Ahnung davon hatte, daß Grit ihn mit Harry betrog. Es wäre gar nicht nötig gewesen, Grit über die Klinge springen zu lassen.

»Schade«, sagte Harry leise und dachte an die schweren, aufregenden Nächte mit Grit. Na schön, tröstete er sich innerlich und sah Jim voller Ergebenheit an, dann werden wir sie eben ersetzen müssen.

»So«, sagte Jim dann. Nichts als »so«. Und ging zum Telefon. Bestellte Grit zu sich. Sofort!

Grit kam. Enger Rock, hohe Hacken, spitzes Mäulchen.

Jim winkte Harry. »Hau ab!«

Harry ging. Nicht ohne Grit bedauernd anzusehen. Abschiednehmen ist nie gut.

Jim forderte Grit mit einer Handbewegung zum Sitzen auf. Sie wollte auf seinen Schoß. Er schob sie von sich. Sah sie ausdruckslos an. Gab ihr Whisky. Einen, zwei, drei. Dann fragte er, fragte, was sie gestern abend gemacht hätte.

Grit erzählte von Effie Marconi, von deren Albernheit.

»Der Mann der kommenden Saison«, äffte sie die Marconi nach.

»Und weiter?« fragte Jim. Der Ton seiner Stimme ließ keinen Zweifel darüber, daß Grit zu erzählen hatte. Wort für Wort. Und sie erzählte. Von dem Smaragdarmband. Von den Ohrfeigen, von den Schienbeintritten.

»Und dann? Was geschah dann? Nach neun Uhr?« Jim war sehr ruhig.

Grit zuckte die Achseln. »Was dann? Nichts ...« Sie konnte sich nicht erinnern. Sollte Jim sich doch freuen, daß sie 'rausgekriegt hatte, wer Dickie Dick Dickens' Freundin war. Aber den Namen sagte sie ihm nicht. Den hob sie sich schön auf. Für später. Wenn Jim mal wieder in Brillanten unterwegs gewesen war. Oder besser noch in Smaragden. Ja, genau dafür sparte sie sich den Namen »Effie Marconi« auf. Für ein Smaragdarmband. Und von einer Senatorenwitwe mußte es sein!

»Jimmilein«, schmollte sie, »du bist heute gar nicht lieb.« Jimmilein erhob sich. Kam auf sie zu. Blieb vor ihr stehen. Und dann donnerte er Harrys Geschichte heraus.

Grit erschrak, hielt sich die Hand vor den Mund, sah aus, als hätte sie ein schlechtes Gewissen.

Und Jim brüllte, tobte. Grit konnte vor Angst kein Wort sagen. Aber dann überkam sie der Mut der Verzweiflung. Sie wurde wütend. Keifte. Schrie Jim an. Fuchtelte ihm mit ihren kleinen Fäusten vor dem Gesicht herum. Was er doch für ein kläglicher Hosenmatz wäre gegen diesen Dickie Dick Dickens! Der sei der Mann, an dem man sich ein Beispiel nehmen kann!

Der schenkte seiner Freundin Smaragde und keine popeligen Brillanten!

Jim schäumte. Daher also pfiff der Wind. Deswegen hatte sie ihm die Suppe von gestern abend versalzen!

Er wurde ruhig. Strich Grit übers Haar.

Die streckte sich. Mauzte, schnurrte.

»Verrat«, sagte Jim Cooper leise, »ist das einzige, was ich nicht verzeihe.«

Er legte seine Hände um ihren Hals.

Es war allgemein bekannt, daß Jim Cooper über einen kräftigen Händedruck verfügte. Auch Grit wußte das. Doch heute sollte es das letztemal sein, daß sie sich darüber ärgerte.

Grit Matthews' Schicksal war besiegelt. Kein Maunzen und Trippeln und Girren konnte sie retten.

Brillanten von Gangsterliebchen funkeln hell, aber nicht hell genug, um einen dunklen Tod zu erleuchten.

Und der ist ihnen sicher.

Gangsterliebchen sollten das wissen.

Die Nacht begann sich über Chicago zu senken. Tags über hatte es geregnet. Es war finster, windig und naß. In den Pfützen spiegelten sich die grellen, zuckenden Lichter der Innenstadt, die einsamen Laternen der dunklen Nebenstraßen.

Das Bananenverkäuferviertel lag wie ausgestorben. Nur in den hundertunddrei Kneipen und Bars, in den Drugstores und Kaschemmen saßen die Bananenverkäufer und feierten einen fetten Tag. Ihre Brieftaschen waren prall, ihre Gesichter feist und glänzend und ihre Zigarren aus Havanna. Sie tranken schwarz gebrannten Schnaps, sie grölten und hielten kleine Mädchen im Arm. Sie tasteten mit ihren Blicken die langen, schmalen Beine der Nachtclubtänzerinnen herunter bis zu den klappernden Schuhen, sie hingen breitwanstig über Barhockern und balzten mit fetten, rothaarigen Bardamen.

Das war Dickies Nacht!

Es war aber auch die Nacht der Polizei. Die Nacht, auf die Jim Cooper wartete. Mit ihm Harry, Mark, Jefferson.

Effie hatte ihn angefleht, daheimzubleiben. Sprach von ihrem »komischen Vorgefühl«.

»Ob du nun komische Gefühle hast oder nicht, Schätzchen, niemand kann mich daran hindern, meiner Arbeit nachzugehen. Niemand! Hörst du? Auch nicht die Polizei.«

»Was willst du tun, Dickie? Gegen dich steht die gesamte

Polizei Chicagos und Jim Coopers Bande! Das sind zuviel, du kannst sie nicht alle umlegen.«

»Wer spricht denn von umlegen, Süße? Ein Mann wie Dickie Dick Dickens weiß sich anders zu helfen. Keine Bange, ich schieße nicht. Bin nur ein kleiner Taschendieb. Gute Nacht, liebes Mädel!«

Sprach's und fuhr davon.

Während nun Dickie Dick Dickens seinen mausgrauen Chevrolet nach dem Bananenverkäuferviertel lenkte, während Effie zu Hause den Schutzpatron aller Diebe und Wegelagerer um Hilfe anflehte, ließ Kommissar Hillbilly zum zweitenmal den modernsten Polizei-Apparat der Staaten spielen.

Diesmal waren es keine Uniformierten, knallten keine warnenden Polizeistiefel, glitzerten keine Einsatzwagen. Elf Kontaktmänner leiteten elf Einsatzgruppen mit insgesamt hundertvierundvierzig Zivilbeamten der Chicagoer Polizei. Sie alle waren zu dieser Stunde nach einem genau festgelegten Plan auf dem gesamten Gebiet des Bananenverkäuferviertels postiert. Sie standen auf den Straßen, fuhren in Autos, saßen in Kneipen und Bars. Hundertvierundvierzig Geheimpolizisten, die – jeder einzelne mit einer scharfgeladenen Dienstpistole bewaffnet – ihre in jahrelangem Training geschulten Augen schweifen ließen. Hundertvierundvierzig im Kampf mit der Unterwelt gehärtete Männer, jeder bis zum äußersten entschlossen, einen Taschendieb zur Strecke zu bringen, auf dessen Kopf eine Belohnung von zehntausend Dollar stand. Männer einer dunklen, grauen, unscheinbaren Armee.

In »Baby's Bottle« saß Jim Cooper. Seine Leute waren auf bewährte Posten verteilt. Würden der grauen Armee schon die Beute zutreiben, wenn's nötig war.

Doch die Geduld all dieser wackeren, mutigen Männer sollte auf eine harte Probe gestellt werden. So sehr sie ihre geschulten Augen auch schweifen ließen, sie konnten nirgendwo einen Taschendieb entdecken.

Erst zwei und eine halbe Stunde später als gemutmaßt entdeckte der 41jährige Polizeisergeant William Grewhall (sprich gruh-hol) in einer abgelegenen Gasse einen ihm verdächtig erscheinenden Mann.

Der Mann blieb auf Anruf stehen und sagte höflich: »Ja, bitte?«

Fragte der Sergeant: »Was haben Sie in Ihrer Aktentasche?«

»Handelsware«, kam die bescheidene Antwort.

Der Beamte nahm dienstliche Haltung an. »Wollen Sie die mir mal zeigen?«

»Tut mir leid«, sagte der Mann mit der Aktentasche, »nichts für neugierige Jungen.«

Der Sergeant wurde ärgerlich. »Keine Spirenzchen, Mann! Öffnen Sie die Tasche! Kriminalpolizei!« Er wies seine Marke vor.

Der Mann winkte ab. Lächelte. »Ich weiß, ich weiß. Wenn ich richtig gezählt habe, seid ihr zusammen hundertvierundvierzig Beamte, die alle Dickie Dick Dickens suchen. Wenn Sie mich fragen ... zu viel Ehre für einen kleinen Taschendieb.«

»Das zu beurteilen ist wohl nicht Ihre Sache, Freundchen!« Sergeant Grewhall bekam langsam einen roten Kopf, was man in der Dunkelheit allerdings nicht sehen konnte. Für Eingeweihte war es ein untrügliches Zeichen, daß er in kürzester Zeit in eine rasante Wut ausbrechen würde. Meistens blieb dann kein Auge trocken. Doch der Mann mit der Aktentasche blieb guter Dinge.

»Das kann ich sehr gut beurteilen«, meinte er, »weil ich nämlich selbst dieser Dickens bin. So –«, er stieß den Sergeanten beiseite, »nun mach Platz, Junge, ich muß weiter.«

»Stehenbleiben!« schrie Sergeant Grewhall. »Hände hoch!«

Aber Dickie blieb weder stehen, noch nahm er die Hände hoch. Er rannte los. Grewhall hinterher. Er erreichte ihn, wollte nach ihm langen. Da traf ihn eine knallharte Linke am rechten Fleck. Er stöhnte auf, strauchelte, fiel nicht. Brüllte noch mal: »Stehenbleiben! Hände hoch, oder ich ...«

Mitten im Gebrüll hielt er inne. Seine Hand tastete an seinem Körper entlang.

»Verdammt noch mal ... was ist das?«

Dann gellte die Polizeipfeife.

»Haltet den Dieb! Haltet ihn! Dort läuft er!«

Seiner Pfeife antwortete eine zweite, dritte, vierte*. Überall Rufen, Brüllen, Schreien, Laufen! Und immer dasselbe: »Halt, oder ich ...«

Und dann leise: »Was ist das?« – »Verfluchte Schweinerei!« sagte der eine, »Nanu«, der andere. Was sie auch sagten, die

* Siehe Allgm. Polizeidienstanweisung, 4.–7. Aufl., Kap. XIII, Abs. 7c, Ziffer 22: »Die Polizeidienstflöte gilt als akustisches Signalinstrument. Sie ist im Bedarfsfall an die gespitzten Lippen zu führen und mit einem durch heftiges Ausatmen erzeugten Luftstrom in Tätigkeit zu setzen.«

hundertvierundvierzig Geheimpolizisten, eines war ihnen allen gemeinsam: der verblüffte Gesichtsausdruck, die tastende Hand. In das Gellen der Polizeipfeifen mischte sich Heulen von Polizeisirenen, Motorengeräusch, quietschende Reifen um die Ecken brausender Wagen.

Dickie Dick Dickens flüchtete über den Bananenmarkt. Fünf, sechs, acht Beamte verfolgten ihn. Hart auf der Spur. Wollten schießen, blieben stehen, tasteten mit der Hand. Dickie lief wie ein Olympiasprinter, versteckte sich in Hauseingängen, hinter Mauerecken. Und lachte! Lachte laut in die Nacht hinein. Lachte in das Gellen der Pfeifen, das Jaulen der Sirenen, das Brüllen der Männer.

In seinem Wagen saß Kommissar Hillbilly. Sah seine Leute. Schrie: »Warum schießt ihr nicht! Zum Teufel, warum schießt ihr nicht!?« Seine Stimme überschlug sich.

Und Dickie Dick Dickens rannte weiter. Kam zu seinem mausgrauen Chevrolet. Sprang in den Wagen, fuhr mit aufheulendem Motor kreuz und quer. Verschwand im Dunkel der Nacht.

Am Westufer des Michigansees machte er halt und warf eine schwere Aktentasche über die Uferbrüstung ins Wasser. Ihr folgte eine zweite, eine dritte Tasche. Und Dickie Dick Dickens lachte.

Im Polizeirevier des 72. Bezirks, Chicago West, saß Kommissar Hillbilly. Er war gelb im Gesicht vor Wut.

Um ihn herum standen sein Assistent Sergeant Martin, Sergeant Grewhall sowie drei Inspektoren und fünf Kontaktmänner.

»Was sagen Sie da?!« fragte Hillbilly, stand auf, beugte sich vor und stützte beide Arme auf seinen Schreibtisch.

Sergeant Grewhall fand den Mut zur Antwort.

»Die Geschichte ist uns sehr peinlich, Herr Kommissar! Unsere Leute waren machtlos.«

»Machtlos?!« Hillbilly wurde noch gelber und sah Martin an.

Der hob den Kopf, sah seinem Chef mutig ins Gesicht.

»Jawohl, Herr Kommissar. Unsere Leute waren machtlos. Als sie schießen wollten, mußten sie feststellen, daß sie keine Pistolen mehr hatten. Niemand hatte eine Waffe. Dickie Dick Dickens hatte sie sämtlich gestohlen.«

Währenddessen saß Dickie Dick Dickens in seinem Blockhaus am trauten Kamin und intonierte auf seiner Mundharmonika das bekannte Lied: »Bin nur ein kleiner Taschendieb, gute Nacht, liebes Mädel, gut' Nacht!«

In einem Brief an seine Jugendfreundin Bella Cora del Hortini bezeichnet Dickens dieses Erlebnis als das heiterste in seiner Laufbahn.

»Wenn ich nicht, geschätzte Cora«, so schreibt er, »eine so gesunde Konstitution gehabt hätte, wäre ich in dieser Nacht vor Lachen gestorben.«

Gar lustig ist das Räuberleben

Was ein Appetithäppchen vor dem Essen ist und warum die Situation der Gangsterbräute sozialpolitisch immer noch so labil ist ...

Man stelle sich vor: sämtlichen Polypen das Schießeisen gestohlen! So war Dickie Dick Dickens, der gefährlichste Verbrecher, über den die Annalen der amerikanischen Bundespolizei zu berichten wissen; der Mann, der wie kein anderer je vor oder nach ihm seinen Beruf von der Pike auf erlernt hat, der Mann, der sich in strebsamer, unermüdlicher Kleinarbeit vom unbedeutenden Taschendieb zum unterweltsbeherrschenden Gangsterboß emporgearbeitet hat. Ein Autodidakt – gewiß – doch welch glanzvolle Karriere!

Das Bostoner Institut für vergleichende Kriminalistik stellt in einer ausführlichen wissenschaftlichen Untersuchung fest, daß Dickie Dick Dickens – hätte ihn der Zufall in die politische Laufbahn verschlagen – vermutlich aufsehenerregendere und größere Taten als Cäsar, Nero, Napoleon, Washington und Stalin vollbracht hätte. Doch Dickie hatte in selbstentäußernder Größe seine ganze Schaffenskraft dem Verbrechen verschrieben. Selbst als ihm im Jahre 1931 der Posten eines Senators angeboten wurde, widerstand er der Versuchung und blieb seiner Berufung treu.

Zu dem Zeitpunkt, da unsere Geschichte spielt, hatte er seine große Karriere noch vor sich. Wir schreiben das Jahr 1924. Amerikas Alkoholschmuggler waren im letzten Jahr Großverdiener geworden, der Charleston erlebte seine Blütezeit. Doch Dickie stand noch auf der Schattenseite dieser Welt. Mühsam mußte er seinen Lebensunterhalt als kleiner Taschendieb zusammenkratzen. Er verdiente selten mehr als tausend Dollar in der Woche.

Den Charleston konnte er übrigens gar nicht leiden, wie er überhaupt der modernen Musik nicht sehr zugetan war. Er liebte mehr den Wiener Walzer, den er auch in seiner spärlichen Freizeit auf einem kleinen Klavier mit hurtiger Fertigkeit zu spielen wußte.

Es war ein lauer, warmer Abend, als Dickie, angetan mit seiner olivgrünen Wildlederjacke mit Fransen an den unteren Ärmelenden sowie seiner tabakbraunen Cummerbundweste, am Klavier saß. Die tabakfarbene Cummerbundweste aus Wildleder war übrigens eine in der letzten Zeit von ihm eingeführte erhebliche Verschönerung seines Anzuges. Sie stach in angenehmer Weise gegen die dunkelolivgrünen Gabardinehosen ab und war eine Errungenschaft, die er sich dank der ständig steigenden Einnahmen aus dem Bananenverkäuferviertel leisten konnte.

Schmunzelnd ließ er seine schlanken, muskulösen Finger über die Tasten gleiten, hier und da auch die rechte Taste zur richtigen Note treffend.

»Wenn ich etwas zu sagen hätte«, meinte er zu der neben ihm sitzenden Effie, »so müßte jeder Taschendieb Klavierspielen lernen. Das trainiert die Finger.«

Effie blickte träumerisch auf ihn. »Vielleicht hast du ja mal was zu sagen?«

»Ah – bah!« machte Dickie und endete sein Klavierspiel. »Ich bin glücklich mit dem, was ich habe, Effie. Will nicht hoch hinaus. Täglich 'n paar gute Diebstähle, mehr nicht. Sonst komme ich am Ende noch mit dem Gesetz in Konflikt.«

Darauf sie, auf die Uhr sehend: »Es ist schon drei. Willst du nicht an die Arbeit gehen?«

Dick empörte sich: »Aber Effie! Heute ist doch Sonntag!«

»Ach so.« Effie lachte. »Das hatte ich ganz vergessen. Die anderen nehmen es ja auch nicht so genau mit den Feiertagen.«

Dick zog die Augenbrauen hoch. »Wer sind die anderen?«

Effie, die plötzlich merkte, daß sie sich verplappert hatte, sagte irgend was mit »Och ...« und »nur so«.

Aber Dickie ließ nicht locker. Mit Nachdruck fragte er: »Wer sind die anderen, Effie!?«

Effie plapperte: »'n paar Leute, die ich kennengelernt habe.«

Dick sah sie streng an. »Was für Leute?«

Effie sah deutlich, daß Dick nicht länger fackeln würde. Er liebte keine Heimlichkeiten.

»Na ja«, maulte sie, »Grit Matthews ist doch abgeschafft worden. Und nun ist da ihre Nachfolgerin, die Maggy Felbrow. Die ist auch bei uns ... Flügeltänzerin ... sehr tüchtig ...«

Dicks Stimme klang nicht sehr freundlich, als er Effie unterbrach: »Moment mal! Wenn ich mich richtig erinnere, war deine Kollegin Grit Matthews mit Jim Cooper befreundet, und der hat sie sich mittels Tod vom Halse geschafft. Folglich ist also die Nachfolgerin von Grit auch die Nachfolgerin bei Jim Cooper?«

Effie antwortete nicht. Dick sah sie ruhig und kalt an. Eine steile Falte hatte sich zwischen seinen Augenbrauen gebildet. Effie zupfte an ihrem Taschentuch. Machte eine Maus daraus.

»Na?!« fuhr sie Dick an. Die Lautstärke ließ keine Wünsche offen.

Sie bequemte sich zu sagen: »Ja, sicher ... aber ...«

Dick unterbrach sie, wütend, empört: »Jetzt freß ich aber einen Elefantenrüssel, garniert! Du verkehrst bei Jim Cooper?!«

Jim Cooper hatte ihn ja unlängst bei der Polizei verpfiffen, was nach dem internationalen, heute noch gültigen Ehrenkodex der Unterwelt als sehr unfein gilt.

Dicks Empörung war also mehr als verständlich. »Ich habe dich«, begann er eine längere Moralpauke, »stets für eine Dame gehalten, Effie. Daß du's mal mit anderen Männern hast – na, schön, das gehört sich zwar nicht, doch damit könnte man sich zur Not abfinden. Sollte ich einen der Burschen zufällig mal treffen, knalle ich ihm eine Hand voll Blei in den Bauch. Aber damit hat sich's dann auch, ich bin ja nicht nachtragend. Jedoch –«, er hob Stimme und Zeigefinger – »mit Jim Cooper verkehrt man in keinem und keinstem Falle, wenn man mit einem Dickens befreundet ist, verstehst du?!«

Er setzte sich, erschöpft von so langer Rede. Dann schüttelte er den Kopf. Er konnte es nicht verstehen. Seine Effie!!

Effie war ganz klein und machte ein Gesicht wie ein gerupfter Vogel. »Aber Dickie! So war das gar nicht. Du warst unterwegs ... arbeiten. Ich hatte nichts zu tun ... ich langweilte mich. Dick, ich war allein ... wußte nicht, wann du wiederkommst ...«

Worte, die übrigens ein kritisches Licht auf die sozialpolitisch so labile Situation der Gangsterbräute werfen!

Effie sagte noch eine ganze Menge. Daß die Kollegin sie eingeladen habe und daß sie nach allerlei Sträuben und Gewissensbissen dann doch gegangen sei. Zu einer Party in der Villa Cooper. Vielleicht, so hatte sie gedacht, könne sie dabei etwas auskundschaften.

»Komm, komm«, sagte Dickie ärgerlich und stopfte seine Pfeife. Übrigens die erste, die er seit zwei Jahren wieder rauchte. Effie hätte allein daran seine starke seelische Erregung bemerken müssen. Dick bedauerte es sehr, noch immer nicht das für Gangster so unerläßliche Austauschen von echten Gefühlen gegen eine bekömmlichere Sentimentalität vorgenommen zu haben. Es ist wirklich nervenschonender, sich an Hunde, Katzen oder dicke Möpse zu verströmen, als auch nur einen Gedanken an menschliche Beziehungen zu verschwenden. Gangster befolgen diese notwendigen Gesundheitsmaßnahmen im allgemeinen. Dickie, der Dummkopf, leider nicht.

»Glaubst du mir nicht?« fragte Effie.

»Keine Silbe«, knurrte Dick.

Effie trat zu ihm und streichelte ihn.

»Ich gehöre doch zu dir«, sagte sie leise, »Es tut mir leid«, noch leiser und »Es gehörte sich nicht«, völlig unverständlich.

Dick paffte vor sich hin. Dann sah er auf.

»Gut«, sagte er, »ich gebe dir eine Chance. Ich werde ja merken, ob du versuchst, mich zu verkochen. Und dann nimm dich in acht!« Seine großen, blauen Augen sahen sie unverwandt an. »Dann ist's aus mit Essen und Trinken, schöne Sprüche machen und Atmen und so . . . aus und vorbei!«

Effie nickte, Tränen in den Augen.

Und dann entwickelte Dick ihr seinen Plan. Sie solle ruhig öfter zu Jim Cooper gehen. Von ihm aus jeden Tag. Sich an ihn 'ranmachen, sich mit seinen Leuten anfreunden.

»Dann wirst du mir erzählen, was du dort gehört hast. Und wenn der richtige Zeitpunkt gekommen ist, lasse ich den ganzen Laden in die Luft gehen! So«, beendete Dick seine Ausführungen, »und nun wollen wir den Sonntag genießen.«

Mit diesen Worten wandte er sich wieder dem Klavierspiel zu.

Diese Episode, so unbedeutend sie auch scheinen mag, läßt den Charakter des Mannes Dickie Dick Dickens in einem recht typischen Licht erstrahlen. Zwischen Walzertakten faßte er – beinahe spielerisch – einen Entschluß, der, wie sich später herausstellen sollte, von schwerwiegender Bedeutung war. Ähnliche Begebenheiten weiß man übrigens von dem Österreicher Metternich zu berichten.

Dickie Dick Dickens hatte die Begabung seiner Freundin Effie Marconi richtig eingeschätzt. Der Umgang mit Männern war kein Neuland mehr für sie.

Es vergingen keine zehn Tage, und Effie hatte unbeschränkten Zugang zu den exklusivsten Kreisen um Jim Cooper.

Doch bereits am dreizehnten Tag passierte eine Panne. Einer von Jim Coopers Leuten hatte für Effie Feuer gefangen. Will Harper, ein Autodieb von erheblicher Tüchtigkeit. Er bestand darauf, Effie nach Hause zu begleiten. Aber Effie wollte nicht. Denn ihr »zu Hause« war gleichzeitig Dicks »zu Hause«. Und das durften die Cooper-Leute nicht wissen.

Will Harper verlegte sich aufs Bitten. Er beschwor sie. Und bitte, da stände sein wunderbares Auto, frisch gestohlen. Mehr könne Effie doch wirklich nicht verlangen.

Doch Effie weigerte sich. Bis es Will Harper zu bunt wurde. Sein Maß an Höflichkeit war sowieso schon überschritten. Er stieß sie grob in seinen Wagen. Brauste los.

Eine verteufelte Situation! Wenn Will Harper merkte, daß sie mit Dickie Dick Dickens zusammenlebte, war die Hölle los! Jim Cooper würde erfahren, daß sie eine Spionin war – und was dann kam ... um das abzuzählen, brauchte sie keine fünf Finger!

Jim Cooper pflegte Spione und Spitzel durch Halsabschneiden zu bestrafen. Ein Brauchtum, das übrigens in modernen Verbrecherorganisationen kaum mehr üblich ist. Aus hygienischen Gründen bedient man sich heute in solchen Fällen normalerweise des Revolvers. Das Endresultat ist allerdings meist das gleiche.

So wußte Effie, daß sie ihrem Tod entgegenfuhr. Ihre Stunden waren gezählt. Gewissermaßen nach Kilometern gezählt. In ihrer Verblüffung hatte sie Harper auch den richtigen Weg gewiesen. Den Weg zu Dickies Blockhaus. Es gab kein Zurück ... kein Entrinnen ...

Dann war es soweit. Sie hatten das Blockhaus erreicht.

Stiegen aus. Gingen den Weg hinter der Baumgruppe entlang. Eine letzte Hoffnung hatte Effie: Vielleicht wußte Will Harper nicht, daß dies Dickies Haus war.

Doch da blieb Harper plötzlich stehen. »Sag mal«, fragte er langsam und gedehnt, »ist das nicht das Haus von Dickie Dick Dickens?«

Effies Herz stand still. Ihre Beine versagten den Dienst. Jetzt ...

»Wenn Sie freundlichst nichts dagegen haben, mein Herr«, sagte da eine Stimme hinter Will Harper, »es ist mein Häuschen.«

Und dann zerrissen drei Pistolenschüsse die Stille der Nacht.

Das war das Ende von Will Harper.

Man fand seine Leiche zwei Tage später auf dem Trockenboden der Wäscherei »Express«.

In der Wachstube vom Polizeirevier des 72. Bezirkes, Chicago West, knallte eine Tür.

Sergeant Martin kam auf seinen Vorgesetzten zu. »Kommissar Hillbilly! Kommissar ...!«

Hillbilly stöhnte. »Warum schreien Sie schon wieder, Martin? Ich erschrecke mich noch zu Tode, wenn Sie zur Tür hereinkommen!«

»Lustige Nachrichten, Kommissar!« japste Sergeant Martin. »Da scheint mal wieder ein kleiner Bandenkrieg ausgebrochen zu sein. Wir haben die Leiche aus der Wäscherei identifiziert. Es ist Will Harper. Strafregister: Autodiebstahl, Autodiebstahl, Autodiebstahl. Ein Wunder, daß in Chicago überhaupt noch ein Auto fährt, das er nicht geklaut hat. Außerdem zwei Morde.«

»Hm!« – Hillbilly zog die Stirn kraus. »War er organisiert?«

»Ja. Seit sechs Jahren. In Jim Coopers Bande.«

»So? Um Jim Cooper war es aber in letzter Zeit verdammt still.«

»Kommissar«, sagte Sergeant Martin und bemühte sich, leise zu sprechen, »wenn Sie mich fragen, das ist kein gutes Zeichen! So fangen die Bandenkriege immer an. Erst ein Toter und dann ...«

Hillbilly lächelte über den Eifer seines Sergeanten. »Na, na, nun malen Sie nicht gleich den Teufel an die Wand, Martin! Kann ja auch ein ganz normaler Mord sein.«

»Ja, schon«, meinte Sergeant Martin kleinlaut, »wenn's bloß Will Harper wäre ... Aber das andere ...«

Hillbilly sah ihn erstaunt an. »Was? Wovon sprechen Sie?«

Sergeant Martin nahm dienstliche Haltung an. »Heute nacht hat man wieder eine Leiche gefunden. Auf dem Reparaturgelände der städtischen Verkehrsbetriebe, in einem ausgedienten Straßenbahnwagen. Micky Borilla. Er gehörte ebenfalls zu Jim Coopers Bande.«

Was Sergeant Martin nicht melden konnte, war: Auch Micky Borilla hatte versucht, Effie Marconi nach Hause zu begleiten.

Man kann nicht gerade sagen, daß es um Micky Borilla sehr schade war. Er hatte selbst fünf Morde auf dem Gewissen.

Etwas anders verhielt sich die Sachlage bei Aldo Scheckwitz, einem jungen, unbescholtenen Geldfälscher, der sich vier Tage später in Effie verliebte.

Auch er begleitete sie nach Hause.

Armer Aldo!

Ja, Effie Marconi hatte einen ziemlich umfangreichen Männerverschleiß. Nach vier Wochen war Jim Coopers Bande bereits um fünf Leute dezimiert.

Auf die Dauer konnte das Fortbleiben dieser Mitglieder in Jim Coopers Bande natürlich nicht verborgen bleiben. Zuerst sickerte durch, daß sich die Herren weder beim Kartenspiel noch um einen Kasten Bier gegenseitig abgeschossen hatten. Auch hatte sich keiner eine Unbotmäßigkeit wie etwa Kritik am Führer oder selbständiges Denken zuschulden kommen lassen. Sie waren also von auswärts erledigt worden!!

Als sich Effie Marconi in diesen für sie und Dickie Dick Dikkens höchst spannungsreichen Tagen wieder einmal bei einer der so entzückenden, von allen Gangsterkolumnisten gerühmten Jim-Cooper-Parties einfand, wurde sie plötzlich ohne Umschweife von Jim, dem hohen Herrn selbst, angesprochen.

Der Meister bat sie in seinen Privatraum.

Hier, inmitten einer Atmosphäre der Gediegenheit und des guten Geschmacks, kam die massige, große Gestalt des Unterweltsfürsten so recht zur Geltung.

Sein Auge blitzte Effie an. Sein breiter Mund lächelte.

»Setz dich, Kleine!«

Effie gehorchte.

Jim, der umständlich in einem wundervoll gearbeiteten Lederstuhl aus der Pionierzeit Platz genommen hatte, schien zunächst angestrengt nachzudenken. Dann grunzte er Muhkuhlaute und bot Effie einen Drink an.

Effie saß, anscheinend lässig, ihre hübschen, langen Beine talentvoll durcheinandergewirbelt, in einem Sessel, dessen blauer Lederbezug ihr goldenes Haar so recht zur Geltung brachte.

Innerlich war ihr weder lässig noch nach Geltung zumute. Ihr war, schlicht gesagt, mulmig. Was wollte Jim Cooper von ihr?

Er redete allerlei Dümmliches, Belangloses.

Sie antwortete. Ebenso dümmlich und belanglos. Wollte er sie als Appetithäppchen vor dem Essen vernaschen? Wußte er, was sie hier tat? Effie schauderte. Dann würde sie Jims kräftigen Händedruck kennenlernen.

Das Gespräch plänkelte dahin. Jims Auge richtete sich plötzlich auf Effie. Es sah eigentlich ganz gemütlich aus.

»Sag mal, Kindchen«, grunzte er, »du warst doch mal mit diesem Dickens befreundet? Hä?«

Effie konnte nicht sprechen. Ihr saßen Klöße und Frösche im

Hals, das Herz saß ganz anderswo, und ein dicker Stein lag im Magen. Es war schrecklich.

»Na«, grunzte Jim heiter, »nun gib's schon zu. Onkel Jim weiß doch alles. Ist ja kein Unglück. Jeder hat mal so'n dunklen Punkt in seinem Leben.«

Sein eines Auge glimmerte, funkelte begehrlich.

»Mach mir 'n bißchen Sorge um dich«, fuhr er fort und paffte. »Harry hat mir da ein drolliges Ding erzählt. Da war'n mal 'n paar von meinen Jungs, die haben dich nett gefunden. Sind mit dir nach Hause gegangen – und wurden nicht mehr gesehen.«

Er machte eine Pause. Sah sie an.

Effie sagte zögernd: »Ja – ja, das ist mir auch schon aufgefallen.«

Jim sagte »So«. Paffte. Grunzte. Und dann rückte er mit seiner Frage heraus. Ob sie mit dem Dickens Krach gehabt hätte?

Effie sagte: »Ja.«

Hm. Und ob der Kerl vielleicht immer noch eifersüchtig sei?

Effie sagte: »Ja.«

Er fragte weiter. Ob sie glaube, daß Dickie die Leute abserviert hätte?

Nein – o nein, das könne sie sich nicht denken.

Aber er könne. Und *ob* er sich das denken könne!

»Weißt du, Kindchen, in unserer Branche muß man immer mit einem Verlustgeschäft rechnen. Sozusagen Bandenschwund. Aber fünf Mann in einem Monat – das ist ein bißchen happig!«

Fragte sie, ob sie mit diesem Dickens noch manchmal zusammenkäme?

Nein! Oh! Nein!

»Dein Glück, Kindchen. Ich hätte sonst auch für deinen Seelenfrieden fürchten müssen. Er lebt nämlich nicht mehr lange«, sagte Jim Cooper gemächlich und sprach damit von Dickie. »Übermorgen ist er fällig.«

Lachte. Muhkuhte. Paffte und rief nach Harry.

Der kam. Schiefmäulig, grinsend, eilfertig.

Jim sagte: »Harry wird dich in deine Pension bringen.«

»Meine Pension?« Effies Mund schien nicht ganz zuzugehen.

»Ja«, meinte Jim freundlich, »zur Sicherheit. Ich habe für dich ein Zimmer gemietet. Bei Mammy Tobo-Dutch. Eine zuverlässige, reinliche Frau. Dort bleibst du wohnen, bis die Sache Dickens erledigt ist.«

Harry fing an zu zappeln.

»Zum Kotzen siehst du aus«, sagte Jim und warf ihm das Whiskyglas ins Gesicht. »Was willst du?«

Als guter Bandenführer hatte er sofort erkannt, daß Harry etwas auf dem Herzen hatte.

»Chef, hast du mal auf deinen Terminkalender gekuckt? Für morgen nacht ist ein Bankeinbruch geplant!«

»Großaktion«, warf Jim ein.

Harry dienerte. »Wie besprochen. Aber mir fehlen die Leute. Ich brauche dringend Ersatz für die fünf Mann Schwund. Vor allem fehlt ein Schmiereposten.«

Jim sah zum Fenster hinaus. Draußen funkelte Chicago. Glimmerte und blinkte. Und Jim Cooper war sein König. So jedenfalls war ihm zumute.

Er gab sich einen Ruck. Dachte an die Wirklichkeit, an den Schmiereposten. »Nimm die Kleine hier.« Er deutete auf Effie.

»Ich?« entsetzte sich Effie. »Schmiere stehen?«

»Sag bloß, du hast so was noch nie getan.«

»Doch, doch«, beeilte sich Effie zu sagen.

»Erledigt«, sagte Jim Cooper. »Harry, du bringst Effie in ihre neue Behausung. Zu Mammy Tobo-Dutch. Auf dem Wege kannst du alle Einzelheiten mit ihr besprechen. Ab dafür!«

Die Audienz war beendet.

Als sie draußen waren, sagte Harry: »Na, gerne arbeite ich ja nicht mit Frauen. Aber wenn's sein muß – bitte.«

Grinste schiefmäulig und stieß Effie ins Auto.

Als Dickie Dick Dickens spät am Abend, wieder einmal seinem geliebten Klavierspiel frönend, flink und emsig seine Finger über die Tasten huschen ließ, ging plötzlich ein eigenartiges Geflimmer und Gefunkel im Hause los. Lichter gingen an und aus, kleine, blaue Birnen leuchteten auf, Birnen, die, wie man jetzt sehen konnte, zwar winzig klein, doch allerorts angebracht waren, selbst im Inneren des Klaviers. Erst flimmerte es blau, dann leuchtete es gelb, und plötzlich, zugleich mit einem deutlich hörbaren Summton, flammte es an allen Ecken, Kanten und Winkeln rot.

Jemand hatte die Alarmschwelle überschritten. Das bedeutete: jemand, der diesem Haus fremd war.

Wer zu Dickie gehörte, wußte, daß er erst hinter die Baumgruppe im Garten zu treten und in das Innere des einen, linken Baumes von rechts hineinzufassen hatte. Dieser Baum war an einer Stelle hohl. Dort befand sich ein Schalter. Genaugenommen zwei: Wurde der linke, also Schalter A, betätigt, flammten im Haus milde, freundliche grüne Birnen auf. Das hieß: »Keine Gefahr. Gut Freund.« Wurde der zweite, also Schalter B, betätigt, flammte es violett. Das bedeutete: »Jemand ist hinter mir her.«

Diese Schalter kannte nur Effie.

Ging aber ein Fremder munter fürbaß auf das trauliche Häuslein zu, so entfachte er, ohne es zu ahnen, jenes Feuerwerk von aufleuchtenden Birnen, das Dickie just an diesem Abend beobachtete. Die Farben gaben die Entfernung des Fremden vom Hause an.

Nachdem die roten Lichter aufgeflammt und der Summer ertönt war, griff Dickie automatisch zur Pistole.

Es klopfte.

Dickie antwortete nicht.

Es klopfte noch einmal. Stärker.

Dickie schlich zur Haustür. Trat auf die Fußmatte. Sofort lag das Haus in tiefer Dunkelheit. Innen und außen.

Da hörte er eine Stimme, heiser, krächzend: »Lassen Sie mich rein, Mr. Dickens, schnell!«

Dickie verhielt den Atem. Lud die Pistole durch.

Wieder die Stimme: »Lassen Sie mich rein!«

Dick entsicherte die Pistole.

»Ich komme von Effie Marconi.«

Dick öffnete. Immer noch herrschte Finsternis.

»Machen Sie die Tür zu«, flüsterte die heisere Stimme. »Man darf mich hier nicht sehen.«

Dickie ließ die Person ein. »Wer sind Sie?« fragte er in das Dunkel.

Die Stimme klang nun weniger heiser. Es war eine Frau. »Ich bin Mammy Tobo-Dutch. Hab' eine kleine Pension, möblierte Zimmer und so. Effie Marconi wohnt jetzt bei mir.«

Dick ließ das Licht aufflammen. Vor ihm stand eine fast zwergenhaft kleine Frau. Ihr Oberkörper war breit und kräftig, ihre Beine kurz und gedrungen. Sie war alt, runzlig, hatte wirres, schmutziges, graues Haar.

»Eine mittlere Hexe«, dachte Dickie. Laut fragte er: »Effie?«

Die Alte nickte.

»Ich wollte gerade anfangen, mir Sorgen um sie zu machen. Ist sie denn verrückt geworden?«

»Nein, nein«, sagte das Weiblein, »das glaube ich nicht. Wissen Sie, Jim Cooper hat sie bei mir einquartiert. Zwangsweise, wenn Ihnen das was sagt.«

Dick antwortete nicht.

Die Alte redete weiter. Trat dabei von einem kurzen Bein auf das andere.

»Sie darf das Haus nicht verlassen. Sie haben jemand zur Bewachung dagelassen. Aber ich hab' das nicht mit ansehen können. Also da *mußte* ich einfach helfen! Effie hat ja auch angedeutet, daß Ihnen eine Nachricht von ihr sicher hundert Dollar wert wäre. Nicht, daß es mir auf das Geld ankäme. O nein, o nein, bin ja nicht habgierig! Nein, wirklich, mein Herr, ich will tot umfallen, wenn ich ...«

Dick unterbrach das Gelaber. »Bleiben Sie lieber stehen«, sagte er und zog eine Hundert-Dollar-Note aus der Brieftasche. »Lügen haben kurze Beine«, dachte er und sah auf die zu knapp bemessenen Beinchen der Oma. Dann zeigte er ihr einen zweiten Schein. Den, so sagte er, könne sie sich verdienen, wenn ihr noch mehr von Effie einfiele. Ja, Dick wußte, wie man mit solchen Leuten umgehen muß.

Ihre kleinen, trüben Augen blitzten auf, als sie den Geldschein sah und unentwegt davon redete, daß sie das doch gar nicht annehmen könne und dem Herrn ja nur eine Freude machen wolle. Zumal Jim Cooper ihn doch nun auch umbringen lassen wolle!

»Wann?« fragte Dick.

»Übermorgen«, schwatzte die Alte. »Morgen paßt es wohl nicht, da haben die Herren was anderes vor. Bankraub oder so. Auf die Farmers Bank in der Waterloostreet. Und Effie muß Schmiere stehen.«

Sie machte eine Pause. Fraß das Geld fast mit den Augen.

Dick sah sie wütend an. »Die Farmers Bank?! Das ist doch *mein* Bezirk! Da haben Jim Coopers Leute nichts verloren.«

»Ja«, murmelte die Alte, »die haben Sie wohl nicht mehr auf der Rechnung, mein Herr. Übermorgen sind Sie ja sowieso schon alle. Effie meint übrigens, Sie sollten stiftengehen.«

»Und Effie? Was wird aus ihr?«

Die Alte zuckte die Schultern. »Kann bei Jim Cooper bleiben. Da ist sie versorgt.«

Und dann schwatzte sie wieder davon, daß sie sich ja aus Geld nichts mache, daß sie dem Herrn nur eine Freude bereiten wollte und daß sie nicht etwa auf die zweiten hundert Dollar aus wäre, die der Herr ihr versprochen hätte ...

Dick gab ihr den Schein. Sie faßte mit ausgedörrten Vogelkrallenhänden nach dem Geld und meinte noch einmal, das sei doch wirklich nicht nötig.

Dick öffnete die Tür. Die Alte verschwand im Dunkel der Nacht. Dick wunderte sich, daß so was wie die nicht auf einem Besen nach Hause ritt.

Setzte sich wieder ans Klavier und spielte Walzer. Und beschloß, dem großen Jim Cooper eine Handvoll Sand ins Getriebe zu werfen. Der sollte seine Freude haben!

Im Hinterzimmer von »Baby's Bottle« herrschte eine angespannte Atmosphäre. Jim Cooper und seine Leute hielten letzte Lagebesprechung vor dem Überfall auf die Farmers Bank.

Harry, der Generalstabler der Bande, hatte seinen großen Tag.

»So, Jungs«, sagte er mit metallisch klingender Stimme, »hier ist der Plan. Bitte genau einzusehen! Das ist die Bank – hier der Haupteingang ...« Er zeigte mit einem Zeigestock auf den an der Wand aufgehängten Lageplan. Dann fuhr er fort: »Hier ist der Nebeneingang. Der Nachtwächter kommt pünktlich 0.32 Uhr zur zweiten Runde. Er geht erst zum Nebeneingang. Dort erwarten ihn Garry und Jack.«

Die beiden Genannten traten einen Schritt vor.

Harry sagte: »Keine Schießerei, Jack, kein Aufsehen! Gebt ihm eins auf die Gedächtnishalle, fesseln, knebeln, Schlüssel abnehmen, Tür aufschließen. Dafür angesetzte Zeit: 3 Minuten.«

Jack und Garry traten ins Glied zurück. Harry fuhr fort: »0.35 Uhr erscheint Conny, erledigt die Hauptsicherung sowie die Alarmanlage. Dafür angesetzte Zeit: 5 Minuten. Plus 1 Minute Sicherheitsspielraum. 0.41 Uhr öffnen Jack und Garry die Verbindungstür zum Schalterraum. Vorsicht im Gebrauch von Taschenlampen, die Fenster sind nicht verdunkelt. Genau 0.42 Uhr erscheinen Frank und Jefferson mit dem Schneidbrenner und beginnen mit der Arbeit am Tresor.«

Harry gab seine Anweisungen präzise und knapp. Jeder verstand ihn. Die Männer bewunderten ihn.

Wie jedermann weiß, bedarf eine kriminelle Großaktion eingehender Vorbereitung und strengster fachmännischer Planung. Dazu sind Intelligenz, Ausdauer und Bandengeist unerläßlich. Nur der erfahrene Experte kennt all die Gefahren, die des Nachts auf einen harmlosen Einbrecher lauern, kennt die verhängnisvollen Zufälle, die schon so manchen strebsamen Banditen um die Früchte seines Fleißes und hinter Schloß und Riegel gebracht haben.

Um diesen Gefahren zu begegnen, pflegen geübte Verbrecher vor jeder Aktion ausführliche, wiederholte Lagebesprechungen abzuhalten. Es dauert oft Stunden, bis diese Konferenzen zu ihrem Ende kommen. Diese letzte Lagebesprechung mit Harry war dagegen knapp.

Bereits nach drei Stunden war Harry fast am Ende. Nur über den Abtransport des geraubten Geldes herrschten noch einige Zweifel. Harry wiederholte also langsam und eindringlich:

»Pünktlich 1.07 kommt Mark mit dem Lieferwagen aus nördlicher Richtung die Waterloostreet entlang. Passiert Wachtposten Nummer 5 – das ist Effie Marconi.«

Der etwas schwerfällige Mark notierte mit großen, ungelenken Krikelkrakel-Buchstaben in sein Notizheft: »1.07 Uhr – Waterloostreet – Wachtposten 5 – Effie Marconi.«

Harry fuhr fort: »Sollte etwas faul sein, gibt Effie Signal, und es wird angehalten. Anderenfalls wird glatt durchgefahren zum Nebeneingang der Bank und mit laufendem Motor gewartet. Kapiert?«

Mark nickte mit dem Kopf und notierte.

»1.08 Uhr kommen Jefferson und Frank mit der Beute. Ihr werft sie auf den Lieferwagen. Der Wagen fährt ohne Verzug ab zum Hauptquartier.«

Wieder nickte Mark mit dem Kopf und steckte ein Kaugummi in den Mund. Seine Kameraden atmeten auf, denn jeder von ihnen wußte: Wenn Mark begann, Kaugummis zu knabbern, dann war bei ihm der Groschen gefallen.

Harry beendete seine Instruktionsstunde:

»Frank und Jefferson tragen den Nachtwächter wieder in den Schalterraum und schließen die Tür hinter ihm ab. Angesetzte Zeit: 3 Minuten. 1.11 Uhr holt euch Charles mit dem Mannschaftswagen ab. Das ist alles. Hat noch jemand eine Frage? Danke, meine Herren!«

Harry verließ staksbeinig das Hinterzimmer von »Baby's Bottle«. Er war mit sich zufrieden.

Die Nacht brach herein. Präzise wie das Uhrwerk eines feinmechanischen Instruments rollte der Plan ab.

0.32 Uhr wurde der Nachtwächter überwältigt.

0.40 Uhr war die Alarmanlage außer Betrieb.

0.41 Uhr betraten Garry und Jack den Schalterraum.

0.42 Uhr begannen Frank und Jefferson, den Tresor mit dem Schneidbrenner aufzuschweißen.

Währenddessen standen zahlreiche unsichtbare Mitarbeiter auf ihren nächtlichen Posten und halfen auf ihre Weise, das große Unternehmen zum Erfolg zu führen. So zum Beispiel das motorisierte Rollkommando, das zwei Straßenzüge weiter in Alarmbereitschaft stand.

Gegenüber dem Nebeneingang der Bank stand Harry in einer Fernsprechzelle, telefonierte mit Jim Cooper, der vom Hauptquartier aus den Einsatz leitete.

Draußen, rings um das Gelände der Farmers Bank verteilt, standen die einsamen Wachtposten, auch Schmieren genannt.

Durchbohrten die Finsternis mit hellwachen Augen.

Unter ihnen Effie Marconi.

Effie fror. Die Nacht war kühl. Sie hatte keinen warmen Mantel angezogen.

Einsam war es. Einsam und kalt.

Ihr erster Einsatz bei Jim Cooper.

Sie war nervös. Einsam und nervös.

Sie hatte auf einmal Angst. Kein Mensch weit und breit! Oder doch? War dort jemand?

Ja, sie spürte es. Hinter ihr kroch es heran! Ein menschlicher Körper wand sich auf der Straße langsam vorwärts. Es griff nach ihren Füßen ...

Sie wollte schreien. Hielt sich die Hand vor den Mund. Den Griff kannte sie. So griff nur einer. So sicher, so warm, so gut.

Er war es! Wie aus dem Boden geschossen stand er plötzlich da.

Fragte leise: »Wo steht die nächste Schmiere?«

Effie antwortete. Noch leiser: »Gegenüber der Bank. In der Telefonzelle.«

»Gut. Wann kommt der Wagen, der die Sore abholt?«

»1.07 Uhr.«

»1.07 Uhr? O Schätzchen, da haben wir ja noch 12 Minuten Zeit!«

Und küßte sie herzhaft.

Auf die Minute genau hatten Frank und Jefferson den Tresor geschafft. Sie gaben das vereinbarte Zeichen, räumten den Tresor aus, verpackten den Inhalt in zwei Holzkisten, die Garry und Jack inzwischen bereitgestellt hatten. 4 Minuten Zeit waren dafür angesetzt. Sie mußten hart arbeiten. Aber dann war es soweit. Der Tresor war leer, die Kisten voll.

1.07 Uhr. Der Lieferwagen bog, aus nördlicher Richtung kommend, in die Waterloostreet ein.

Harry telefonierte mit Jim. Beobachtete dabei das Gelände.

»Alles in Ordnung, Chef, da kommt der Wagen. Passiert gerade Wachtposten Nummer 5. – Nanu! Was ist denn da los?«

Der Wagen war stehengeblieben. Harry konnte zwar in der Dunkelheit nicht sehen, was dort vor sich ging. Aber er fluchte.

Und Jim, am anderen Ende der Leitung, fluchte auch. Was denn in Dreiteufelsnamen in diesen Mark gefahren sei?

»Weiß nicht, Chef«, brüllte Harry, »kann von hier aus nichts sehen. Vermutlich hat er wieder die Instruktionen durcheinander gekriegt, der Esel! Aber jetzt ...« Er atmete auf. »Jetzt fährt er weiter.«

Jim fluchte noch immer. 30 Sekunden Verlust.

Doch dann klappte alles wie am Schnürchen. Mark und Jefferson beluden den Wagen, der dann, wenn auch mit 30 Sekunden Verspätung, so doch planmäßig weiterfuhr. Erfreut gab Harry die Erfolgsmeldung durchs Telefon. Es würde nicht mehr lange dauern, und der Wagen würde im Hauptquartier Jim Coopers eintreffen.

Jim wartete schon. Er war wütend über die 30 Sekunden. Er sollte lange warten.

Er saß in der kleinen, dreckigen Kneipe »Baby's Bottle«, saß die ganze Nacht und wartete. Die anderen waren alle nach Hause gegangen. Schlafen. Nach getaner Arbeit ist gut ruhen. Nur der Chef muß wach sein. Der Führer wacht – die anderen schlafen.

Er trommelte mit den Fäusten auf den Tisch. Trank nichts. Brüllte die Wände an und erschrak vor seiner eigenen Stimme. Traute sich nicht aus dem Bau. War für keinen zu sprechen. Gangster machen das so, wenn sie ihrer Sache nicht ganz sicher sind.

Es war 6 Uhr und drei Minuten, als sich endlich die Tür auftat. Herein trat, blond, frisch gekämmt und mit blanken Augen: Kommissar Hillbilly. Jim spielte den Überraschten. Tatsächlich war ihm speiübel.

Kommissar Hillbilly bestellte sich einen Kaffee und teilte Jim in spielerischem Ton mit, daß heute nacht die Farmers Bank in der Waterloostreet ausgeraubt worden sei. Eine halbe Million in bar und dreihunderttausend in Goldbarren.

Jim sagte gelassen »Ach nein!« Er war die Unschuld in Person. Ob er dem Kommissar helfen könne?

Hillbilly sagte es ihm auf den Kopf zu: »Das waren Ihre Leute, das war Ihre Technik, Jim! Vorzügliche Generalstabsarbeit – typisch Jim Cooper!«

Jim grinste. Er hörte das gern und sagte: »Besten Dank. Und was möchten Sie jetzt von mir?«

»Sie mitnehmen und Ihr hübsches Heim durchsuchen. War lange nicht mehr dort, Jim! Haussuchungen bei Ihnen sind immer nett!«

Der Kommissar redete ihn so höflich an. Er mußte seiner Sache verflucht sicher sein!

»Und was wollen Sie, bitte, finden? Doch nicht etwa Beweise für Ihre drollige Theorie?«

»O doch«, antwortete Hillbilly sanft. »So wie ich Sie kenne, haben Sie mindestens einen Goldbarren in Ihrer Villa versteckt. Den werde ich finden, und dann sind Sie dran!«

Jim lachte nicht, wie Hillbilly erwartet hatte. Er senkte den Kopf und ballte die Fäuste. Starrte aus seinem einen Auge finster in die Gegend.

»Ich muß Sie enttäuschen. Ich habe keinen der Goldbarren je gesehen. Vertrauen gegen Vertrauen, Kommissar: Die Generalstabsarbeit war kalter Kaffee. Der Plan hat nicht funktioniert.«

Hillbilly schüttelte den Kopf.

»Reden Sie sich nicht 'raus, Jim Cooper! Der Nachtwächter hat mir alles genau berichtet. Acht Minuten nach eins ist der Lieferwagen vorgefahren und hat die Beute abgeholt.«

»Ja! Ja!« schrie Jim Cooper und sprang auf. Seine Stimme überschlug sich. Er heulte vor Wut.

»Aber am Steuer saß keiner von meinen Leuten! Am Steuer saß Dickie Dick Dickens!«

Und Dickie Dick Dickens, der zum Glück über einen Führerschein aller Klassen verfügte, fuhr ungehindert durch die Nacht, der aufgehenden Sonne entgegen.

In einem Brief an seine Jugendfreundin Bella Cora del Hortini bezeichnete Dickens dieses Erlebnis als einen wesentlichen Wendepunkt in seiner Laufbahn.

»In dieser Nacht, geschätzte Cora«, so schreibt er, »wurde mir bewußt, daß man mit dem gleichen Risiko eine Million wie eine Geldbörse stehlen kann. Man muß bloß wissen, wo man sie findet.«

Warum Scharfschützen in ausgestopften Pferden stecken, ein zahnloser Opa Kaugummi kaut und ein breites, blechernes Maul lästert ...

Dickie Dick Dickens, dessen Bild mehr Steckbriefe geziert hat als Clark Gable Künstlerpostkarten, war sogar der berühmteste Verbrecher des Erdenrundes – ein Titel übrigens, der bei verschiedenen Autoritäten heftige Meinungsverschiedenheiten hervorgerufen hat.

Noch dreißig Jahre später erreicht uns ein Brief der Schülerin Nelly Callhell (14) aus Obermosenbreitengau folgenden Inhalts:

»Wir vom Dickie-Dick-Dickens-Club vertreten den Standpunkt, daß er – und kein anderer sich so nennen darf! Unser Dickie hat durch seine unvergleichlichen Schwefeltaten (gemeint sind wohl Freveltaten; Anm. d. Red.) und durch seinen hervorragenden Mut zum Verbrechertum bewiesen, daß er als einziger den Titel ›Berühmtester Verbrecher des Erdenrunds‹ zu tragen berechtigt ist. Außerdem hat er so hübsche, dunkle Augenwimpern.«

Hingegen äußert sich Tessy Pulkins (17), kaufmännischer Lehrling, zu diesem Thema wie folgt:

»Wir vom Al-Capone-Club sind da ganz anderer Meinung. Wir sind froh und dankbar, daß der deutsche Buchhandel uns jungen Menschen endlich auch einmal Gelegenheit gibt, zu diesem Thema Stellung zu nehmen. Unser Al Capone hat in seinem Leben so viel schönes Böses vollbracht, daß er mindestens in der vordersten Reihe der internationalen Verbrecherprominenz steht. Wir haben Al Capone wegen seiner kaltblütigen Charakterlosigkeit zu unserem Idol erwählt, das wir bewundern und verehren. Und wir dulden nicht, daß der Dickie-Dick-Dickens-Club die Verdienste unseres Al in den Schatten stellt!«

So und ähnlich kann man es noch heute vielfach lesen.

Im Laufe der Jahre trat Dickie Dick Dickens dermaßen in den Mittelpunkt des öffentlichen Interesses, daß es nicht wunder nimmt, daß die Meinungen über ihn hart aufeinanderprallten. Doch waren die Stimmen der Bewunderung stets zahlreicher als die der Ablehnung. Ein Gerücht besagt sogar, daß er im Jahre

1947 die Verbrecherlaufbahn aufgegeben und das Halfter seines Colts an die Wand gehängt hat, da er sich vor Autogrammbitten seiner Verehrer nicht mehr zu retten wußte.

Doch vorläufig schreiben wir noch das Jahr 1924.

Am Morgen nach dem Einbruch fuhr ein grauer Lieferwagen in gemächlichem Tempo die Landstraße von Cary nach Peoria entlang, um dann bei Silvermans-Cross in die Straße einzubiegen, die in nördlicher Richtung über Rockford nach Milwaukee führte. Am Steuer dieses Wagens saß, vergnüglich vor sich hinpfeifend, Dickie Dick Dickens, neben ihm seine treue Weggenossin Effie Marconi.

Dickie Dick Dickens war der Meinung, daß es höchste Zeit gewesen war, Jim Cooper eins auf die Finger zu geben. Das Bananenverkäuferviertel von Chicago gehörte nun mal Dickie, da hatte Jim keine Bank auszurauben; das war gegen die Abmachung. Und die Farmers Bank lag im Bananenverkäuferviertel. Daß Jim Cooper ihn außerdem noch umlegen lassen wollte, nahm Dickie ihm nicht gar zu übel. In Verbrecherkreisen kommt so etwas schon mal vor.

Aber natürlich: Gern hat man es nicht.

Wenn man nun der Meinung war, daß Dickie Dick Dickens nach seinem Erfolg, der ihm immerhin runde achthunderttausend Dollar eingebracht hatte, sehr fröhlich war, so sollte man sich täuschen. Im Gegenteil; er war recht melancholisch. Während er den Wagen nach Norden steuerte, dachte er nach. Über sich, über sein Leben, über seine Vergangenheit, über seine Zukunft.

»Wahrhaftig, Effie«, sinnierte er, »das Leben ist unbarmherzig. Ich hatte die besten Vorsätze. Ich bin ein kleiner Taschendieb und wollte es immer bleiben! Aber was ist nun daraus geworden? Ich habe achthunderttausend Dollar und muß fürchten, daß ich damit auch noch Scherereien bekomme!«

Dieser lebenskluge Skeptizismus, dem wir des öfteren in den Äußerungen des Meisterverbrechers begegnen, zeugt von der reservierten Achtsamkeit, mit der Dickens allen Fragen dieses Lebens gegenüberstand. »Nur nicht übermütig werden«, war Dickies Parole, »Leichtsinn ist der Vater des Verbrecheralbums« einer seiner meistzitierten Aussprüche.

Während sich Dickie und Effie mit jeder Sekunde weiter vom Orte des Verbrechens entfernten, war in Chicago die Hölle los.

Vor den Toren der Farmers Bank in der Waterloostreet staute

sich eine empörte Menschenmenge. Es waren in der Hauptsache Farmer und Getreidehändler. Man johlte, schrie und schimpfte.

Aus dem ganzen Lande waren die Farmer nach Chicago gekommen. Es war der erste Dienstag des neuen Monats. An diesem Tage – so war es üblich – hielt man in Chicago Getreideauktion. Für eine Nacht hatten die Leute ihr Geld in der Farmers Bank deponiert, um es am nächsten Morgen wieder abzuheben. Eben diese eine Nacht aber hatte sich Jim Cooper für seinen frechen Raub ausgesucht. Daher auch war die Beute so groß gewesen. Und nun standen die Farmer vor leeren Kassen.

Im Direktionszimmer des Bankgebäudes spielte sich eine ergreifende Tragödie ab. Ein verzweifelter Mann rang mit seiner Pistole. Es war Mr. Mocklebird Pinkshower, der Direktor der Bank. Der Verlust von achthunderttausend ihm anvertrauter Dollar hatte ihn schier um den Verstand gebracht. Er wollte sich das Leben nehmen. Leider war er kurzsichtig, so daß er zweimal danebenschoß. Als er die Pistole zum drittenmal ansetzte, sprang ein beherzter Polizist geistesgegenwärtig dazwischen und verhaftete Mr. Mocklebird Pinkshower wegen öffentlicher Ruhestörung.

Alles Flehen des guten Mannes half nichts. Er durfte sich nicht erschießen.

Am bedauerlichsten allerdings war die Tatsache, daß Mr. Mocklebird Pinkshower der Polizei die Mitteilung machen mußte, daß die Nummern der geraubten Geldscheine nicht notiert worden waren. Da man das Geld der Farmer nur eine Nacht lang aufbewahrte und es zudem nur eine Gefälligkeit der Bank ihren Kunden gegenüber war, hatte man es nicht für nötig gehalten, die Nummern zu notieren. Kommissar Hillbilly schlug vor Entsetzen die Hände über dem Kopf zusammen, als er das hörte. Er beschwor Mr. Mocklebird Pinkshower, darüber kein Wort verlauten zu lassen. Kein Wort!

Kaum hatte Kommissar Hillbilly den Schreck überwunden, wurde er auch schon von der Presse bestürmt. Als er sich für ein Interview bereit erklärte, quoll die ganze kamerabewaffnete Meute von der Hetze ihres Berufes gejagter Journalisten herein.

Einem Maschinengewehrfeuer von etwa sechshundert Schuß in der Minute gleich prasselten die Fragen auf ihn ein:

»Haben Sie schon eine Spur von dem Bankeinbrecher?«

»Sind Einzelheiten über den Täter bekannt?«

»Wieviel Geld ist entwendet worden?«
»Hat er schon andere Einbrüche verübt?«
»Hat die Bank die Geldscheinnummern notiert?«
Pausenlos. Frage auf Frage.

Hillbilly wartete ab. Beobachtete. Überlegte. Dann beantwortete er alle Fragen im Zusammenhang:

»Im Verlauf der bis jetzt getätigten Ermittlungen verfolgen wir mehrere Spuren. Der Täter ist gelernter Taschendieb. Nähere Einzelheiten sind uns nicht bekannt. Er ist noch nicht vorbestraft. Sein Name ist Dickie Dick Dickens. Leider besitzen wir kein Foto des Täters. Die Beute beträgt achthunderttausend Dollar. Die Nummern der Geldscheine sind notiert. Der Täter ist flüchtig.«

Das war alles.

»Herr Kommissar, wir danken Ihnen für das Gespräch!«

Die Masse quoll wieder aus dem Zimmer, hetzte an die Telefone.

Dick und Effie fuhren weiter in nördlicher Richtung. Nachdem sie gründlich gefrühstückt hatten, war auch Dickies Laune wieder besser geworden. Unterwegs kaufte er sich sämtliche Zeitungen. Stellte fest, daß er eine gute Presse hatte.

»Unglaubliches Bubenstück – tolldreister Handstreich eines Einzelgängers«, las er Effie vor, die Absätze überspringend. Dann stockte er, suchte mit den Augen, fand etwas, sagte »Aha!« und las vor:

»Wie die Polizei mitteilt, hat sie von der Farmers Bank eine vollständige Liste über die Seriennummern der entwendeten Geldscheine erhalten.«

Dick schlug die Zeitung zu. Strahlte Effie an.

»Großartig, Effie! Jetzt können wir das Geld ausgeben!«

Worauf Effie ihn mit erschreckten, aber deutlichen Worten für verrückt erklärte.

Dick lachte: »Benutz mal deinen Kopf zum Denken, Süße! Hätte die Bank die Nummern der Scheine notiert – was täte dann die Polizei?«

Effie sagte: »Sie gäbe die Listen an die Banken weiter.«

»Sehr gut«, lobte Dick, »und an Sparkassen, Postämter, Fahrkartenschalter der Eisenbahn und so weiter. Warum tut das die Polizei?«

Effie, das kluge Kind, kannte sich aus. »Damit man den Täter fängt, sobald er Geld einzahlt.«

Dick nickte wohlgefällig. »Gut, gut. Das tut der Täter aber nur, wenn er *nicht* weiß, daß die Polizei die Nummern hat. Also wäre die Polizei dumm, wenn sie veröffentlichen ließe, daß sie die Nummern hat.«

Effie nickte.

Dickie fuhr fort: »Die Polizei ist aber nicht dumm! Deswegen kannst du mit Sicherheit annehmen, daß sie die Nummern in Wirklichkeit gar nicht hat. Sie will uns bloß ein bißchen bluffen.«

Effie sah Dick bewundernd an. Sie hätte weinen mögen über so viel Klugheit.

In Chicago gingen währenddessen die kriminalpolizeilichen Untersuchungen weiter. Finster entschlossen, den entflohenen Bankräuber zu fassen, scheute Kommissar Hillbilly vor keinem Mittel zurück, das ihn diesem Ziel näherbringen konnte.

Neben Mr. Mocklebird Pinkshower gab es einen zweiten Mann, der durch Dickies Handstreich stark geschädigt worden war. Jedenfalls seiner Meinung nach. Das war Jim Cooper.

Kommissar Hillbilly begab sich ein zweitesmal an diesem Tag zu Jim. Der befand sich in ziemlich desolatem Zustand. Achthunderttausend Dollar Verlust konnte selbst ein kräftiger Mann wie Jim Cooper schwer verwinden. Dies ist die Stelle, wo Gangster verwundbar sind.

Kommissar Hillbilly wußte das. Daher beschloß er, um Jim nicht unnötig zu reizen, so vorsichtig und diplomatisch wie möglich vorzugehen. Mit zartfühlenden Worten machte er ihm klar, daß er nun zum Schaden auch noch den Ärger hinzubekommen könne. Er sei nämlich straffällig geworden, weil er den Einbruch verübt hatte. Auch wenn ihm die Beute durch die Nase gegangen war. Aber die Polizei würde sicher ein Auge zudrükken, wenn Jim ihr helfen würde, diesen Dickens zu erlegen.

Jim zog die Stirn in Falten. Überlegte. Doch dann winkte er ab.

»Nee, nee, Kommissar, dann kriegt doch die Polizei das Geld!«

»Jawohl«, sagte Hillbilly streng, »und die Polizei wird das Geld dem rechtmäßigen Besitzer zurückerstatten.«

Jim plusterte sich auf. »So weit kommt das! Die Achthunderttausend stehen *mir* zu! Dafür haben *meine* Leute gearbeitet! Hart gearbeitet! Haben mehr als ihre Pflicht getan! Haben sich eine ganze Nacht um die Ohren geschlagen!«

Jim ereiferte sich mehr und mehr. »Ja, wo kommen wir denn da hin, wenn jeder Polizist die Jungs um den Lohn ihrer Arbeit bringt?! Und ...«, er erhob sich, schlug sich mit der Hand an die Brust, »... ich soll der Polizei dazu meine Hand leihen? Wofür, mein Kommissar, zahle ich meine Steuern?! Etwa für Gesetze, die meine Jungs ins Elend stürzen!?«

Er mußte sich mit der Hand über die Augen fahren. *Seine Jungs!* Das war ein wunder Punkt bei ihm. Da wurde der knallharte Jim weich.

Aber Hillbilly war auch nicht von gestern. Er ließ Jim toben, grunzen, muhkuhen und Reden halten. Dann rechnete er ihm die Jährchen vor, die Jim voraussichtlich ins Zuchthaus wandern würde. Voraussichtlich! Wenn er nicht vorzöge, Hillbilly ein paar Fragen zu beantworten. Zum Beispiel, wie der Wagen ausgesehen habe, in dem Dickens abgesaust war. Welche Kennnummer er hatte.

Jim druckste herum. Ließ seine Zigarette wandern. Starrte mit seinem einen Auge in die Ferne.

Schließlich gab er sich einen Ruck, kritzelte eine Nummer auf ein Stück Papier, reichte Hillbilly den Zettel, sprach dazu mit trauerumflorter Stimme:

»Grauer Lieferwagen, 22er Ford.«

Hatte Kommissar Hillbilly gedacht, Dick auf diese Weise zu fassen, so hatte er sich gründlich geirrt. Der alte graue 22er Ford stand etwa hundertelf Kilometer südöstlich von Green Bay in einer einsamen Waldung verborgen.

Dickie hatte sich längst – wenn auch schweren Herzens – einen neuen Cadillac gekauft, mit dem er seine Fahrt nach Norden fortsetzte.

Woraus man ersieht, daß unverhoffter Reichtum auch einen so umsichtigen Mann wie Dickie Dick Dickens zum Leichtsinn verführen kann. Für seine Verhältnisse war es die reine Verschwendung, sich ein Auto zu *kaufen*, wo doch so viele Wagen auf der Straße herumstanden, die er mühelos hätte stehlen können.

Vor einem Drugstore machte Dickie halt, um ein Ferngespräch mit Chicago zu führen. Rief die Hexe Mammy Tobo-Dutch an. Versprach ihr fünftausend Dollar, wenn sie Jim Cooper wissen ließe, daß er, Dickie Dick Dickens, sich mit Effie Marconi auf einer einsamen Farm, dreißig Kilometer südlich von La Crosse, am Ufer des Mississippi befände. Er ließ die Alte das auswendig lernen.

»Eine einsame Farm, dreißig Kilometer südlich von La Crosse, am Ufer des Mississippi.«

»Richtig.«

»Und wie soll ich das Mr. Cooper beibringen?«

»Keine Sorge«, sagte Dickie, »er kommt zu Ihnen und wird Sie fragen.« Legte den Hörer auf.

Fünftausend Dollar! Die Alte überschlug sich fast.

Dickie Dick Dickens hatte richtig vermutet. Es vergingen keine drei Stunden, und Jim Cooper besuchte Mammy Tobo-Dutch.

Er habe, so sagte er, vor einigen Tagen ein junges Mädchen bei Mammy Tobo-Dutch einquartiert. Effie Marconi hieße sie, die Freundin von einem gewissen Dickie Dick Dickens. Und ob sie wisse, was aus der Kleinen geworden sei?

Mammy Tobo-Dutch zierte sich, rückte nicht mit der Sprache heraus. Jim schlug ihr ins Gesicht. Darauf erzählte sie, was Dick ihr aufgetragen hatte. Jim warf ihr fünfzig Dollar vor die Füße.

Als er gegangen war, spuckte sie darauf.

Dick und Effie waren am Ziel ihrer Fahrt angelangt. Eine kleine, einsame Farm, dreißig Kilometer südlich von La Crosse, am Ufer des Mississippi.

Dort erwartete sie ein alter, freundlicher Mann, den Dick »Opa Crackle« nannte. Er sah älter und dümmer aus, als er war. Dick kannte ihn seit seiner Jugend. Vor allem wußte er, daß Opa Crackle verläßlich war. Dickie bedeutete ihm, daß Effie und er bleiben wollten. Für ein paar Tage. Und er zahle gut. Fünfzigtausend Dollar.

Opa Crackle winkte ab. Nein, nein – kein Geld. Nicht von Dickie. Nicht von *dem* Geld! Opa Crackle war nicht auf den Kopf gefallen. Mit gestohlenem Geld, so wußte er, hat man leicht Schwierigkeiten.

»Also gut. Goldbarren.«

Opas Augen glänzten. »Aber gewiß doch, dafür ...«

»In Ordnung«, sagte Dickie, »also fünfzigtausend in Gold. Wir müssen das Haus ein bißchen herrichten. Kann sein, daß es eine kleine Schießerei gibt.«

Das machte nichts, meinte Opa.

»Ich brauche zwei Dutzend harte Burschen, die mit einem Schießeisen umgehen können.«

Die ließen sich beschaffen, sagte Opa. Watschelte davon.

Als Effie von Dick erfuhr, daß ihr neues Domizil dreißig Kilometer südlich von La Crosse am Ufer des Mississippi gelegen war, schrie sie entsetzt auf: »Aber Dickie, dann erfährt doch Jim Cooper ganz genau, wo wir sind!«

Dick tätschelte sie. »Das war ja auch der Zweck der Übung.«

Effie starrte ihn entgeistert an und hielt ihn für geisteskrank. Oder wahrheitsliebend. Was schließlich so ungefähr auf dasselbe hinauslief.

Dick nahm ihre Hand. »Schau mal, Effie«, sagte er, »vor Jim Cooper haben wir von nun an keine Ruhe mehr. Der hat den Bauch voll Zorn und hetzt hinter mir her, kreuz und quer durchs Land. Wo immer ich hinkomme, muß ich aufpassen, daß ich nicht einem von Jim Coopers Leuten über den Weg laufe. Um eine Auseinandersetzung mit Jim komme ich nicht herum.«

Effie jammerte: »Deswegen brauchst du ihn dir doch nicht selbst auf den Hals zu hetzen!«

Dick richtete sich auf. »Das ist ein genialer Feldherr, der Ort und Stunde der Schlacht nach eigenem Belieben festsetzt!«

Effie sah ihn aus großen, kullerdummen Augen an. »Deswegen hast du unterwegs die Waffen gekauft?«

»Du sagst es. Hier, auf dieser Farm, werden wir sie erwarten. Jim Cooper und seine Leute. Sie werden alle, alle kommen, aber ich fürchte, nur wenige von ihnen werden wieder nach Hause fahren.«

Effie barg ihren blonden Kopf an seiner Brust. Sie liebte ihn.

Dickie Dick Dickens hatte Jim Cooper überschätzt. Er hielt ihn für einen fairen Gegner. Er erwartete, daß Jim Cooper den Kampf nach dem ungeschriebenen, aber ehernen Gesetz der Unterwelt führen würde.

Eines dieser Gesetze, das nach übereinstimmender Meinung führender Kriminalhistoriker noch auf Jippidey Poppelong, den berüchtigten Eisenbahnräuber aus dem Wilden Westen, zurückgeht, beinhaltet, daß sich ein Verbrecher nie und nimmer mit den Staatsorganen verbünden darf, um die Rivalität mit einem Kollegen auszufechten. Auf Überschreitung dieses Gesetzes steht dreimalige Durchsiebung des Oberkörpers mit schwerkalibrigen Geschossen.

Jim Cooper muß das Risiko gekannt haben, das er einging, als er dieses Gesetz überschritt.

Am Nachmittag dieses denkwürdigen Tages klingelte auf dem Revier des 72. Bezirkes, Chicago West, das Telefon. Jim Cooper verlangte Kommissar Hillbilly zu sprechen.

»Wollen Sie wissen, wo Dickie Dick Dickens ist, Kommissar?« grunzte er.

Der Kommissar antwortete knapp: »Ja.«

»Auf einer einsamen Farm, dreißig Kilometer südlich von La Crosse, am Ufer des Mississippi.«

»Danke, Jim!«

Knack.

Hillbilly erhob sich, riß die Tür seines Büros auf und brüllte: »Sergeant Martin!«

Der fuhr hoch wie eine Rakete.

»Kommissar!!??«

»Mobilisieren Sie alle verfügbaren Leute! Wir fahren nach La Crosse!«

Seine Stimme klang wie das Schmettern von Fanfaren.

Auf Opa Crackles Farm herrschte Hochbetrieb.

Nach anfänglichen Verhandlungsschwierigkeiten war es teils mit Hilfe von Opa Crackles Überredungskünsten, teils mit Hilfe von Dicks Goldbarren gelungen, fünfundzwanzig wackere Männer einzustellen. Männer, die gelernt hatten, zuzupacken, die jede Gelegenheit und jeden Verdienst wahrnahmen.

Eine fieberhafte Tätigkeit setzte ein. In der Scheune hinter dem Haus waren ein paar Kisten Waffen abgestellt. Inhalt: ein halbes Dutzend Maschinenpistolen, zwanzig Karabiner, drei Maschinengewehre und eine Panzerabwehrkanone.

Fenster wurden verriegelt, Mauern verstärkt, Deckungsgräben ausgehoben, Scheinwerfer aufgestellt, Maschinengewehre in Stellung gebracht, Beobachtungsposten weit ins Gelände vorgeschoben. Männerschweiß rann in Strömen. Schwielige Fäuste packten zu.

Schlag elf Uhr am Vormittag des nächsten Tages waren alle Vorbereitungen für die Schlacht abgeschlossen.

Opa Crackle ging pfeifend auf seinen wackligen Beinen umher. Ihm war es recht, daß geschossen werden sollte. Er liebte die Abwechslung.

Für Dick, die Männer und Effie begann eine nervenzerreißende Zeit des Wartens. Niemand wußte, wann Jim Cooper anrükken würde.

Wer von der Straße heranfuhr, sah das Gehöft hinter Bäumen und Büschen romantisch versteckt liegen. Niemand konnte ahnen, daß dort eine Festung lag. Pferde schienen friedlich auf der Wiese vor dem Haus zu weiden.

Es waren ausgestopfte Tiere, in deren Inneren Scharfschützen saßen.

Dick wußte sehr wohl, daß die Idee mit den Pferden nicht neu war. Soweit ihm bekannt, hatten Balkanrevolutionäre früher einmal einen ähnlichen Trick angewandt. Ihm gefiel es.

Die brütende, nordamerikanische Sonne begann höherzusteigen. Ein wolkenloser Himmel lachte über dem Land. Chicago und sein staubiges, verdrecktes, verschwitztes Großstadtpflaster, sein klebriger, aufgeweichter Asphalt lagen weit. Auf den Wiesen summten die Bienen, schwirrten Schmetterlinge.

Drinnen, in der guten Stube Opa Crackles, tickte die altersschwache Wanduhr. Räusperte sich mit mächtigem Knarren zu klimperndem Elf-Uhr-Schlag.

Opa Crackle hörte es. »'s ist elf Uhr«, sagte er.

Dick und Effie nickten.

Draußen waren die Männer, standen auf ihren Posten.

Nichts zu hören. Nichts zu sehen. Nur die Bienen. Und die Schmetterlinge.

Und drinnen tickte die Uhr.

Opa Crackle mahlte sein Kaugummi zwischen den zahnlosen Kiefern.

Da!

Von weitem konnte man es hören:

Tuck ... tuck ... tuck ...

Und dann ein schwaches, feines Brummen.

Dick öffnete das Fenster. Horchte hinaus.

Kein Zweifel! Motorengeräusche! Aber was bedeutete dieses eintönige »Tuck ... tuck ... tuck«?

Opa Crackle wußte es.

»Ein Schiff kommt den Mississippi herauf ... zwei ...«

Der Alte horchte angestrengt. Legte die Hand ans Ohr.

»Drei.«

Plötzlich begann es wild an der Haustür zu klopfen.

»Parole?« flüsterte Dick.

»Goldbarren«, flüsterte es zurück. Einmal, zweimal, dreimal.

Dick ließ jeden ein. Jeder der Männer brachte Nachricht. Schlimme Nachricht!

Drei Polizeiboote kamen den Fluß herauf.

Ein Mann kam von seinem Beobachtungsposten an der Straßenkreuzung. Brüllte:

»Da kommt eine Autokolonne heran, Chef. Mindestens zwanzig Fahrzeuge, wenn nicht noch mehr! Es ist Polizei!«

Polizei! Dieser Ruf gellte durchs Haus, fraß sich in die Gehirne der Männer. Nicht Jim Cooper kam und seine Leute. Die Polizei rückte mit gewaltiger Übermacht näher und näher. Ängstlich schauten sich die Männer an. Was tun? Opa Crackle schimpfte: »Ihr seid mir vielleicht Helden. Kaum seht ihr 'n paar Uniformknöpfe, schon rutscht euch das Herz in die Hosen.«

Das hätten sie nicht abgemacht, murrten die Männer.

»Wir werden bezahlt, um gegen Jim Cooper zu kämpfen, und gegen niemanden sonst! Mit der Polizei wollen wir nichts zu tun haben!«

Kaum hatte Dick begonnen, die Leute zu beruhigen, stürmte ein neuer Beobachtungsposten heran. Verdreckt, schwitzend, Karabiner umgehängt mit dem Lauf nach unten.

»Mensch, Chef«, keuchte er, »wir sind im Eimer! Hinter dem Haus, fünfhundert Meter entfernt, stehen Panzerspähwagen ...«

»Wieviel?«

»Hatte keine Zeit, sie zu zählen. Etwa ein Dutzend, würde ich sagen, vielleicht auch mehr. Wir können uns da nicht halten. Wir haben nur ein Maschinengewehr und 'n paar Karabiner!«

Dick schwieg. Er mußte an Jim denken. Der hätte den Kerl jetzt abgeknallt und »Durchhalten!« gebrüllt. Bei dem hätte keiner gewagt, von seinem Posten zu gehen. Dafür wären sie nachher auch alle tot.

Bei ihm redeten sie davon, was abgemacht war ...

»Schon gut«, sagte er leise, »zieht euch zurück.«

»Das haben wir schon getan, Chef.«

Eine steile Falte bildete sich zwischen Dicks Augenbrauen. Er stopfte sich eine Pfeife. Das war – wie Effie wußte – ein Alarmsignal, denn Dick rauchte nur in äußerster seelischer Erregung.

Jim Cooper hatte ihn verpfiffen. Das stand fest. Er würde das büßen!

Man hörte das »Tuck ... tuck ... tuck« der Flußboote, das Brummen der näher kommenden Automotoren, und da waren auch schon die ersten Kommandorufe der Polizei! Opa Crackles Farm war umzingelt!

Vorsichtig durch einen Fensterspalt spähend, sah Dickie, wie draußen ein Lautsprecherwagen postiert wurde.

Im Zimmer herrschte tödliches Schweigen. Nur das schwere Atmen der Männer war zu hören. Und das gleichmäßige Ticken der Uhr.

In einer Ecke kauerte Effie, hielt sich die Ohren zu. Und Opa Crackle knabberte auf seinem Kaugummi.

Dann dröhnte der Lautsprecher:

»Achtung! Achtung! Hier spricht Kommissar Hillbilly von der Kriminalpolizei Chicago. Dickie Dick Dickens, wir wissen, daß Sie sich in der Farm versteckt halten! Wir haben das Haus umstellt! Es gibt für Sie kein Entkommen! Widerstand ist zwecklos!

Dickie Dick Dickens! Kommen Sie heraus! Mit erhobenen Händen! Stellen Sie sich der Polizei! Wir geben Ihnen drei Minuten Zeit!«

Ruhe draußen.

Ruhe im Zimmer.

Dickie rührte sich nicht.

Das also schien das Ende der Karriere von Dickie Dick Dikkens zu sein. Er saß in einer Falle, aus der es kein Entrinnen gab.

Der Lautsprecher dröhnte. Jede Silbe tropfte aus dem breiten, blechernen Maul:

»Noch zwei Minuten!«

Einer Riesenübermacht hoffnungslos ausgeliefert, von seiner kleinen Schar tapferer, aber entmutigter Mannen im Stich gelassen ... Eine ausweglose Situation.

Wieder der Lautsprecher. Erbarmungslos grölend, klirrend: »Noch eine Minute!«

Die Uhr tickte.

Die Kinnladen der Männer gingen hin und her. Ihre Zähne knirschten. Schweißperlen standen auf den Stirnen.

Auf der einsamen Farm, dreißig Kilometer südlich von La Crosse, stieg die Spannung ins Unerträgliche.

Es mußte etwas passieren!

Gleich würden sie sich einstellen, jene untrüglichen Zeichen überreizter Nerven: einer würde umfallen, einer toben, einer beten, einer nach seiner Mutter wimmern. So war es immer. Immer, wenn Menschen irgendwo eingeschlossen den Tod erwarteten. Dick kannte das.

Wieder grölte das blecherne Maul, hohl, drohend und erbarmungslos:

»Kommen Sie heraus, Dickens! Noch zehn Sekunden!

Neun – acht – sieben – sechs – fünf – vier – drei – zwei – eins – *null*!!«

Ja – was geschah in der Sekunde Null?

In einem Brief an seine Jugendfreundin Bella Cora del Hortini beschreibt Dickie Dick Dickens die Gefühle, die ihn zur Sekunde Null beherrschten.

»Mir schlotterten, geschätzte Cora«, so schreibt er, »die Knochen, wobei mir nicht erinnerlich ist, ob es die Unterarm- oder die Oberarmknochen waren. Ich glaube, dieses mir bis dahin unbekannte Gefühl war die Angst.«

Ländliche Idylle

Wozu eiserne Handschellen alles taugen und warum ein ganzes Polizeiregiment plötzlich SOS funkt ...

Aber ein Dickie Dick Dickens, auch genannt: »The man with the supersonic forefinger«, war nicht so leicht schachmatt zu setzen. Dickie Dick Dickens war der Mann mit den eisernen Nerven, dem stahlblauen Blick und der olivgrünen Wildlederjacke mit Fransen an den unteren Ärmelenden. »The man with the supersonic forefinger«, ja, das war er. Zu deutsch etwa: »Der Mann mit dem überschallschnellen Zeigefinger« – eine Andeutung auf die Geschwindigkeit, mit der Dickies Zeigefinger den Abzugsbügel seiner Pistole zu bedienen gewöhnt war.

Auf einem Wettbewerb der INTERLIPO (der internationalen Liga gegen die Polizeigewalt), einer globalen Abwehrorganisation der Verbrecherwelt gegen die berüchtigte INTERPOL, erreichte Dickie Dick Dickens bei einem Dauerschnellschießen für Trommelrevolver den bisher nicht gebrochenen Weltrekord von hundertzweiunddreißig Schuß in der Minute.

Doch die Sekunde Null hatte geschlagen ... und was geschah?

Effie Marconi schlotterte, klapperte mit den Zähnen, als befände sie sich, nur mit einem kurzen Hemdchen bekleidet, am Nordpol.

»Er hat ›null‹ gesagt, Dick ...«, klapperte sie.

»Bin nicht taub«, knurrte Dick.

Ungerührt zupfte er die Fransen seines Wildlederjacketts zurecht. Doch die steile Falte zwischen seinen Augenbrauen ließ erkennen, daß auch er besorgt war.

Opa Crackle bekam seine beiden Gebißhälften kaum noch zusammen. »Mein Junge ... mein Junge ...«, sagte er, »es muß etwas geschehen! Die werden uns umbringen ...!«

»Immer mit der Ruhe, Opa Crackle!« wehrte Dick ab und lächelte.

Jawohl. Er lächelte!

Die Männer, die wie gebannt um Dick herumstanden, eben noch bereit, zu meutern, stutzten. Der Chef lächelte?

Einer murrte doch: »Die Polizei ist nicht zum Spaß hergekommen ...«

Dick antwortete, ohne den Mann anzusehen: »Kann ich mir denken.«

Schwieg.

Dann: »Die Polizei kocht auch nur mit Wasser.«

Einer trat auf Dick zu. Sein Gesicht war rot und glänzend von Schweiß. »Aber wenn das Wasser heiß ist, Chef, schütten sie's uns über den Kopf und ziehen uns das Fell über die Ohren!«

Die Stirnadern des Mannes waren dick geschwollen. Er sah nicht aus, als ob er sich einschüchtern lassen würde.

»Keep smiling«, dachte Dick und lächelte. Gab dem Mann einen verstehenden Blick. Fühlte mit ihm. Gute Menschenführung verlangt das.

Dicks blaue Augen blitzten. »Ich verlange Ruhe, Jungs! Verstanden? Absolute Ruhe. Und daß mir keiner schießt!!« Kaum hatte Dickie das ausgesprochen, da knallten drei Schüsse. Er fuhr herum.

»Verflucht! Wer war das?«

Doch die Antwort kam nicht von den Männern. Sie tropfte wieder aus dem Lautsprecher. Klirrte:

»Das waren Warnschüsse, Dickens! Kommen Sie heraus!«

Nun wurde es doch unruhig in der guten Stube der kleinen Farm am Mississippi. Opa Crackle scharrte mit den Füßen und sah Dick flehend an. Effie jammerte leise vor sich hin. Die Männer steckten die Köpfe zusammen. Dickie Dick Dickens schwieg. Teilnahmslos tickte die Wanduhr.

Einer der Männer trat vor. Räusperte sich und sagte: »Ich hoffe, Sie wissen, was Sie tun. Die machen ernst, Dickens, wir können uns nicht halten.«

Er hatte »Dickens« gesagt. Nicht »Chef«, nicht »Boß«. Dikkens sah ihn an. Stahlblauer Blick. Hart. Befehlend. Er lächelte nicht. Nur eben, daß er den Kopf wandte.

Der Mann erschrak. Er spürte, mit wem er es zu tun hatte. Beschämt blickte er zu Boden und beschloß, den Mund zu halten.

Dick nickte. Dann winkte er Opa Crackle heran.

Der Opa trat näher, erfüllt von stolzer Unterwürfigkeit. Seine Augen hingen an Dickies Lippen.

Dick sprach leise, fast für sich. Jedoch konnte jedermann im Raum seine Worte verstehen.

»Ich versuche, mich in die Lage der Polizei zu versetzen. Verstehst du, Opa?«

Opa Crackle schüttelte den Kopf.

Dick fuhr fort: »Sie haben das Haus umzingelt. Sie glauben, daß ich mich hier verborgen halte. Sie *glauben* es, aber sie *wissen* es nicht! Sie haben jetzt einen Riesen-Tingel-Tangel aufgezogen, mit Lautsprecher und Warnschüssen. Aber es tut sich nichts im Haus. Hier herrscht Ruhe. Nun, Opa Crackle, was würdest *du* tun, wenn du Häuptling der Polizei wärest?«

Opa Crackle kratzte sich am Kopf. Überlegte.

Einer der Männer sagte in die Stille: »Ich würde das Haus mit Geschützfeuer belegen.«

Dick betrachtete seine Fingernägel und sagte verächtlich: »Weil du ein Flegel bist, mein Freund, ein ungehobelter Klotz. Aber nun stell dir mal vor, du wärst ein wohlerzogener, demokratischer Beamter, auf den Papa Staat stolz sein soll. Würdest du riskieren, daß am nächsten Tag in allen Gazetten zu lesen steht: Kommissar Bumskirchen läßt grundlos friedlichen Bauernhof einäschern? He?«

Der Mann schwieg. Dick lächelte. Dann sah er Effie an.

»Was würdest du tun?« fragte er sie.

Effie überlegte nicht lange. »Ich würde ein paar Polizisten vorschicken, die feststellen, ob jemand im Hause ist.«

Dick tätschelte sie. »Richtig, Schatz, ein Spähtrupp.«

Dann spann er seinen Faden weiter. So, als ob alles rundherum friedlich sei. Nicht, als wenn es jede Sekunde knallen, krachen und bersten könnte.

»Die Herren Polizisten werden natürlich nicht zu Fuß kommen, denn sie sind ja motorisiert. Sie werden mit einem Funkwagen auf den Hof fahren.«

Seine Stimme wurde nun lauter, klarer. Er sprach als ein Planender, Befehlender. Sah die Männer an.

»Der Wagen stünde dann zwischen Scheune und Haus. Das wäre der taktisch richtige Platz. Aber –«, er hob die Stimme, »– dort können ihn der Kommissar und seine Leute nicht mehr sehen!«

Dickie war in seinem Element. Längst war die steile Falte zwischen seinen Augenbrauen verschwunden. Seine Augen strahlten, blitzten unternehmungslustig.

Opa Crackle wagte einen Einwand. »Aber Jungchen, sie können *hören*, was los ist. Denn der Wagen steht doch mit dem Kommissar in Funkverbindung.«

Lachte Dick: »Das will ich stark hoffen. Wenn er nämlich keine Funkanlage hat, ist mein ganzer Plan im Eimer!«

Die Männer sahen sich verwundert an. Was hatte der Boß vor?

Da dröhnte der Lautsprecher wieder. Gewaltig und erbarmungslos:

»Achtung! Dickie Dick Dickens! Kommen Sie freiwillig heraus! Dies ist die letzte Warnung!«

Im Wagen des Kommissars Hillbilly herrschte höchste Alarmstimmung. Wie zwei Wildkatzen saßen der Kommissar und sein Assistent, beobachteten angespannt das Bauernhaus.

Sergeant Martin sagte: »Wenn er jetzt nicht kommt, müssen Sie Feuerbefehl geben, Kommissar!«

In solchen Situationen zeigte es sich manchmal, daß Sergeant Martin doch länger bei der Polizei war als der junge, blonde Hillbilly.

Hillbilly antwortete nicht. Nagte an seiner Unterlippe und starrte auf das Haus. Dort rührte sich nichts. Es blieb alles still. Verdammt, was hatte das zu bedeuten? Es schien beinahe, als ob niemand im Hause sei. Aber das war doch nicht möglich! Jim Cooper hatte ihn, den Kommissar, selbst angerufen, hatte ihm mitgeteilt, wo sich Dickens versteckt hielt. »Eine einsame Farm, dreißig Kilometer südlich von La Crosse«, hatte er gesagt. Und dies hier war die einzige Farm weit und breit. Er konnte sich nicht irren!

Sergeant Martin stichelte: »Vielleicht hat uns Jim Cooper auch angelogen? Vielleicht ist Dickens gar nicht hier?«

»Quatsch!« sagte der Kommissar. »Cooper will den Dickens loswerden. Der hat alles Interesse daran, daß Dickens auffliegt.«

Sergeant Martin bohrte weiter: »Wenn er aber noch mehr Interesse daran hat, der Polizei ein Schnippchen zu schlagen?«

Hillbilly sah ihn entsetzt an. »Dann sind wir blamiert bis auf die Knochen! Ein ganzes Polizeiregiment, drei Kanonenboote der Flußpolizei, eine Gruppe Panzerspähwagen ... alles für die Katz!«

Sergeant Martin lächelte: »Was für ein Glück, daß die Berittenen wenigstens keine Zeit hatten!«

Hillbilly hielt sich die Ohren zu.

»Nicht auszudenken«, stöhnte er. »Das gäbe feine Schlagzeilen! ›Kommissar Hillbilly attackiert an der Spitze der dritten berittenen Polizei-Schwadron verlassenes Bauerngehöft!‹ Na, ich würde glatt meinen Posten verlieren!« Und leise setzte er hinzu: »Und zu Hause dürfte ich mich nicht mehr blicken lassen! Was glauben Sie, was meine Frau dazu sagt!?«

»O weh!« seufzte Sergeant Martin.

Hillbilly zog seine Jacke mit einem Ruck gerade.

»Sergeant Martin«, sagte er entschlossen, »wir müssen hier vorsichtig handeln, sehr vorsichtig!«

Nach kurzem, aber intensivem Überlegen setzte er die Funksprechanlage in Betrieb. Rief Corporal Windy vom Einsatzwagen Nummer 14. Er kannte Corporal Windy seit fünfeinhalb Jahren. Er wußte, daß Windy der richtige Mann für den Auftrag war, den er ihm zu geben gedachte. Er fragte nach Besatzung und Bewaffnung.

Corporal Windys Stimme knarrte durch die Hörmuschel: »Ein Fahrer, drei Mann. Normale Bewaffnung. Dazu drei Maschinenpistolen und ein Hirschfänger.«

Kommissar Hillbilly gab Einsatzbefehl: »E. W. 14, rücken Sie vor bis zum Bauerngehöft. Stellen Sie fest, ob sich jemand im Hause aufhält. Bleiben Sie mit mir in Sprechverbindung!«

»O. K., Kommissar!« Corporal Windys Lautstärke stand der Sergeant Martins nicht nach.

Einsatzwagen Nummer 14 rückte ab. Kroch langsam und drohend den Feldweg entlang. Fuhr zum Gehöft und postierte sich auf dem freien Platz zwischen Haus und Scheune.

Der Fahrer stellte den Motor ab. Es blieb alles still. Einige Lerchen zwitscherten in der Luft, ein paar Hühner gackerten auf dem Hof. Sonst nichts.

Corporal Windy schaltete die Funkanlage ein. »Hier ist alles ruhig, Kommissar. Nichts rührt sich. Fensterläden sind geschlossen.«

Er schaltete das Gerät auf Empfang, wartete auf Hillbillys Anweisung.

Die kam sehr schnell: »Drei von euch steigen aus und erkunden, was im Hause los ist!« Warnend setzte Hillbilly hinzu: »Vorsicht, Leute! Lassen Sie sich nicht in eine Falle locken! Unter keinen Umständen gehen Sie in das Haus hinein. Jedenfalls nicht, bevor ich den Befehl gebe. Der vierte Mann bleibt im Wagen zurück. Wenn irgend etwas faul ist, ruft er uns zu Hilfe.«

»In Ordnung, Kommissar!«

Im Einsatzwagen 14 herrschte gespannteste Aufmerksamkeit. Jeder der Polizisten war Auge und Ohr; die Waffe im Anschlag. Corporal Windy hatte Entsichern befohlen. Alles, was sie hörten, war das Zwitschern der Lerchen, das Gackern der Hühner. Verlassen, wie ausgestorben, lag der Hof.

»Es ist kein Mensch hier«, flüsterte einer der Polizisten. Corporal Windy sah ihn schief an. »Und wer besorgt die Hühner?«

Ja – die Hühner! Sie bewiesen, daß die Ruhe trügerisch war.

»Jungs, wir müssen was unternehmen«, sagte Windy. »Aussteigen und sofort 'ran an die Hauswand! Deckung nehmen! Und dann wollen wir mal sehen, ob da einer ist, der uns ein Spiegelei brät.«

Sie krochen aus dem Einsatzwagen. Ließen den Fahrer zurück. Wie befohlen. Sprangen in langen Sätzen zum Farmhaus. Gingen dort in Deckung. Wie befohlen.

Doch es rührte sich immer noch nichts. Aus dem Inneren des Hauses war nichts zu hören. Die Nerven der Männer waren auf das äußerste gespannt. Langsam schlichen sie sich an der Hauswand entlang. Erreichten den Eingang! Nichts! Sogar die Hühner waren jetzt still.

Windy hämmerte an die Tür. Einmal. Zweimal.

Brüllte: »Aufmachen!«

Nichts.

Windy wummerte erneut gegen die Tür.

Endlich: Ein leises Schlurfen war zu hören. Jemand latschte mit müden Schritten zur Tür. Langsam. Schob den Riegel zurück, schloß einmal. Ein Spalt öffnete sich.

»He!« schrie Windy und zielte mit der Pistole.

Ein jämmerliches Mümmeln antwortete ihm. Die Tür öffnete sich knarrend, und es zeigte sich ein altes, müdes Männchen. Einer, der sich kaum noch auf den Beinen halten konnte.

Nun verstand man auch, was der zahnlose Greis murmelte: »Alle guten Geister ... zerschlagt mir nicht die Tür! Ich bin ja schon ... ich bin ja ... da bin ich doch!«

Der Alte schlotterte und sah zum Sterben aus.

»Wer sind Sie?« fragte Windy.

Der Greis jammerte: »Oliver Crackle ... hier ... hier kennt mich jedes Kind, meine Herren, jedes Kind. Opa Crackle nennt man mich. Ich ... ich habe mir nie, nie etwas zuschulden kommen lassen, bin ehrlicher Leute Sohn, ... habe 98 gegen Spanien gekämpft ... Was ... was wollen Sie denn von mir, meine Herren?«

»Wir suchen einen Mann namens Dickens«, antwortete Windy barsch.

Crackle verstand kaum. Jammerte weiter. Er hieße nicht Dikkens, er hieße Crackle. Und ausweisen könne er sich auch. Wenn die Herren nähertreten möchten ... bitte, da sei alles ...

Geburtsurkunde, Taufschein, Impfschein, Heiratspapiere, Kriegsfreiwilligenschein, Orden ... er habe nämlich noch 98 den Krieg gegen Spanien mitgemacht und ...

Das Gelaber machte Windy rasend. Am liebsten hätte er den Alten umgebracht. Aber das ging nicht. Er wäre mit seinen Vorschriften in Konflikt gekommen.

Er versuchte, ihm klarzumachen, daß gegen ihn ja nichts vorläge, daß er deswegen auch gar keine Angst zu haben brauche, und ob er denn den Lautsprecher nicht gehört habe?

Der Alte nickte mit dem Kopf. Heftig. So heftig, daß Windy ernsthaft Sorge darum hatte, daß der Kopf auch dranblieb.

»Doch, ja, den Lautsprecher ... den hab' ich gehört. War ja laut genug. Eine Aufregung! Bin ja nur ein alter Mann ... und ganz allein im Hause ...«

Die Augen des Alten blinzelten. Er zitterte am ganzen Leibe, so erregte ihn die Erinnerung an das Geschehene.

»Und all die Autos!« jammerte er weiter. »Nun werden sie dir das Haus über dem Kopf anzünden, dachte ich. Und dann hat jemand geschossen. Das erstemal in meinem Leben, daß ich mit der Polizei zu tun habe ... obwohl ich 98 gegen die Spanier mitgekämpft habe ... und nun ... schießen sie gleich ...«

Der alte Mann rang nach Luft. Corporal Windy versuchte, ihn zu beruhigen. Der Alte beachtete es nicht. Japste. Wollte weitersprechen. War kaum zu verstehen. Lallte wie ein kleines Kind.

Und dann – plötzlich – griff er sich an die Brust und sank lautlos zusammen.

Windy erschrak. Um Himmels willen, wenn der Alte jetzt tot war ... einen Herzschlag bekommen hatte!

»Faß doch mal zu!« herrschte er einen seiner Leute an. »Los, los!«

Sie legten den Alten auf den Rücken. Horchten sein Herz ab.

Das schlug noch. Schwach.

Sehr schwach.

Windy stand der Schweiß auf der Stirn. Schöne Schweinerei das! Armer, alter Kerl! Er hatte die Aufregung nicht verwunden.

»Was wird denn jetzt aus ihm?« fragte einer von Windys Leuten. »Wir können ihn doch hier nicht liegen lassen.« Windy gab sich einen Ruck. »Nein, das geht nicht. Wir tragen ihn erst mal ins Haus. Komm, Owi, wir beide fassen ihn unter den Armen – Jack, du nimmst die Beine!« Sie nahmen ihn auf und trugen ihn ins Haus.

So geschah es, daß der Streifenführer, Corporal Windy, entgegen der ausdrücklichen Anweisung seines Chefs das Haus doch betrat!

Ein typisches Beispiel für die Gewissensnot, in die ein demokratischer Polizeibeamter geraten kann, wenn die Ausführung eines Befehls – in diesem Falle, das Haus nicht zu betreten – seiner allgemeinen Dienstanweisung widerspricht, in der es heißt, daß ein Polizist gebrechlichen und verletzten Personen in der dem jeweiligen Falle angepaßten Weise Hilfe zu leisten hat.

Mittlerweile aber wurde Kommissar Hillbilly unruhig. Er sah auf den Sekundenzeiger seiner Uhr. Es waren schon sechs Minuten vergangen, seit sich der Einsatzwagen Nummer 14 das letzte Mal gemeldet hatte. Was war dort geschehen? Kommissar Hillbilly schaltete die Funkanlage ein.

»Kommissar Hillbilly ruft E. W. 14! E. W. 14, bitte kommen!«

Der Fahrer des Polizeiwagens E. W. 14, Henry Blomfield, seit elf Jahren im Dienst, hörte das Zeichen seines Chefs. Er griff nach dem Mikrofon. Er sah nicht, daß sich das Tor der Scheune um einen Spalt öffnete, er sah nicht die Gestalt, die sich wieselgleich seinem Wagen näherte.

Er wollte die Sendetaste drücken, um seinem Chef zu antworten. In diesem Augenblick spürte er die grausame Kühle eines Revolvers an seiner Schläfe.

»Finger weg von der Sendetaste! Hände hinter den Kopf! Schnell! Sonst knallt's!« zischte eine Stimme hinter ihm.

»Zum Teufel, wer sind Sie?« wütete Sergeant Blomfield.

»Mein Name ist Dickens, mein Guter«, sagte der Mann und nahm ihm das Mikrofon ab. Fesselte ihn mit Handschellen.

Übrigens Handschellen aus Polizeibesitz. Sozusagen eine individuelle Bedienung.

In der Hörmuschel der Funksprechanlage knackte und knatterte es. Hillbilly rief am anderen Ende: »Hallo, E. W. 14! E. W. 14, bitte kommen!«

Nun war Dick an der Sendetaste. Antwortete mit militärischer Genauigkeit: »Hier E. W. 14.«

»Was ist los? Warum melden Sie sich nicht?«

»Alles O. K., Herr Kommissar.«

»Was macht Windy?«

»Er hat mir eben zugewinkt. Alles in Ordnung.«

»Verständigen Sie mich sofort, wenn Sie etwas entdecken.«

»Zu Befehl, Herr Kommissar.«

»Das ist alles. Ende.«

»Ende.«

Dickie Dick Dickens nickte befriedigt. Das hatte geklappt. Dann beorderte er den Polizisten zum Auto heraus.

Blomfield war wütend. »Lassen Sie mich in Ruhe, Mann!« sagte er. »Wenn Sie auf mich schießen, rückt der Kommissar mit sämtlichen Streitkräften vor . . . Seien Sie doch vernünftig!«

»Bin ich, bin ich«, beruhigte ihn Dick. »Wenn ich schieße, bist du erst mal tot, mein Sohn. Dann hast du gar nichts davon, wenn deine Zinnsoldaten hinterher kommen. Also sei schön brav und halt die Luft an!«

»Wo führen Sie mich jetzt hin?«

»Zu deinen Kameraden, mein Freund«, antwortete Dick und drängelte den verdutzten Polizisten zum Haus.

Da öffnete sich die Haustür. Effie Marconi und Opa Crackle traten den beiden entgegen. Effie in Polizeiuniform und markigen Schrittes.

»Was haben Sie mit meinen Kameraden gemacht?« fragte Sergeant Blomfield außer sich, als er Effie sah. »Haben Sie sie umgelegt?«

»I wo«, entgegnete Dickie, »wer wird denn gleich so was denken. Hübsch gefesselt und geknebelt. – So, Hüter der Ordnung, zieh die Hose aus!«

»Was?« Sergeant Blomfield starrte Dick an.

»Los, los!« sagte der und machte eine ungeduldige Handbewegung. »Ich brauche deine Uniform. Hose, Jackett, Mütze!«

Dann stockte er. Natürlich! Der Mann konnte sich nicht ausziehen. Mit Handschellen geht so was schlecht. Dick mußte über sich selbst den Kopf schütteln. Dies war eine der so oft beschriebenen Vergeßlichkeiten, die auch den erfahrensten Verbrechern so oft zum Unheil werden können. Also auch ihm konnte so etwas passieren. Er schalt sich einen Esel.

Woraus man ersieht, daß Selbsterkenntnis und innere Einkehr auch in Gangsterkreisen gepflogen werden.

»Darf ich Sie anfassen?« fragte Dick höflich und begann, den jungen Mann zu entkleiden. »Im Keller ist es warm«, tröstete er ihn dabei, »wir haben für Stroh gesorgt.«

Dann zog er sich selbst die Uniform an.

Opa Crackle, dem übrigens von seinem Schlaganfall nicht das geringste mehr anzumerken war, schleppte inzwischen schwere Koffer zum Einsatzwagen Numero 14.

Dickie Dick Dickens trat noch einmal vor seine Männer. Er beorderte sie, Sergeant Blomfield in den Keller zu tragen, wo schon seine drei Kameraden sehnsüchtig seiner harrten. Gut fesseln und zudecken!

Dann verabschiedete er sich mit bewegten Worten von seinen Mitarbeitern. Er entließ sie aus seinen Diensten und dankte ihnen für ihre Mühe.

Gangster wissen, was sich gehört.

Noch einmal winkte er seinen Leuten zu, dann ging er hinaus auf den Hof. Den wackeren Männern standen die Tränen in den Augen, als Dickie Dick Dickens durch die Tür ins Freie schritt. War er es doch gewesen, der ihrem eintönigen Leben eine Spur von Romantik eingehaucht hatte. Für einige Stunden war die alte Pionierzeit in ihnen erwacht. Jene Zeit, in der es noch galt, den Gefahren des Lebens mit dem Stahl in der Faust zu trotzen. Wehmütig blickten sie dem Davongegangenen nach, und sie spürten: Das war einer von jenen, die da einsam sind unter der Menge.

Dickie Dick Dickens hatte unterdes mit Opa Crackle und Effie im Einsatzwagen Nummer 14 Platz genommen. Opa Crackle hatte schon die Koffer verstaut.

Er war ein bißchen traurig, daß er nicht auch eine Polizeiuniform bekommen hatte, aber das paßte nicht in Dickies Plan.

Dick griff zum Mikrofon. Bediente die Sendetaste. Sprach schnell und erregt: »Hallo, Kommissar! E. W. 14 ruft Kommissar Hillbilly!«

Hillbilly meldete sich. »Sind Sie's, Windy? Haben ja so eine komische Stimme?«

»Aufregung, Herr Kommissar, Aufregung!« brüllte Dick heiser. »Ich habe mit dem Besitzer der Farm gesprochen. Dickie Dick Dickens ist nicht mehr im Hause. Er *war* hier, ist aber abgehauen. Vor einer Viertelstunde. Zu Fuß. Er muß sich durch unsere Linien geschlängelt haben ...«

Hillbilly sagte zuerst etwas sehr Unfeines. Dann fragte er: »Haben Sie eine Ahnung, wohin?«

Dick rief noch heiserer: »Ja. Dickens hat seinen Wagen in einer Waldschneise abgestellt, etwa zwanzig Minuten zu gehen. Wenn wir uns beeilen, erwischen wir ihn noch.«

»Wissen Sie, wo diese Waldschneise liegt?«

»Ich nicht. Aber der Farmer weiß es. Er sitzt neben mir. Will mir den Weg zeigen.«

Fauchte Hillbilly: »Na, worauf warten Sie noch, Sie Dummkopf? Fahren Sie los!«

»In Ordnung. Wir fahren. Ende.«

Dick brummte: »Dummkopf hat er gesagt! Phe – typisch Polizei! Da gibt man ihr einen Tip und wird zum Dank noch beschimpft.«

Ab ging's in sausender Fahrt.

Kommissar Hillbilly hämmerte auf seine Sendetaste.

»Achtung! An alle Wagen! An alle Wagen! Verfolgung des flüchtigen Dickens! E. W. 14 übernimmt die Spitze. Die anderen Wagen folgen. Straße frei für E. W. 14! Straße frei für E. W. 14!«

Straße frei für E. W. 14 ...

Das war das Signal, auf das Dickie gewartet hatte.

Mit hundert Sachen jagte er seinen Wagen über die holprige Straße. Vorbei an den Einsatzwagen, die sich pflichtschuldigst an den Straßenrand drückten. Vorbei an den Panzerspähwagen. Vorbei an Kommissar Hillbilly, der dem Wagen freundlich zuwinkte.

Kaum hatte Dickie den Polizeigürtel passiert, als zwanzig Funkeinsatzwagen und zwölf Panzerspähwagen eiligst wendeten und ihm nachsetzten. Jedenfalls soweit sie sich aus dem Knäuel der wendenden Fahrzeuge lösen konnten. Und das dauerte eine Weile.

Auch damit hatte Dickie Dick Dickens gerechnet. Er schmunzelte fröhlich, als sich Hillbilly wieder über die Funksprechanlage meldete:

»Hallo, Windy! Habe Sie aus dem Blickfeld verloren. Geben Sie an, wann Sie die Fahrtrichtung ändern!«

Darauf Dick: »O. K., Kommissar. Wir kommen jetzt zur Hauptstraße und biegen links ab, nach Norden.«

Hillbilly wiederholte Dicks Richtungsangabe. Gab sie weiter an die anderen. Befahl dem vermeintlichen Corporal Windy, jede Richtungsänderung durchzusagen.

Dickie versprach es.

Doch Kommissar Hillbilly sollte vergebens auf diese Meldung warten.

Zwanzig Einsatzwagen und zwölf Panzerspähwagen kamen zur Hauptstraße, rasten mit höllischer Geschwindigkeit in nördlicher Richtung davon. Unterdes steuerte Dickie Dick

Dickens den Einsatzwagen Numero 14 in gemächlichem Tempo nach Süden.

So trennten sich die Wege ...

In einem Brief an seine Jugendfreundin Bella Cora del Hortini bezeichnet Dickens diesen Vorfall als beispielhaften Beweis der alten Behauptung: »Die Polizei, dein Freund und Helfer.«

»Ich machte damals, geschätzte Cora«, so schreibt er wörtlich, »eine Entdeckung, die – so sollte man meinen – für den denkenden Staatsbürger von größter Bedeutung ist: Vertraue der Obrigkeit! Die Zusammenarbeit mit der Polizei hat für jedermann Vorteile!«

Der ländlichen Idylle zweiter Teil oder Regentropfen auf dem Blechdach

Wie ein Einsatzwagen über Bord geht, die Spinne in den Frühstückskaffee gerät und eine Führerscheinkontrolle zufriedenstellend verläuft ...

Dickie Dick Dickens, der Verbrecher mit dem Platinherzen – Dickie Dick Dickens, der Mann, der über Zeit und Raum hinaus den Gesetzesbrechern aller Nationen als grell strahlendes Vorbild, als leuchtend phosphorisierendes Idol diente, dient und dienen wird, war im historischen Jahr 1899 geboren und entwickelte schon in Strampelhosen, kaum den Windeln entwachsen, ein geradezu übernatürlich erscheinendes Talent zur Unholderie.

Es wird berichtet, daß er dreijährig, ein Kind noch, mit schelmischen Guckäuglein und wallendem Blondhaar, über ein dreiviertel Jahr systematisch Streichhölzer sammelte. Es gab keine Zündholzschachtel breit und weit, die vor den kleinen Patschhändchen des in allen Ecken herumkrabbelnden Dickies sicher war. So fehlten in der kleinen, elterlichen Farm im sonnigen Connecticut täglich vier bis fünf Schachteln, ohne daß sich die besorgten Eltern erklären konnten, wo sie geblieben waren.

An einem frühen Herbsttag nun türmte der kleine Dickie die Kuppen der gesammelten Streichhölzer – es waren ihrer 60756 Stück – auf einen Haufen. Sodann traf er alle Anstalten, damit das elterliche Haus in die Luft zu sprengen.

Nur der Geistesgegenwart des schwarzhäutigen Knechtes Josua, der eine Kanne frisch gemolkener Milch über den Sprengstoff schüttete, war es zu verdanken, daß der liebevoll geplante Anschlag im Keime ertrank.

Nach seinen Tatmotiven befragt, antwortete der damals dreijährige Dickie in der ihm eigenen Sprechweise: »Der trosse Dickie wollte danz tlein bissen Paß machen.«*

Ein Leitspruch, dem er ein Leben lang treu geblieben ist. Immer war es der Spaß an einer Sache, der ihn am meisten lockte, sei es nun der Spaß am leichten Geldverdienen, am Klavierspielen und Pistolenschießen, oder sei es der Spaß an seiner lieben, treusorgenden Effie.

* Der große Dickie wollte ein ganz klein bißchen Spaß machen – –

Dieses Spaßmachergefühl mochte es auch gewesen sein, das ihn in späteren Jahren dazu verleitete, dem größten Bandenchef Chicagos, Jim Cooper, die Beute eines Bankraubes in Höhe von achthunderttausend Dollar abzujagen.

Nach dem Zwischenspiel in der Provinz, anläßlich dessen er ein ganzes Polizeiregiment genasführt hatte, steuerte Dickie Dick Dickens seine Beute in einem gestohlenen Polizeiauto nach seiner Wahlheimat Chicago zurück. In seiner Begleitung befanden sich seine Braut Effie Marconi und sein väterlicher Freund Opa Crackle, ein alter, liebwerter Farmer, der zwar sein Herz, doch nicht mehr seine Zähne am rechten Fleck hatte.

Mit gelassener Ruhe saß Dickie Dick Dickens hinter dem Steuer des Polizei-Einsatzwagens Nummer 14. Für ihn war das Abenteuer auf dem Bauernhof abgeschlossen, und es galt jetzt, die Augen auf fernere Taten zu lenken.

Opa Crackle hingegen war noch ganz in der Erinnerung an die vergangenen gefährlichen Minuten versunken. Ja, es war schön für den alten Mann, daß er so etwas noch einmal hatte erleben dürfen! Mit zahnloser Würde wußte er Dickie wegen seines Husarenstückchens so artig zu schmeicheln, daß dieser darob erröten und mit gesenktem Kopf den Begeisterungssturm des Gangsterveteranen abwehren mußte.

»Ich tat nur, was ich dir und Effie schuldig war«, sagte er schlicht.

Allein, Opa Crackle war nicht mit heldischer Bescheidenheit zu bremsen.

»Doch, doch, mein Jungchen«, begeisterte er sich, »wirklich, wirklich, brillant, brillant! Die Polizisten in den Keller zu sperren und mit ihrem eigenen Einsatzwagen den Polizeigürtel zu durchbrechen – also, mein Kleiner, das hat dir noch keiner vorgemacht!« Und mit tränennassen Augen fügte er hinzu: »Stell doch noch einmal die Sirene an, mein Junge! Nur ein ganz kleines Weilchen!«

»Aber gern«, antwortete Dickie und tat wie ihm geheißen. So brausten sie sirenenheulend im erbeuteten Feindesfahrzeug dahin – Gangster von echtem Schrot und Korn: Dickie, in der Kraft seiner Mannesjahre, Opa Crackle, der Greis mit dem jungen, begeisterungsfähigen Herzen, und nicht zu vergessen: Effie. Effie, aus deren blondgelocktem Kopf die feuchten Kulleraugen leuchteten, Effie, die sich zu Mut und fraulicher Größe an Dicks Taten emporrankte. Immer heller und schriller jauchzte die Sirene über das Land.

Opa Crackle stöhnte vor Behagen: »Welch Ohrenschmaus! Welche Klangfülle! Welche Melodieführung!«

Doch dann stellte Dickie die Sirene ab. Seine blauen Augen sahen ernst drein.

»Wir können mit diesem Wagen nicht in Chicago einfahren«, sagte er. »Das Risiko ist zu groß. Man würde uns fangen wie die Fliege auf dem Leim ...«

Doch als er in Effies Augen einen betrübten Schimmer sah, lächelte er fein. Er hatte sie verstanden. Auch ohne Worte.

»Ich weiß, meine kleine Effie, wie sehr du dich immer danach gesehnt hast, einmal ohne Handschellen in einem Polizeiauto fahren zu dürfen.«

Effie lächelte gerührt: »Hoch, du Lieber!«

Dick antwortete nicht. Trat aufs Gaspedal und fuhr. Er war, wie gesagt, ein gütiger Mensch. Das Jubilieren des geliebten Frauenherzens galt ihm mehr als die persönliche Sicherheit.

Doch Opa Crackle dachte nicht so. Wenige Kilometer lang schwieg er. Dann aber machte er Dickie mit allem Nachdruck auf die Gefährlichkeit seines Handelns aufmerksam. Die Polizei mußte früher oder später merken, daß einer der Einsatzwagen abhanden gekommen war. Sie würden danach fahnden. Sie würden die Polizei-Dienststellen in Chicago verständigen.

»Und wenn wir dann noch in dem Auto sitzen, mein Jungchen, sind wir die Gelackmeierten!«

»Und achthunderttausend Dollar sind flöten«, pflichtete Dikkie Dick Dickens dem Opa bei.

»Fünfhunderttausend«, verbesserte dieser.

Dick machte erstaunte Augen. »Wieso?«

»Na ja«, bequemte sich der Gangsterveteran zu sagen, »mehr hab' ich nicht mitgenommen. Die Goldbarren ließ ich auf meiner Farm zurück, verstehst du ...«

Dick blickte ihn sanft, aber gefährlich an. »Bist du zufällig gerade verrückt geworden, Opa?«

Der gute Opa Crackle mummelte etwas von nicht mehr tragen können, in seinem Alter, großer Eile, Rheuma, Gicht und Ischias.

Dicks Stimme klang metallhart, als er fragte: »Wo hast du das Geld, Opa?«

Opa Crackle schwieg einen Augenblick bockig. Als er jedoch sah, daß Dickies Hand vom Steuer glitt und in der rechten

Hosentasche verschwand, änderte er seine Meinung. Er mummelte weiter und spielte den unschuldigen, bettelarmen Greis. Ein leises, klickendes Geräusch aber ließ ihn munter und wach werden. So gut waren seine Ohren immer noch, daß er das Entsichern einer Pistole hören konnte.

»Ich habe die Goldbarren gut versteckt, Jungchen«, beeilte er sich zu sagen, »in meiner Schlafstube, unter der schmutzigen Wäsche. Da findet sie kein Schwein!«

»Wüßte auch nicht, was Schweine in deinem Schlafzimmer zu suchen hätten«, bemerkte Dickie.

»Eben! Ich denke, wir sollten sie dort lassen ... als unser Altenteil. Und schließlich haben wir ja fünfhunderttausend eingepackt. Damit können wir uns schon ein paar Wochen über Wasser halten!«

»Immer noch genug«, meldete sich nun Effie, »daß wir mit dem Gelde nichts riskieren dürfen. Wir sollten uns wirklich von dem Einsatzwagen trennen, Dick!«

Tapfere Worte eines tapferen Herzens! Dickie sandte ihr über den Rückspiegel einen innigen, liebenden Blick zu. Doch dann zeigte sich Dickie wieder als der verantwortungsbewußte, klar denkende Mann, sozusagen aus rechtem Führerholz geschnitzt. Es sei, so bedeutete er den beiden, unmöglich, den Wagen auf der Straße stehenzulassen. Damit liefere man klare, deutliche Hinweise für die Polizei.

Eine Minute nachdenklichen Schweigens verstrich. Ja, Effie und Opa Crackle sahen das ein. Wenn die Polizei den Wagen entdeckte, wußte sie sofort, in welcher Richtung Dickie geflohen war.

Plötzlich aber klatschte Opa Crackle in die Hände. »Hihihihi«, lachte er, »ich habe eine Idee!«

Es stellte sich heraus, daß seine Idee sehr gut war. Innerhalb einer Viertelstunde, so sagte er, könne man die zur Zeit völlig leer stehende Villa Hillrock erreichen. Die Familie Chine lebe dort seit Generationen.

Natürlich kannte Dickie die großen Waffenfabrikanten Chine, Planks und Soundbrook. Leute mit großem Verkaufstalent und einer vorzüglichen Organisation. Mit ihnen konnte sich nur Jim Cooper messen. Der allerdings war ihnen insofern überlegen, als er nur ausgesprochen interessierte Leute ausradierte. Bei Chine, Planks und Soundbrook konnte es schon passieren, daß ganze Gruppen Interesseloser sterben mußten. Ziemlich grobe Arbeit also im ganzen gesehen.

»Kunststück«, meinte Dick verächtlich, »daß so etwas auch von der Oberwelt anerkannt wird. Für Präzision hat man dort kein Gefühl.«

Diese Villa also stand leer. Ohne Dienerschaft.

Die hatte der große Mister Chine in die Stadtwohnung beordert.

Opa Crackle kannte Mr. Chine persönlich. Darum wußte er das. Und darum wußte er auch, daß in der Garage der Villa Hillock ein Auto stand; eines der Autos des Mr. Chine. Während Opa Crackle dies alles unter vielem Kichern schilderte, blickte Dickie ihn aufmerksam an. Man konnte nie wissen, wie weit die Nächstenliebe unter Gangstern ging. Schließlich hatte Dick fünfhunderttausend Dollar im Auto.

Dann sagte er: »Crackle, du bist ein Gauner! Du meinst, wir sollen zu der Villa fahren, die Garage aufbrechen, den Polizeiwagen hineinstellen und mit Mr. Chines Auto weiterfahren?«

»Wie gut du mich verstehst«, murmelte Opa Crackle.

Und Dickie Dick Dickens gab Gas.

Die Dielen in der Villa Hillock knarrten. Der dünne Strahl einer Taschenlampe zuckte durch den großen Salon. Dumpfes, rhythmisches Klopfen wurde von schweren Seidenvorhängen erstickt.

Es war fünf Uhr nachmittags.

Draußen leuchtete eine goldene Sonne über dem alten Park.

In der Villa herrschte Dunkelheit. Jalousien waren heruntergelassen. Portieren verhüllten Fenster und Türen. Das Haus schien verlassen.

Nur das Knarren der Dielen, das monotone Klopfen und das Huschen des Lichtes verriet, daß hier Menschen waren. Zwei Menschen.

Einer von ihnen war damit beschäftigt, schwere Silberleuchter vom Kamin zu nehmen. Verstaute sie in einem Seesack. Der andere klopfte die Wand ab. Er suchte Geheimtresore. Sie arbeiteten schweigend, ruhig, konzentriert.

Da erschien in der Tür eine dritte Gestalt. Ein kleines, hageres Männchen.

»Louis!« flüsterte er.

Der Mann, der die Wand abklopfte, fuhr herum.

»Du«, fuhr der Kleine fort, »in der Kommode da oben habe ich drei Taschenuhren gefunden. Pures Gold!«

Im Schein der Taschenlampe wies er dem anderen, den er

Louis genannt hatte, seine Beute. Der nahm die Uhren. Steckte sie ein. Dann schlug er zu. Mitten ins Gesicht des Kleinen.

Dem spritzte das Blut aus der Nase.

»Ich werd' dich lehren! Du sollst die Straße beobachten und nicht in Kommoden herumschnüffeln.«

»Mußte deswegen gleich hauen!« sagte der Geschlagene. »Das nächste Mal liefere ich dir eben nichts ab. Behalt' es für mich.« Wischte sich das Blut mit dem Handrücken ab. Schmierte es in die Vorhänge.

Der andere straffte sich. Es war Louis Covatschek, ein kleiner, aber harter Bandenchef aus Milwaukee. Er trat dicht an seinen Kollegen heran.

»Bonco«, zischte er, »du weißt genau, daß ich dir dann ein allerliebstes Loch in den Bauch knalle.«

»Müßt ihr euch denn immer streiten?« ließ sich nun der dritte vernehmen.

»Hast recht, Babbit«, sagte Louis, »an die Arbeit!«

Wortlos packte Babbit ein goldenes Rauchservice ein, klopfte Louis die Wand ab, stellte sich Bonco in den Wintergarten und beobachtete durch einen Spalt in der Jalousie die Straße.

Seit einer Stunde waren diese drei Herrschaften im Hause. Räumten es mit fachmännischer Gründlichkeit aus. Wunderten sich über die Dame des Hauses. Mrs. Chine hatte eine Kassette mit wertvollem Schmuck zurückgelassen.

Sie würde ihn entbehren.

Während so Louis Covatschek und seine beiden Getreuen Babbit und Bonco in der Villa Hillock vollauf beschäftigt waren . . .

Während gleichzeitig Dickie Dick Dickens im geliehenen Polizeiwagen eben jener Villa Hillock entgegensteuerte . . . schüttelte sich im Polizeipräsidium von Milwaukee der Distriktskommissar P. W. Brewer. (Sprich: Pi Dabbeljuh Bruher.)

Und zwar schüttelte er sich vor Lachen.

Wenige Minuten zuvor hatte er mit Kommissar Hillbilly telefoniert. Unter kleckerweise auftretenden Lachstößen versuchte er, seinem Untergebenen, Kommissar Spear, eine Geschichte zu erzählen. Es dauerte lange, bis er dazu in der Lage war.

»Dieser Himmelhund – dieser Himmelhund!« japste er und schlug mit der flachen Hand krachend auf die Schreibtischplatte. Woraus ersichtlich ist, daß es auch für den amerikanischen Beamtentyp kein größeres und ausschweifenderes Vergnügen gibt als die Schadenfreude. Denn Distriktskommissar P. W.

Brewer hatte soeben erfahren, wie jämmerlich Hillbilly von Dickie Dick Dickens genasführt worden war.

»Ein ganzes Polizeiregiment! Und drei Flußboote! Hoho!«

Auch Spear schüttelte sich.

Hillbilly hatte sich verzweifelt an seine Kollegen von Milwaukee gewandt. Sie sollten die Zufahrtsstraßen nach Chicago sperren. Sollten Dickie Dick Dickens abfangen.

»Na schön«, sagte Spear, »dann lassen wir uns mal das Bild von diesem Dickens kommen.«

»Bild?« P. W. Brewer sah seinen Kollegen erstaunt an. »Es gibt kein Bild. Der Mann ist ausgesprochen kamerascheu. Wir wissen lediglich, daß er einen Polizei-Einsatzwagen fährt. Standort Chicago. Regiment ›The Corn-Flakers‹. Meldenummer 14.«

»Hm«, brummte Kommissar Spear. Er war um seine gute Laune gebracht. Das Ding war doch nicht so lustig.

»Natürlich besteht die Möglichkeit«, fuhr P. W. Brewer fort, »daß er sich unterwegs ein anderes Auto besorgt.« Auch er hatte jetzt seine Heiterkeit verloren. »Deswegen müssen wir jeden Wagen anhalten, der nach Chicago fährt.«

Spear stöhnte. Er wußte, was das bedeutete. Eine Heidenarbeit. Sozusagen nach Ladenschluß. Papiere mußten geprüft, Gepäck untersucht und Leute verhört werden. Das hieß Beamte einteilen, Wagen abkommandieren und auf Draht sein. I gitt!*

Spear stand auf. Ging zur Tür. Riß sie auf. Brüllte seine Anordnungen in die Gegend.

Im anderen Raum standen die Polizisten. Hörten angestrengt zu.

»Die Aktion ist erst als beendet anzusehen, wenn dieser Dikkie Dick Dickens gefaßt ist«, brüllte er, langsam heiser werdend. »Erwarte Meldung!«

Knallte die Tür wieder zu.

Alle verfügbaren Polizeistreitkräfte rückten in Minutenschnelle aus. Straßen wurden gesperrt. Passanten angehalten. Mancher lächelte, mancher fluchte. Alle hatten es eilig. Für die Polizei hat niemand Zeit.

* Spear stellt sich hier in bewußten Gegensatz zu fast allen Kriminalroman-Kommissaren, die voller Idealismus Tag und Nacht der Gerechtigkeit zum Sieg verhelfen und zu jeder Stunde voller Einsatzfreude ihren Dienst absolvieren, ohne nach Überstundengeldern zu schielen. Spear war anders. War in erster Linie Mensch. Durfte es sein. War Familienvater, hatte Kind und zwei Frauen. Sehnte sich nach dem Feierabend. Daher!

Unterdessen näherte sich Dickie Dick Dickens, die neue, große Gefahr nicht ahnend, der Villa Hillock.

Drinnen waren Louis Covatschek und seine Freunde nahezu am Ende ihrer Arbeit angelangt.

Louis hatte sich redliche Mühe gegeben, den abergläubischen Bonco am Schmierestehen zu halten.

»Wenn man zu lange auf die Straße sieht, stirbt bald einer in der Familie«, behauptete Bonco.

Für ihn mußte die Welt voll doppelter Wunder sein. Zu jedem Gegenstand, jeder Gelegenheit und jedem Geschehen wußte er ein Sprüchlein. Sanft, mit leiser, ein wenig leiernder Stimme sagte er, milde blickend, seine Sprüche her.

In Milwaukeer Gangsterkreisen entsann man sich, daß er einmal einem Kollegen die Zähne einzeln einschlug und dazu den bekannten Abzählreim aufsagte:

»Er liebt mich – von Herzen – mit Schmerzen ...« Jede Zeile ein Zahn.

Ein andermal hatte er einem Rivalen den Hals umgedreht mit den Worten: »Links herum und rechts herum, fidelidelbumm, das ist nicht schwer.«

Wie gesagt: Auch Louis Covatschek hatte mit Boncos Aberglauben zu kämpfen. So war er nicht sonderlich erstaunt, als Bonco plötzlich aufschrie. Wahrscheinlich eine Spinne. Oder eine Katze.

Doch Bonco gab keine Ruhe. »Wir sind im Eimer!« fistelte er und begann zu schlottern.

Louis wandte sich unwillig um. »Was 's denn los?« brummte er.

»Po ... Po ... Polizei!« stammelte Bonco.

Nun wurden Louis und Babbit lebendig. Sie stürzten zum Fenster. Starrten durch die Ritzen.

Tatsächlich! Ein Polizeiauto! Sie waren verloren!

Oder nein? Vielleicht gelang es noch, zu ihrem eigenen Auto vorzustoßen und abzuhauen.

Sie mußten es versuchen!

Mit schnellen, geübten Griffen rafften sie ihre Beute zusammen. Tobten zur Tür hinaus. Sprangen in das Auto.

Louis wollte den Motor anlassen.

Es war ein guter Motor. Es war ein teurer Motor. In dieser einen Sekunde aber, in der er alles herzugeben hatte, was in ihm war, versagte er. Versagte wie ein Luftballon ohne Luft. Sprang nicht an.

Und während Louis Covatschek und sein kleines Fähnlein verzweifelt bemüht waren, den abgewürgten Motor zum Anspringen zu bewegen, kam das Polizeiauto näher und näher.

Im Wagen E. W. 14 des Polizeiregiments »The Corn-Flakers« rief Effie Marconi: »Sieh doch, Dickie! Da ist jemand!« Und deutete auf den Wagen vor der Villa Hillock.

»Verflucht noch mal«, wütete Dick, »ich denke, die Villa steht leer?!«

Er sah Opa Crackle über den Rückspiegel scharf an.

Der sank zusammen. »Ich ... ich kann mir das nicht erklären.«

In dieser Sekunde zeigte sich wieder einmal die schon beinahe ans Übernatürliche grenzende Geistesgegenwart von Dickie Dick Dickens. Mit einem Blick die Situation übersehend, entschloß er sich, nicht kehrtzumachen. Nein, er würde weiterfahren. Im Schritt-Tempo. Alles andere würde verdächtig wirken. Er würde die Leute nach dem Weg fragen. Ganz harmlos.

Im anderen Auto tobte Babbit. Fluchte Louis Covatschek. Jammerte Bonco.

Unaufhaltsam fuhr das Polizeiauto heran. Fuhr im Schritt-Tempo. Die Gefahr rückte näher und näher. Es gab kein Entrinnen.

Louis Covatschek biß die Zähne aufeinander. »Los, 'raus aus dem Wagen!« zischte er. »Pistolen entsichern! Feuer frei!«

Ein kühner Entschluß von Louis Covatschek, dem darob das Zeugnis eines wohltalentierten Nachwuchsverbrechers gebührt. Freilich, er konnte nicht ahnen, wen er sich da vor Kimme und Korn genommen hatte. Aber zählt solches und anderes nicht zu den ständigen Risiken unseres Lebenskampfes? Wann weiß man schon, gegen wen man schießen muß?

Drei Augenpaare richteten sich auf den nahenden Polizeiwagen. Drei mattschimmernde Pistolenläufe glitzerten in der gleißenden Abendsonne, drei Daumen tasteten sich zum Sicherungsbügel, brachten ihn mit leisem Klick in die Stellung F. F.*

Drei Zeigefinger krümmten sich um den Abzugshahn. Drei schwarze, runde Pistolenmündungen gähnten drohend Dickie Dick Dickens entgegen, als er sein Fahrzeug zum Halten brachte.

Ahnte er etwas von der Gefahr, in der er und seine Lieben schwebten?

* Feuer Frei.

Es schien so.

Kaum hatte Dickie die Worte »Kinder, hier ist was mulmig!« ausgesprochen, als auch schon drei Schüsse peitschten.

»O lala«, sagte Dickie und duckte sich. »Jemand verletzt?«

Opa Crackle und Effie waren ebenfalls in Deckung gegangen. Sie verneinten seine Frage.

»Ruhe bewahren!« befahl Dickie.

Wieder drei Schüsse.

»Was haben die denn vor?« fragte Opa Crackle mißmutig. Er liebte es nicht, wenn man auf ihn schoß.

»Leicht zu erraten«, murmelte Dick. »Wir müssen 'raus aus der Kutsche! Wenn die den Benzintank treffen, sind wir gewesen. Wir müssen sehen, daß wir zum Hauseingang kommen. Dort haben wir Deckung. Effie zuerst! Wir geben dir Feuersicherung.«

Und Effie lief.

Sie konnte so was.

Schüsse peitschten, Kugeln pfiffen. Und dann war Effie in Sicherheit.

Als nächster kam Opa dran. Er steckte sich zwei Pistolen in die Taschen und sauste los.

Ein Mensch, auf den geschossen wird, erreicht bekanntlich erstaunliche Sprinterzeiten. Bisher wurde jedoch noch keine Weltbestzeit ermittelt. Opa Crackle wäre sicherlich nur wenige Zehntelsekunden unter ihr geblieben.

Unter der Feuersicherung von Dickie Dick Dickens erreichte er das Haus. Dann zog er seine beiden Pistolen aus der Tasche und schoß auf Louis Covatschek und seine Getreuen, was die Rohre hergaben. Auch auf seine hohen Tage hatte Opa Crackle das Schießen nicht verlernt. Fachmann bleibt Fachmann.

Während Dick nun unter dem Schutz von Opa Crackles Kugeln dem Haus zustrebte, verkrochen sich Louis, Babbit und Bonco tief hinter der Garteneinfriedung, wo sie in Dekkung gegangen waren. Für sie wurde es langsam ungemütlich. Sie beschlossen, abzuhauen. Aber wie? Guter Rat war hier reichlich teuer.

Auch Dickie Dick Dickens erreichte den Hauseingang. Da entrang sich ein kräftiger, aber nicht bös gemeinter Fluch dem Munde von Opa Crackle. Er merkte erst jetzt, daß er verwundet worden war. Streifschuß am Arm.

Dick holte Verbandszeug aus der Tasche, Effie nahm Opas

Pistolen und schoß an seiner Stelle. Schoß sicher und mit weiblicher Anmut. Peng, peng ...

Plötzlich ließ sie die Pistolen sinken. »Dick!« schrie sie, »die rennen zu unserem Wagen!«

Dick, der Opa Crackle inzwischen einen Verband angelegt hatte, stürzte zum Fenster.

»Hölle und Zinnoberfaß!«

Dann raste er aus dem Haus.

Doch zu spät! Der Wagen setzte sich schon in Bewegung. Der Einsatzwagen Nummer 14 war dahin! Mit ihm fünfhunderttausend Dollar. Mit brausender Fahrt dampften die Herren Covatschek, Babbit und Bonco davon.

Dick schoß hinterher. Schoß wie wild.

In Fachkreisen wird sogar angenommen, daß Dickens in diesem Moment seinen eigenen Weltrekord im Dauerschnellschießen von hundertzweiunddreißig Schuß in der Minute eingestellt hat. Eine Leistung, die leider nicht einmal theoretischen Wert hat, da das Schießen nicht unter den von der INTERLIPO festgesetzten Wettkampfbedingungen stattgefunden hat.

Praktischen Wert hatte das Schießen allerdings auch nicht. An dem gepanzerten Polizeifahrzeug prallten die Schüsse ab wie Regentropfen auf einem Blechdach.

Im Innern von E. W. 14 jammerte Bonco: »Der Mann – oh, der Mann! Der schießt!«

»Halt den Schnabel, du Feigling!« fluchte Louis Covatschek.

»Wenn er aber trifft! Das wäre doch sehr gefährlich!«

»Und so was will unter die Soldaten«, knurrte Louis wütend. »Bonco, du zitterst ja! Hast du Angst?«

»Nein, nein«, beeilte sich Bonco zu sagen, »ich friere nur. Aber ich habe es ja gleich gesagt: Es geht schief! Ich bin heute mit dem linken Fuß zuerst aufgestanden, mir ist eine Katze über den Weg gelaufen, ich hab' eine Spinne im Frühstückskaffee gefunden – und der Schornsteinfeger, den du gesehen haben willst, war gar nicht im Dienst!«

Louis Covatschek hieb ihm mit der Pistole eins über den Schädel. Er brauchte Ruhe.

Ärgerlich genug, daß die Beute aus der Villa Hillock zum Teufel war. Der schöne Schmuck! Alles im anderen Auto. Mindestens zwanzig Mille hätten sie 'rausgeholt.

Na schön. Man lebte wenigstens. Trotzdem: Wer arbeitet schon gern zwei Stunden umsonst?

Gangster sind in solchen Sachen sehr genau.

In der Villa Hillock triumphierte Opa Crackle.

»Jaja«, nickte er, »wie gut, daß ich die Goldbarren zu Hause versteckt habe! Wie gut!«

Dick antwortete nicht. Er kaute noch an den verlorenen Fünfhunderttausend.

Während Effie noch im Hause blieb, um sich nach geeigneter Garderobe umzusehen, gingen Dick und Opa Crackle zum Wagen der drei Kollegen aus Milwaukee. Doch auch unter Dicks kundigen Händen bockte der Motor. Dicks Stimmung geriet so langsam in die Nähe des Siedepunktes.

Opa Crackle versuchte ihn zu beruhigen: »Was sind schon Fünfhunderttausend? Ein Mann, der deine Karriere vor sich hat, macht die im Handumdrehen.«

Dick zog eine Grimasse.

Dann stieg er aus. Untersuchte den Motor. Natürlich! Die dämlichste Sache von der Welt: kein Benzin!

Vielleicht fand sich ein Reservekanister im Gepäckraum? Dick ging um den Wagen herum und öffnete das Heck. Fand einen Seesack und öffnete ihn. Staunte. Staunte noch einmal.

Dann winkte er Opa Crackle. »Sieh mal«, sagte er und deutete auf den Inhalt des Seesackes.

Opa strahlte. Hüpfte wie Rumpelstilzchen. Klatschte in die Hände.

»Schmuck – Juwelen – Gold – ein Brillantdiadem – goldene Uhren – Silberleuchter – ein goldener Zigarettenkasten«, stammelte er.

Dick lächelte. »Macht zusammen etwas mehr als hunderttausend, was?«

»Na ja.« Opa Crackle verzog den Mund. »Hehlergebühren gehen ab. Umarbeitung dazu. Transportversicherung, Anteile für den Goldschmied und für den Vertrieb. – Also, mein Jungchen, mit mehr als Dreißigtausend kannst du nicht rechnen.«*

Eine Rechnung, aus der nur allzu klar ersichtlich wird, wie sehr der Zwischenhandel am hart erarbeiteten Lohn des Gangsters zehrt.

* Wert der Sore insgesamt ca.	D. 103230.–
abzüglich:	
Hehlergebühren 33⅓%	34410.–
Umarbeitung ca.	3800.–
Schmiergelder ca.	5000.–
Transportversicherung 5%	5161.50
Auslandsvertrieb 25%	25807.50
Verbleibender Rest:	D. 29051.00

Effie kam. Sie hatte einen fast neuen Anzug für Dick besorgt. Die Damengarderobe hatte sie hängen lassen. Mrs. Chine hatte weder ihre Größe noch ihren Geschmack. Effie wahrte gern ihre persönliche Note. Statt dessen hatte sie sich einen einfachen Breitschwanzmantel des Dienstmädchens übergezogen.

Als sie den Schmuck sah, kullerte sie mit den Augen. Blickte Dick verliebt an. Jubelte. Fiel ihm um den Hals.

Und Dick wußte wieder einmal, wofür er gearbeitet hatte.

»Das waren also Kollegen von uns!« staunte Opa Crackle.

»Deshalb die Schießerei«, murmelte Dick.

Dann ging er zur Garage. Öffnete sie mit einem Dietrich. Suchte und fand Benzin. Aber er fand dort auch die elegante Limousine des Mr. Chine. Was Autos betrifft, haben Gangster einen guten Geschmack. Auch Mr. Chine.

Die Wahl, mit welchem Wagen man die Fahrt fortsetzen würde, fiel also nicht schwer.

Auf einer der Zufahrtsstraßen nach Chicago war eine Verkehrsstockung entstanden.

Dickie Dick Dickens brachte die Limousine des Mr. Chine zum Halten.

Und da war es schon zu spät! Mit einem Blick überschaute Dick die Situation. Polizeikontrolle!

Er hatte keine Zeit mehr zu wenden, keine Zeit, Anweisungen zu geben. Neben dem Wagen stand bereits ein Polizist. Es war einer von Spears Leuten. Seine aufeinandergepreßten Lippen ließen gespannte Entschlossenheit vermuten.

Dick fröstelte. Langsam kurbelte er das Fenster herunter. Jetzt galt es, Haltung zu bewahren! Aus großen, blauen Augen blickte er freundlich drein.

»Ihre Papiere, bitte«, sagte der Beamte sachlich.

»Ach«, staunte Dick, »eine Führerscheinkontrolle?«

»Nein, nein. Wir suchen jemand.« Der Beamte blätterte in seinen Merkzetteln.

»Was passiert?« fragte Dick geschwätzig.

»Bankeinbruch«, knurrte der Polizist. »Wenn Sie mir nun bitte ...«

Er kam nicht weiter. Dick hing mit halbem Oberkörper zum Fenster hinaus. »Meinen Sie den Einbruch in der Farmers Bank von Chicago?«

»Ja. Wollen Sie mir jetzt bitte Ihre Papiere ...«, setzte der Polizist wieder an.

Vergeblich. Dick glich einer Klatschtante mit Blumenhütchen und Fistelstimme, so gesprächig war er. Während er redete, arbeitete es fieberhaft hinter seiner Stirn. Was konnte er tun, um dem Verhängnis zu entrinnen? Doch er fand keinen Ausweg, so angestrengt er auch überlegte.

»Der Mann hieß Dickens oder so, nicht wahr?« schwatzte er. »Ein unmöglicher Name. Man hätte gleich auf so was aufpassen sollen . . .«

»Woher kennen Sie den Namen?« fragte der Beamte streng.

»Och, man liest ja Zeitungen, nicht wahr? Und Sie haben diesen Mann immer noch nicht gefaßt? Na, sagen Sie mal, Herr Wachtmeister, was soll denn werden, wenn die Polizei nicht besser aufpaßt!«

»Aus diesem Grunde ist die Polizei ja hier«, antwortete der Beamte scharf. »Wir müssen alle Autos kontrollieren.«

»Na ja«, meinte Dickie frohgelaunt, »das haben Sie ja nun getan. In meinem Wagen ist er jedenfalls nicht. Guten Tag!«

Sprach's, kurbelte das Fenster hoch und wollte weiterfahren. Doch so einfach war der Beamte nicht zu überlisten. Er trat einen Schritt vor. »Moment! Moment! Ich habe Ihren Führerschein noch nicht gesehen. Und die Ausweispapiere der anderen Herrschaften.«

Dick biß sich auf die Lippen. Verflixt noch mal! Dieser Polizist war gefährlich!

Doch der Polizist stellte auch seine Überlegungen an. Dieser Mann, so dachte er, benimmt sich sehr verdächtig . . .

Er wurde jedoch von einem heranfahrenden Kradmelder in seinem folgerichtigen Gedankenflug unterbrochen.

»Meldung vom Chef!« brüllte dieser über das Geknatter seiner Maschine hinweg. Dann stellte er den Motor ab. Der Polizist kam näher.

Dick beobachtete die beiden genau. Er konnte nicht verstehen, was sie sprachen. Aber eines war sicher: Jetzt wurde es brenzlig!

Seine Hand wanderte in die rechte Hosentasche. Er entsicherte seine Pistole. Auch in Opa Crackles Tasche machte es »Klick«.

In diesem Augenblick wandte sich der Polizist wieder Dick zu. Aus! Die Gelegenheit war verpaßt. Dick begann zu schwitzen.

»Sie können weiterfahren«, sagte der Beamte freundlich. »Man hat diesen Dickens gefaßt. Auf der Hauptstraße.«

Dickie kurbelte das Fenster herunter. Sein Mund stand ziemlich weit offen.

»Ja«, lachte der Beamte. »Der Kerl saß in einem Polizeiwagen.«

»Was Sie nicht sagen!« staunte Dick.

»Dickens leugnet natürlich. Schwört Stein und Bein, er hieße Louis Covatschek.«

»So was aber auch!«

»Dabei hat man fünfhunderttausend Dollar von dem gestohlenen Geld bei ihm gefunden. Da nützt kein Leugnen. – Na, dann fahren Sie mal los, mein Herr!«

Dick dankte. »Sehen Sie«, sagte er anerkennend, »ich sag es ja immer: Auf unsere Polizei können wir uns verlassen!« Und: Rrrrrums – sauste der Wagen davon.

In einem Brief an seine Jugendfreundin Bella Cora del Hortini verweist Dickie Dick Dickens auf die beruhigende Wirkung dieses Vorfalles auf den amerikanischen Steuerzahler.

»Dieses ist, geschätzte Cora«, so schreibt er wörtlich, »ein strahlendes Beispiel der Einsatzfreudigkeit unserer Polizei. Die Tatsache, daß sie den Falschen erwischt haben, spielt im Prinzip nur eine untergeordnete Rolle.«

Die Träne quillt, Chicago hat ihn wieder

Warum die Shot-Gun-Barrel-Hall-Zeche stattfindet, ein Stratege verkannt wird und der namenlose Held die Konkurrenz ins Kittchen bringt ...

Mancher von uns wird sich noch gern jener Zeit erinnern, da Dickies Name in aller Munde war. Dickie Dick Dickens, der Name des Mannes mit den eisernen Nerven, den stählernen Augen und dem goldenen Herzen; Dickie Dick Dickens, des Polizeischrecks von Chicago; des Einmaligen unter den Einmaligen, des Tolldreistesten unter den Tolldreisten, des Verbrechersten unter den Verbrechern.

Goldene Zwanziger Jahre!

Black bottom, Charleston und der arme Gigolo regierten, Damenbeine zuckten unter kurzen Perlenröckchen, Hüften wackelten unter tiefen Taillen, und unter hohen Topfhüten blickten blauumränderte Augen träumerisch dem Rauche nach, der aus langen Zigarettenspitzen quoll.

Das war Dickies Zeit!

Damals besaß Dickie mehr Popularität als die berühmtesten Sterne am Leinwandhimmel. Besorgte Kenner der amerikanischen Volksseele sprachen sogar von einer Dickie-Dick-Dikkens-Massenpsychose.

Man band sich seinen Schal wie Dick:

> **Man hat nur einen Hals!**
>
> **Schützen Sie Ihr zerbrechliches Genick**
> **gegen unerwartete nächtliche Überfälle mit dem echten**
> **Dickie-Pick-Dickens-Halstuch**
> **aus robuster Naturseide!**

Man rauchte Pfeifentabak wie Dick:

Der Original-Dickie-Dick-Dickens-Knast (Nur echt in der Zellophantüte)

Auf den Speisekarten der vornehmen Hotels erschien ein neues Menü:

PAPRIKASCHNITZEL à la DICKENS,
SCHARF WIE EIN GELADENER REVOLVER!

In den Ballsälen tanzte man nach einem neuen Schlager, dem Dickie-Dick-Dickens-Song*, und George Gershwin komponierte ihm zu Ehren das berühmte Concerto für Maschinenpistole und Orchester.

Es war eine wildbewegte Zeit, deren Dickens sich jedoch nur ungern erinnert. Er war ein stiller, besinnlicher Mensch, der das Unauffällige, Einfache liebte; sozusagen in jeder Form liebte.

Unauffällig und einfach sollte auch die Art sein, wie er sein Brot verdiente. Keinem verantwortlich zu sein, kein Risiko einzugehen und nicht viel nachdenken zu müssen, war einst seine Devise, als er sich entschloß, Taschendieb zu werden. Doch der Sog eines unerbittlichen Schicksals zog ihn in andere Sphären. Er mußte lernen, hart zu werden.

Bis an sein Lebensende aber vermied er – wenn irgend möglich – alle direkten Begegnungen. Stets war er der Mann, der aus einem stillen, sicheren Winkel die Früchte dessen genoß, was er, dank seines listigen Verstandes, eingeleitet hatte.

Nur in Ausnahmefällen benutzte er Dynamit. Und das sehr ungern.

Sehr gern jedoch entsinnt sich Dickie Dick Dickens des Jahres 1924, da er noch nicht im Mittelpunkt der panamerikanischen Öffentlichkeit stand.

* »Warum hast du bei den Frau'n soviel Glück, lieber Dick?
Warum machst du mit den Herzen immer Knick, lieber Dick?
Warum brichst du allen Männern das Genick, lieber Dick?
O Dick, lieber Dick, verrat mir deinen Trick!«

In Fachkreisen allerdings war sein Name schon damals bekannt. Doch nur sein *Name*. Über seine Person wußte man so gut wie nichts. Damals konnte es noch passieren, daß man einen anderen an seiner Statt verhaftete, ohne den Irrtum zu bemerken.

In Chicago überschrien sich die Zeitungsverkäufer, grellten die Leuchtbänder der Zeitungshäuser:

»Der Bankräuber von Chicago gefaßt! Dickie Dick Dickens verhaftet! 500000 Dollar beschlagnahmt!«

Ein Aufatmen ging durch die Stadt. Übrigens ein Aufatmen, das Ober- und Unterwelt vereinte.

Einer fühlte sich ob der Freudennachricht besonders wohl: Jim Cooper, der mächtige Bandenführer. Von solcher Fröhlichkeit war seine Laune, daß er sogar eine seiner hübschesten Freundinnen seinem Adjutanten Harry schenkte. Und das ohne jede Gegenleistung.

Handlungen von so sinnlosem Güteausmaß sind in Gangsterkreisen nicht beliebt. So war auch Harrys Mißtrauen zu verstehen.

»Was kostet sie, Chef?« fragte er.

»Hab' dir doch schon gesagt, ich schenke sie dir«, knurrte Jim und ließ sein Auge gütig auf Harrys Gestalt ruhen.

»Mir wär aber 'n reelles Geschäft lieber. Sagen wir hundert Dollar. Damit ist das Mädchen gut bezahlt.«

Diese Art Handel mit abgelegten Verbrecherliebchen mag auf den Außenstehenden nicht sehr moralisch wirken, doch war er – der Vollständigkeit halber sei dies hier vermerkt – damals in jenen Kreisen durchaus üblich. Benötigte man doch zum Ankauf einer neuen Freundin eine meist weitaus höhere Summe, als man beim Verkauf der ausgedienten erzielen konnte.

Erst im Jahre 1938 wurde dieses System in der amerikanischen Unterwelt abgeschafft, zumal der Einfluß andersgearteter Handelspraktiken in der Filmbranche und in den Kreisen der Hochfinanz immer stärker wurde. Seitdem gilt es als verpönt, für eine Frau, deren man überdrüssig geworden ist, auch noch Geld zu verlangen.

Damals aber war es – wir weisen noch einmal darauf hin – gang und gäbe.

Daher also Harrys Frage, daher sein Erstaunen, daher sein Mißtrauen, als er erfuhr, daß Jim die Dame verschenken wollte. Bald aber verstand er seinen Chef.

Dickie Dick Dickens verhaftet! Nicht auszudenken! Solche Schmeißfliegen von Einzelgängern können bekanntlich jeder größeren Organisation zum Verhängnis werden. Je größer der Verein, desto tatkräftiger die Bekämpfung der Nichtorganisierten. Jim Cooper hatte ja auch sein Scherflein zur Verhaftung von Dickie Dick Dickens beigesteuert. So mischte sich in das Gefühl des Triumphes auch der Stolz. Vor Freude überströmend, befahl Jim Cooper, ein Fest zu veranstalten. Ein Fest für die Unterwelt Chicagos. Alle Unternehmungen, die für die Nacht geplant waren, wurden abgeblasen.

Musiker wurden engagiert, ein Saal wurde gemietet: die »Shot-Gun-Barrel-Hall«. Was soviel wie »Revolver-Faß-Bierhalle« heißt*.

Ehrengäste wurden geladen. Jeder, der länger als zwei Jahre im Kasten gesessen hatte, war herzlich willkommen. Getränke gingen auf Firmenrechnung.

Wieder einmal brach eine jener seltenen Nächte an, da Chicago, die Millionenstadt, auf einen ihrer prickelnden Reize verzichten mußte: auf die zur lieben Gewohnheit gewordenen nächtlichen Verbrechen. Kein Einbruch, kein Diebstahl, kein Mord ...

Eine Tatsache, die bei der Chicagoer Polizei verständliche Nervosität auslöste. Man stand vor einem Rätsel.

Zwei wachhabende Beamte starrten in jener Nacht verstört das Kontroll-Lämpchen der Alarmanlage ihres Revieres an.

Das Lämpchen leuchtete nicht auf! Seit fünf Stunden kein Alarm!

In anderen Nächten funkelte es alle fünf bis zehn Minuten. Heute geschah nichts. Gar nichts.

Die Beamten sorgten sich.

Einer von ihnen hatte fünf Kinder zu ernähren und die Raten für den Staubsauger noch nicht bezahlt. Er würde brotlos werden, so sagte er sich. Wenn die Alarmlampe nicht mehr leuchtete, dann brauchte man Männer wie ihn nicht mehr.

»Polizei ist nicht gefragt«, eiferte der Mann, »weil es keine Verbrechen gibt. Die Unterwelt beschließt, ehrlich zu werden.«

»Hm«, sagte der andere, offenbar ein Denknihilist.

»Man wird uns auf die Straße werfen, entlassen ... bloß weil die Verbrecher keine Verbrechen mehr verbrechen. Das ist un-

* Eine Anspielung auf die unter harten Männern übliche Methode des Bierfaß-Anstiches.

sozial, Kamerad, das ist verantwortungslos! Wenn das Schule macht, sind wir erledigt.«

Niemand war da, der die berechtigten Sorgen der braven Beamten zerstreut hätte. Denn auch an höchster Stelle konnte man sich das seltsame Tun – oder besser: Untun – nicht erklären.

Es schien, als läge das pikante Nachtleben der Millionenstadt völlig darnieder. Beklemmende Ruhe herrschte.

Die vielköpfige Schar der Gesetzesbrecher hatte sich zu friedlichem Feiern zusammengefunden. Hier allerdings war es sehr laut.

In der »Shot-Gun-Barrel-Hall« wurde gezecht und gepraßt. Man hielt Ansprachen. Man johlte. Man klatschte Beifall. »Ein Parasit!« rief Jim Cooper von der Rednertribüne herab seinen Jungs zu. Er sprach von Dickens. »Einer, der sich wie in längst überholten Zeiten auf eigene Faust und ohne jede Rücksicht auf die organisierten Arbeitskollegen in unserem Beruf beschäftigt!«

Jim Cooper nahm einen Schluck aus dem Wasserglas. Dann fuhr er fort:

»Ein Taschendieb – gewiß talentiert –, doch moralisch ohne Rückgrat. Ein Schandfleck unseres Berufsstandes! Ein Wegelagerer unter uns ehrlichen Banditen!«

Im Saal wurde es unruhig. Pfui-Rufe wurden laut.

Jim Cooper hob beschwichtigend die Hände.

»Ihr alle wißt, wie schädlich Einzelgänger für die Allgemeinheit sind. Wie sie im Trüben fischen, ohne gesät zu haben, wie sie im Dunkeln schleichen und uns den wohlverdienten Lohn streitig machen. Auch Dickens war solch ein Dunkelmann! Ich selbst habe ihn einmal gesehen. Aber es war tiefe Nacht, und er hüllte sein Gesicht in Finsternis. Typisch für Dickens. Doch er ist seiner gerechten Strafe nicht entgangen. Die Polizei hat ihn verhaftet.«

Tosender Beifall umbrandete Jim Copper.

Zur gleichen Stunde aber schlich auf leisen Pneus ein Wagen durch die Stadt. Am Steuer saß Dickie Dick Dickens. Ihm zur Seite seine treu ergebene Braut Effie Marconi. Auf dem Hintersitz, in tiefen, erholsamen Schlaf gehüllt, Dicks väterlicher Freund, Opa Crackle.

Vor einem einsamen Mietshaus in einer einsamen Straße eines einsamen Viertels der Millionenstadt hielt das Fahrzeug an.

Es war das Haus der in der Unterwelt wohlbekannten Pensionsvermieterin Mammy Tobo-Dutch.

Dick und Effie gingen in das Haus und klingelten.

Mammy Tobo-Dutch öffnete. Sie glaubte, ihren Augen nicht trauen zu können.

»Ist denn das die Möglichkeit! Mr. Dickens!«

Vor Entzücken schlug sie die Hände über dem Kopf zusammen und stieß ein schrilles Freudengeheul aus. Ihre grauen Haare flatterten, und ihre kleinen, krummen Beine sprangen gespenstig auf und nieder.

»Nein, wenn Sie wüßten, wie sehr ich mich freue! Ich hatte schon geglaubt, die fünftausend Dollar, die Sie mir versprochen haben, kriege ich nie! Aber jetzt sind Sie wieder da! Nicht etwa, daß ich auf das Geld aus wäre – na, Sie kennen mich ja –, aber ich freue mich!«

Dick unterbrach ihren Kriegstanz. Bat sie, ihm drei Zimmer zu vermieten. Für ihn, Effie und Opa Crackle.

Mammy Tobo-Dutch begeisterte sich: »Natürlich können Sie bei mir wohnen. Ich habe immer an Sie gedacht und an Ihren Erfolg. Siehste, habe ich mir gesagt, wenn einer tüchtig ist, dann bringt er's auch zu was! Und die fünftausend Dollar, die wird er mir schon geben. Ist ja ein Ehrenmann, der Dickens, da brauche ich kein einziges Wort zu sagen!«

Sie blickte Dick gierig an.

Da Dickie Dick Dickens zur Zeit kein Geld bei sich hatte, tätschelte er ihr die runzeligen Wangen und versprach ihr sechstausend.

»Und dazu käme ja noch die Miete«, meinte Mammy Tobo-Dutch in ihrer bescheidenen Art.

Auch darüber wurde man sich einig, und das alte Hutzelweibchen strahlte vor Glück und Freude.

»Noch etwas«, sagte Dickie, »ich verlange Stillschweigen. Es darf niemand wissen, daß wir in der Stadt sind, verstanden?«

Mammy Tobo-Dutch beteuerte Himmel und Hölle auf einen Platz zusammen.

»Auch unsere hiesigen Kollegen sollen nichts erfahren.«

»Nein!!« Mammy Tobo-Dutch hob beteuernd die Krallenhände.

»Auch Jim Cooper nicht!«

Sie sabbelte: »Oh, Jim Cooper! Die haben ja heute eine große Feier. Jim Cooper und seine Bande! In der ›Shot-Gun-Barrel-Hall‹!«

»Soso? Was feiern die braven Leutchen denn dort?«

»Na, Ihre Verhaftung«, grinste Mammy Tobo-Dutch. »Steht doch in allen Zeitungen!«

»Bravo«, sagte Dick, »ich liebe die Boulevard-Presse. Vor allem, wenn sie über den Falschen schreibt. Die Polizei hat in Wirklichkeit jemand anderes verhaftet. Sie weiß es bloß noch nicht. Los, Effie«, er wandte sich seiner Braut zu, »die Fete wollen wir uns ansehen!«

Unten im Wagen weckte er Opa Crackle. »Hoppla, Opa, wir haben zu tun!«

»Warum ...?« gähnte Opa.

»Weil eines der moralischen Gesetze dieser Welt vorschreibt, daß der Mensch arbeitet. – Nun komm schon, wir haben einen Riesenjux vor uns!«

Und Opa wand sich gähnend und ächzend hoch. Ihm war gar nicht nach Jux.

Wieder schlich sich der Wagen mit seinen drei getreuen Insassen durch die nächtlichen Straßen. Richtung »Shot-Gun-Barrel-Hall«.

Plötzlich tauchte eine Gestalt aus dem Dunkel. Hielt den Wagen an. Dick sah in die Mündung einer Maschinenpistole.

»Sieh mal, da steht jemand Schmiere!« grinste er. »Was ist denn hier los, Kumpel?«

Der andere wackelte mit dem Kopf. »Geschlossene Gesellschaft. Jim Cooper hat das ganze Restaurant für heute gemietet.«

»O lala ... wie geht's denn dem alten Jungen?«

»Auch aus der Branche?« fragte der Schmiere-Mann.

»Klar«, sagte Dick. »Und was wird hier gefeiert?«

»Verhaftung von 'nem Außenseiter. Der Mann hat dem Chef mal sehr viel Geld gekostet. Und nun feiert er. Geht mächtig rund da drin. Und ich armes Schwein verdurste hier. Wo kommt ihr her?«

»Aus Sing-Sing, mein Schatz«, entgegnete Dick höflich.

»Länger als zwei Jahre gesessen?«

Dick machte müde: »Phh! – Mit solchen Kleinigkeiten halten wir uns gar nicht auf.«

»Dann könnt ihr 'reingehen. In dem Fall seid ihr Ehrengäste.«

»Oh!« Dick schnalzte mit der Zunge. »Ehrengäste von Jim Cooper ... das ist stilvoll.« Wandte sich zu dem Mann: »Und dir bring' ich ein Bier 'raus, klar?«

Dann verschwanden die drei in den Räumen der »Shot-Gun-Barrel-Hall«.

Der Umstand, daß Dickie – wie Jim Cooper es genannt hatte – ein Dunkelmann war, daß er im Trüben fischte, hatte entschieden seine Vorteile. So hatte ihn zum Beispiel keiner aus Jims Bande je bei Licht gesehen. Effie allerdings mußte etwas vorsichtiger sein. Aber ihre neue Frisur, ein hochgestellter Mantelkragen und Opa Crackles Lesebrille ließen auch sie in dem trüben Licht, das den Saal nur spärlich beleuchtete, unerkannt bleiben.

In der »Shot-Gun-Barrel-Hall« ging es hoch her. Der Chor der rauhen Gangsterkehlen grölte ein Hoch auf die Polizei, der es gelungen war, Dickie Dick Dickens einzulochen. Dann sangen sie das Lied, das ihnen stets die Stunden des Feierns verschönte. Ein Lied, das sie auf den Lippen trugen, wenn sie im Dreck lagen; das sie leise summten, wenn sie ihre kleinen, geistesgestörten Kinder in den Schlaf wiegten. Einer von ihnen hatte es sogar noch auf dem elektrischen Stuhl gesungen. Hatte an alte Zeiten gedacht, an alte Kameraden. Es hieß:

»In der ›Shot-Gun-Barrel-Hall‹,
in der ›Shot-Gun-Barrel-Hall‹
fühl'n sich alle Männer wohl,
denn dort läuft die Kehle voll.

Ja, es weiß ein jeder braver Mann,
hat er des Tages Werk getan,
dann trinkt er einen Rausch sich an.
Aber wo? Aber wo?
Aber wo, wo, wo?

In der ›Shot-Gun-Barrel-Hall‹,
ja, das weiß man überoll,
da läuft die Kehle voll.
Jawoll!
Jawoll!«

Vielhundertstimmig klang es durch den Saal. Drang mit Rauch und Dunst zusammen zum Fenster hinaus, zum nächtlichen Sternenzelt empor.

Dick lächelte.

Er saß mit Effie und Opa Crackle zusammen. Sie lachten und tranken. Sie tranken auf Jim Coopers Rechnung.

Dann stand Dick auf und ging langsam im Saal herum. Kam zurück und setzte sich.

»Wir müssen fort«, flüsterte er.

»Warum?« maulte Opa Crackle, dem das Bier sehr gut mundete.

»Wir müssen fort, ehe die Burschen etwas merken.«

Effie kullerte mit den Augen. »Ehe sie *was* merken?«

Dick hauchte ihr ins Ohr: »Daß sie keine Autoschlüssel mehr haben. Also, los! Kommt!«

Ein Taschendieb ist eben ein Taschendieb. Gelernt ist gelernt.

Draußen erzählte Dick dem Mann, der Schmiere stand, daß ihm Jim Cooper gesagt habe, er solle ruhig 'reinkommen und mitziehen. Man brauche keine Wache mehr. Der Mann lobte Jim Cooper und ging.

Nun war die Straße leer.

»Dort drüben ist der Parkplatz«, sagte Dick plötzlich leise und konzentriert. »An die Arbeit!«

Opa Crackle staunte: »Junge, das sind ja an die hundert Autos!«

»Stimmt«, sagte Dick. »Und ich habe auch an die hundert Autoschlüssel. Kommt nur darauf an, daß wir zu jedem Schlüssel den passenden Wagen finden.«

Noch hatten Effie und Opa Crackle nicht begriffen, was Dikkie vorhatte. Doch sie waren gewohnt, zu gehorchen. Und zu vertrauen. Bald aber hatten sie verstanden, welcher Plan Dicks genialem Hirn entsprungen war. Voller Begeisterung packten sie an.

Es war ein hartes Stück Arbeit, das Dick und seine Freunde zu bewältigen hatten. In den Kofferräumen der abgestellten Autos fanden sie zum Glück einige Abschleppseile. So konnte jeder von ihnen jeweils zwei Wagen in Schlepp nehmen. Wenn dabei auch die abgeschleppten Wagen leicht ramponiert wurden, so spielte das keine Rolle.

Obgleich sie fieberhaft arbeiteten, dauerte es doch bis zum Morgengrauen, ehe sie mit den letzten sechs Wagen auf das Gelände des Gebrauchtwagenhändlers William McGuire einfahren konnten.

Achtundachtzig Wagen geöffnet und fortgefahren – eine gewaltige Leistung! Achtundachtzig Wagen, die den leitenden Gaunern der Jim-Cooper-Bande gehört hatten.

Der Gebrauchtwagenhändler William McGuire staunte nicht schlecht, als er die Beute sah.

»Weiß gar nicht«, sagte er und kratzte sich am Hals, »ob ich mich auf das Geschäft einlassen soll. Vier, fünf Wagen, die kann man in einer Nacht schon umspritzen oder frisieren. Aber achtundachtzig ...? Da kommt mir ja die Polizei auf die Schliche!«

»Ha«, lachte Dick, »die Polizei kommt aber nur, wenn jemand Anzeige erstattet, daß ihm sein Wagen gestohlen wurde.«

McGuire nickte.

»Und das, mein Freund, habe ich einkalkuliert. Die Besitzer dieser achtundachtzig Wagen ...«, er deutete auf die geparkten Autos, »werden sich hüten, Anzeige zu erstatten. Verstehen Sie?«

McGuire schüttelte den Kopf. »Kein Wort.«

»Sie haben die Autos nämlich selbst geklaut.«

McGuire staunte und fragte, was das für Leute seien.

»Jim Coopers Bande«, antwortete Dick. »Und da fährt keiner ein rechtmäßig gekauftes Auto.«

McGuire rieb sich die Hände. Blinzelte, kratzte sich seinen Hals und lachte.

»Na, dann lassen Sie mal die Wägelchen hier. Sie kennen ja die Bedingungen. Geld gibt's erst, wenn die Ware verkauft ist.«

Dick fragte: »Wann?«

McGuire spreizte sich als Gönner. »Sagen wir ... in einer Woche, hm?«

»Gemacht«, sagte Dick, tippte an seinen Hut und verschwand mit Effie und Opa Crackle vom Hof des Gebrauchtwagenhändlers.

Draußen mußte Dick einiges über sich ergehen lassen. Effie tobte. Ob er den Verstand verloren hätte? Dem Kerl zu erzählen, daß die Autos von Jim Cooper waren!

Dick lächelte seine Effie an. »Sonst hätte er sie doch nicht genommen.«

»Dieser Mann ist ein stadtbekannter Hehler für gestohlene Autos!« wütete Effie. »Natürlich steckt er mit Jim Cooper unter einer Decke!«

»Das kann er ja auch, meine Süße«, lächelte Dick fröhlich und zwinkerte Opa Crackle zu. Der verstand aber auch nur Bahnhof.

Effie ließ sich nicht beirren. Sie hatte sich entschlossen, Dick die Meinung zu sagen.

»McGuire ist doch nicht von gestern«, legte sie los. »Er wird jetzt Jim Cooper anrufen, wird ihm sagen, daß die achtundachtzig Autos, die seinen Leuten gestohlen worden sind, auf seinem Hof stehen!«

Dicks Lächeln wurde für Effie zur Qual. »Effie, mein schlaues Täubchen, wer sagt dir denn, daß ich nicht genau das beabsichtige?«

Effie und Opa Crackle starrten Dick an.

»Heute morgen war er noch gesund«, murmelte Opa Crackle, und versuchte, Dicks Puls zu fühlen.

Dick bat sie beide, mit ihm in eine kleine Frühstücksstube zu gehen, die McGuires Geschäft genau gegenüberlag. »Vielleicht«, sagte er leise zu Effie, »will ich Jim Cooper nur einen kleinen Denkzettel verpassen ... Kommt, setzt euch! Hier haben wir einen prächtigen Logenplatz.«

In der Tat konnte man von dem Fenster des kleinen Lokals aus das McGuire'sche Anwesen genau überblicken.

Dicks Benehmen allerdings wurde noch seltsamer. Und Effie war den Tränen nahe.

Als Jim Cooper mit seinem engeren Stab nach durchzechter Nacht auf die Straße trat, traute er seinem einen Auge nicht. Er war aufs tiefste verwirrt. Was war los mit ihm? War er erblindet? Er sah sein Auto nicht.

Er sah überhaupt kein Auto.

Die Herren des Gangsterstabes machten lange Gesichter. Verflixt noch mal! Wer hatte denn da Mist gemacht?

Doch da rief jemand nach Jim Cooper. Er würde am Telefon verlangt. Auf unsicheren Füßen tappte Jim Cooper zurück in die »Shot-Gun-Barrel-Hall« zum Telefonapparat. Es war McGuire. Er teilte dem erstaunten Bandenführer mit, daß achtundachtzig seiner bandeneigenen Fahrzeuge bei ihm, McGuire, auf dem Hof stünden.

Jim knallte den Hörer auf, daß das Telefon zerbrach. Röhrte wie ein Hirsch. Tobte zurück zu seinen Leuten.

Denen wurde mulmig. So wagten sie auch nicht zu widersprechen, als Jim befahl, sie sollten samt und sonders mit der Straßenbahn zu McGuire fahren.

Warum, sagte er nicht. Stierte wild mit dem einen Auge und stampfte mit dem Fuß.

Und die oberen Gangster gehorchten. Je weniger ein Bandenführer bei Verstand ist, desto williger muß man sich zeigen.

Sonst knallt's. Bei Gangstern ist das so.

Gleichzeitig aber leuchtete das rote Kontroll-Lämpchen auf dem nahe gelegenen Polizei-Revier erstmalig wieder auf.

Alarm!

Jemand hatte telefoniert. Anonym. Hatte der Polizei einen Tip gegeben.

Und los ging's! Einsatzfreudig und frischen Mutes.

Die Gangster hatten ihre Polizei doch nicht brotlos gemacht.

Der junge Tag war angebrochen, die Vöglein auf den grünen Bäumen trällerten ihr Morgenlied. Majestätisch erhob sich der große Sonnenball über den Horizont und überflutete das schlaftrunkene Chicago mit goldenen, wärmenden Strahlen.

In der Greathesselfirebridgestreet hielt eine Straßenbahn. Eine Schar etwas angetrunkener, wohlgekleideter Herren stieg aus.

Die Herren schüttelten ihre Knochen. Es war lange Zeit her, seit sie das letztemal in der Straßenbahn gefahren waren. Dann gingen sie auf schwankenden Beinen zum Anwesen des Gebrauchtwagenhändlers William McGuire. Stellten fest, daß ihre Wagen dort standen. Achtundachtzig Stück an der Zahl.

»Wer war das?« raunzte Jim Cooper.

McGuire zuckte die Schultern. »Er hat sich mir nicht vorgestellt. Hat nur die Wagen hier gelassen.« Mit demutsvoller, piepsender Stimme fügte er hinzu: »Aber ich lasse ja einen alten Freund nicht im Stich. Freilich, ich hätte ein tolles Geschäft mit den Autos machen können.«

»Ja, das hättest du«, unterbrach ihn Jim, »aber am Ende wärst du tot gewesen. Du kennst mich ja.«

»Eben, eben.«

»Also, wer war's?« wiederholte Jim seine Frage. Seine Stimme klang rauh. Sein Auge funkelte böse.

»Ich weiß es wirklich nicht«, jammerte William McGuire. »Vermutlich ein Idiot. In acht Tagen will er wiederkommen und sich das Geld abholen.«

»Dann hältst du ihn fest!« Jim Cooper griff McGuire am Jackett. »Ich mache ein Sieb aus ihm. Oder aus dir. Wenn du ihn laufen läßt.« Und stieß McGuire von sich, daß er taumelte und gegen einen Wagen fiel.

Unter ihm bildete sich eine Blutlache. Er hatte sich den Schädel aufgeschlagen. Unter Gangstern gelten Liebesdienste nicht viel.

Und Jim Cooper stapfte mit schweren, müden Schritten zu seinem Auto.

In diesem Augenblick glaubte er, seine Ohren aus der Irrenanstalt bezogen zu haben. Doch dem war nicht so. Was er hörte, stimmte. Er hörte ein Geräusch, das allen Verbrechern Amerikas mehr Schrecken einjagt als das Kruzifix dem Beelzebub.

Mit gellenden Sirenen brauste ein Polizeiaufgebot heran, das sich sehen lassen konnte, und umstellte das Gelände des in seinem Blute liegenden Autohehlers William McGuire.

In Sekundenschnelle waren Jim Cooper und seine Leute in Handschellen. Wurden verladen und abtransportiert.

Nur McGuire brauchte einen Wagen für sich allein.

Es war seine letzte Autofahrt. Im Unfallwagen.

Von den Fenstern des kleinen Frühstücksstübchens aus beobachteten Dickie Dick Dickens, Effie Marconi und Opa Crackle die Aktionen. Sahen Jim Cooper und seine Leute kommen, sahen die Polizei und alles, was dann geschah. »Hast du die Polizei verständigt?« fragte Opa Crackle, angesichts so vieler Ereignisse und so wenigen Schlafes ein bißchen doof geworden.

Dick nickte.

»Anonym?« fragte Effie.

Dick nickte wieder.

Effie streichelte Dicks Hand. Sie hatte ihm unrecht getan. Männer sind eben doch immer noch größer und bedeutender, als Frauen denken. Effie fühlte, daß Dick ein Großer war.

Im Verlaufe des Tages brachten die Nachrichtendienste der Chicagoer Rundfunkanstalten die Meldung von der Verhaftung Jim Coopers und seiner Leute in großer Aufmachung. Am Ende sagte der Sprecher:

»Die Polizei möchte auf diesem Wege dem Mann danken, der ihr telefonisch diesen wichtigen Hinweis gegeben hat und der zu bescheiden war, seinen Namen zu nennen.«

Als Effie dies hörte, weinte sie. Und Opa Crackle mußte sich schneuzen.

Das war das siebente Abenteuer von Dickie Dick Dickens, dem es somit gelungen war, beinahe hundert seiner ärgsten Widersacher hinter Schloß und Riegel zu befördern. Sechs Tage später wurde er auf einer Sondersitzung der Vereinigten Chicagoer Frauenverbände zum Held des Monats erkoren. Nur seiner schon oben erwähnten Bescheidenheit ist es zuzuschreiben, daß er auf diese Ehrung verzichtete und es vorzog, in der Anonymität zu verbleiben.

In einem Brief an seine Jugendfreundin Bella Cora del Hortini bezeichnet Dickens diesen Entschluß als traurige Konsequenz eines guten Rufes.

»Bescheidenheit verpflichtet, geschätzte Cora«, so schreibt er, »auch wenn die Bescheidenheit zum größeren Teil aus Vorsicht besteht. Denn ich wollte nicht riskieren, ebenfalls inhaftiert zu werden. Ich war also, könnte man sagen, zu bescheiden, um bescheiden zu sein.«

Wer kein Stahl hat, hat die Qual

Warum es Senatoren, Staatsanwälte und Polizeichefs gibt, eine Gegenregierung in Gangsterkreisen zweckmäßig ist und hilflose Uhren ermordet werden ...

Wir erzählen Ihnen die Geschichte von Dickie Dick Dickens, dem Verbrecher mit den tausend Tricks, dessen zuckender, feuerspeiender Revolver in mannigfaltiger Weise unvergängliche Löcher in das Geschichtsbuch der amerikanischen Kriminalistik geschossen hat;

Dickie Dick Dickens, dem gefährlichsten Manne zwischen den beiden Küsten Amerikas;

Dickie Dick Dickens, dessen eiserner Wille ihm eine ganze Halbwelt untertan gemacht hat.

Nicht wenige Anekdoten ranken sich um seine Vollblutpersönlichkeit. Schon aus seiner frühesten Jugend, die er auf der kleinen, elterlichen Farm im sonnigen Connecticut verbrachte, weiß man zu berichten, daß Wille und blitzschnelle Entschlußkraft fest im Charakter des besinnlichen und bescheidenen Knaben beherbergt waren.

Während seine Altersgenossen noch Stinkbomben und tintengeschwängerte Schwämme verwendeten, um die Autorität der Schüler gegenüber dem Lehrpersonal zu wahren, versenkte der kleine Dick in seiner stillen, zurückhaltenden Art eine geballte Sprengladung in der Dunggrube des Herrn Lehrers.

Man erzählt, daß die freiwillige Ortsfeuerwehr zwei Tage gebraucht habe, um den in seinem Studierzimmer unter Mist und Dung begrabenen Herrn Lehrer zu befreien.

Damals wurde dem gerade Achtjährigen die erste Ehrung seines Lebens zuteil: Seine Mitschüler überreichten ihm das Diplom des erfolgreichsten Schulbuben des Jahres, verbunden mit einer Ehrengabe von dreizehn Stück Kaugummi, sechs dressierten Flöhen sowie vier Dollar und zweiundzwanzig Cent in bar zum Ankauf neuen Sprengstoffes.

Die zweite Ehrung seines Lebens erfuhr Dickie Dick Dickens zwanzig Jahre später, als ihn die Vereinigten Frauenverbände Chicagos zum Held des Monats erwählten.

Mit trippelnden und dennoch gewichtigen Schritten erklomm die Leiterin der Vereinigten Chicagoer Frauenverbände, Mrs.

Edwina Shrewshobber, das Rednerpult. Es war eine große Stunde, und sie hatte sich eine schöne Rede vorbereitet, eine Rede zu Ehren des Helden des Monats. Ihre Ansprache wurde von sämtlichen Rundfunkstationen Chicagos und Umgebung übertragen.

Mit hoher Stimme, in der sowohl die Wichtigkeit der Stunde als auch die Erkenntnis der eigenen Bedeutung mitschwang, führte sie aus:

»Wir feiern diesen Mann, weil es ihm gelungen ist, mit einem Schlage beinahe hundert Banditen dem Zugriff der Polizei auszuliefern.

Meine Freundinnen«, sagte Mrs. Shrewshobber, und blickte seelenvoll in den dichtbesetzten Saal, »hat er damit nicht unserer großen Stadt einen unschätzbaren Dienst erwiesen? Ist es nicht ein herrliches Gefühl, an die hundert dieser Kreaturen hinter den steinernen Wänden unserer Gefängnisse zu wissen?

Wahrlich – eine Heldentat, meine Freundinnen, die zu würdigen gerade uns Frauen eine Ehrenpflicht ist!

So ernennen wir ihn denn, den bislang noch unbekannten Wohltäter unserer Stadt, zum ›Held des Monats‹ und fordern ihn auf – nein, wir *bitten* ihn –, sich uns zu offenbaren. Nicht länger möge er, der uns allen soviel bedeutet, seinen Namen verschweigen. Den Schleier der Bescheidenheit von seinem Gesicht zu lüften, steht einem Helden wohl an!

Möge er vor uns hintreten, um die Ehrung persönlich in Empfang zu nehmen!«

Aber da konnten die Damen von Chicago lange warten. Vergebens ging ihr Ruf in den Äther, erschien in allen Zeitungen und Wochenschauen. Der unbekannte Held des Monats meldete sich nicht.

Vor allem wohl deshalb, weil er guten Grund dafür hatte.

Dickie Dick Dickens saß in seinem kleinen Blockhaus, in das er nun beruhigt zurückgekehrt war. In festlichem Cut mit silbergrauem Plastron saß er seiner Braut Effie Marconi gegenüber.

Auch Effie war festlich gekleidet. Sie trug ein wundervolles blaues Kleid. Dazu eine Kette dunkelblauer, in Brillanten gefaßter Saphire. Ein breites, aus gleichen Steinen gearbeitetes Armband zierte ihre Gelenke.

Auch der neiderfüllteste Betrachter hätte zugeben müssen, daß Effie Marconi, die schmale, blonde Schönheit, überaus reizvoll aussah. Wer hingegen Mrs. Chine kannte, der Effies Schmuck ehemals gehört hatte – Sie wissen, die reiche Waffenfabrikantin von Chine, Planks & Soundbrook –, sah sich in die unglückliche Lage versetzt, den gleichen Schmuck am fetten Hals der Dame Chine geradezu als pöbelhaft zu empfinden. Doch sind Specknacken und Würstchenfinger von eh und je gern das traurige Polster funkelnder Brillanten gewesen.

So also saßen sich die beiden gegenüber. Opa Crackle hatten sie bei Mammy Tobo-Dutch gelassen. Andächtig lauschten sie der Rede von Mrs. Edwina Shrewshobber.

»Ich werde«, so sagte Dick nach Beendigung der Übertragung, »in Gedanken dieser Verleihung beiwohnen.«

Er blies den Rauch seiner Pfeife genießerisch vor sich hin. »Ich sehe sie vor mir«, sagte er, verträumt lächelnd, »die alten Jungfern, die häßlich gewordenen Hausfrauen. Sie werden mir eine Urkunde überreichen und eine Nadel ans Revers heften. Dann wird mir die Älteste und Würdigste die Hand drücken und einen Kuß auf die Wange geben – i gitt! Aber schön wär's doch! Mrs. Shrewshobber wiederholt ihre Ansprache. Die Tanten erheben sich, um mich zu ehren.«

Dicks Stimme sank fast zum Flüstern herab:

»Ich stehe ihnen würdig erhobenen Hauptes gegenüber, hie und da ein flüchtiges Lächeln verschenkend.

Dann muß auch ich eine Ansprache halten. Mit bewegten Worten danke ich für das Übermaß an Ehrungen, das mir zuteil wurde, und würdige die einmalige volkserzieherische Aufgabe, die von den Frauenverbänden Chicagos erfüllt wird. Ich spreche langsam und getragen, wie es einem Gentleman gebührt. Die Damen, rings im großen Kreis, senken den Blick erschüttert zu Boden. Der Held des Monats spricht! Manche Träne wird im Augenwinkel zerdrückt.

Man spielt feierliche Musik. Wahrscheinlich Händel. Anschließend Kaffee und Kuchen, von den Damen selbst gebacken.«

Dick tat einen langen Zug aus der Pfeife.

Effie stöhnte voller Begeisterung: »Und ich an deiner Seite!«

»Ha!« lachte Dick, jäh aus seinen Träumen erwachend, »wie ich dich kenne, würdest du dir an dem Kuchen den Magen verderben, dir würde speiübel, und wir müßten vorzeitig nach Hause gehen.«

»Phh«, prustete Effie, »beim Repräsentieren überfrißt man sich nicht.«

Dick schenkte Champagner ein.

»Auf meine Heldentat, mein Engel!«

Effie trank ihm zu.

Es war eine stille Feier eines einsamen Helden und seiner tapferen Braut.

Am anderen Morgen verkündete Dick einen Entschluß, der Effie zunächst ihr Herz stillstehen ließ.

»Wir müssen an die Arbeit, Liebste«, begann er das Gespräch durchaus gelassen. »Schätzungsweise«, fuhr er, sich einen Toast bereitend, fort, »haben wir vier Wochen Zeit.«

»Zeit?« fragte Effie. »Wofür?«

Entgegnete Dick seelenruhig: »Um Chicago zu erobern.«

Effie blieb das halbe Marmeladenbrötchen in der Kehle stecken.

»Chic . . .?« würgte sie hervor.

Dick klopfte ihr den Rücken.

»Glaubst du etwa, ich habe meine Heldentat aus Spaß vollbracht?«

Effies Augen drohten aus dem Kopf zu fallen.

»Sieh mal«, begann Dick zu erklären, »jede Großstadt hat zwei Regierungen. Erstens diejenige, die sich die Bürger wählen, die Regierung mit den Titeln und den rechtschaffenen Leuten. Die Regierung, die für Ruhe und Ordnung sorgen soll.«

Dick strich sich die von ihm bevorzugte Ingwermarmelade auf den Toast und fuhr fort: »Wie aber soll eine Regierung für Ruhe und Ordnung sorgen, wenn keine Unruhe und Unordnung da ist? Dafür, mein Schatz, gibt es eine Gegenregierung. Eine, die Leben in die Bude bringt, die dafür sorgt, daß Senatoren, Staatsanwälte und Polizeichefs weder ihr Brot noch ihr Ansehen verlieren. Sozusagen der Kontrapunkt des öffentlichen Lebens. Der einfache, unwissende Bürger nennt das die Unterwelt. Chef dieser zweiten Garnitur war bis jetzt . . . na?«

Er sah Effie erwartungsvoll an.

Sie antwortete brav: »Jim Cooper.«

Dick küßte sie.

»Und damit ist nun Schluß. Jetzt bin ich an der Reihe!«

So also entschloß sich Dickie Dick Dickens, eine Führernatur zu werden. Alles, womit er anfangen konnte, waren zwei Getreue und ein kleines, stilles Blockhaus am Rande der Stadt.

Und hatte nichts als seinen stahlharten Willen!

Jim Cooper, 55 Jahre alt, von Beruf Maurerlehrling, Anführer des damals größten Verbrechersyndikats von Chicago, saß zur Zeit im Stadtgefängnis, Abteilung C für Untersuchungsgefangene.

Physischer Zustand: zufriedenstellend.

Psychischer Zustand: katastrophal.

Am gleichen Morgen, da Dickie Dick Dickens den großen Entschluß faßte, Chicago zu erobern, dröhnten die Stiefel Kommissar Hillbillys auf dem Gefängnisflur. Hillbilly leitete die Untersuchung gegen Jim Cooper. Neben ihm schritt schlüsselklappernd der Aufseher.

Der Kommissar betrat Jim Coopers Zelle. Ließ sich mit ihm einschließen.

Kaum hatte er sich in der dunklen, stickigen Zelle blicken lassen, als auch schon Jims mächtige Stimme röhrte:

»Vielleicht kriegen Sie das bald in Ihren hohlen, wässerigen Polizeischädel hinein: Ich will 'raus! Ich habe es satt, hier herumzusitzen. Habe 'n Haufen Arbeit zu tun! Sie haben kein Recht, mich festzuhalten! Ich will 'raus!!«

»Wollen Sie ein Geständnis ablegen?« entgegnete Hillbilly sanft.

»Geständnis!? Ha, ha, ha, ha, ha!« brüllte Jim und klopfte sich vor Lachen die Schenkel.

Doch er konnte dem Kommissar nicht imponieren. Seiner Vernehmungstaktik war auch ein Jim Cooper nicht gewachsen.

Anderthalb Stunden, nachdem der Kommissar die Zelle betreten hatte, war Jim so weit, daß man ihn im Büro ordnungsgemäß vernehmen konnte. Und eine weitere Stunde später hatte man ein erstklassiges Geständnis in der Hand.

Allerdings nur in Sachen Autodiebstahl. Hier gab es kein Leugnen. Die Wagen, die man auf dem Gelände des Autohändlers William McGuire gefunden hatte, waren sämtlich gestohlen. Was er sonst noch auf dem Kerbholz hatte – Mord, Einbruch, Erpressung, Raub, Rauschgiftschmuggel, Betrug –, dies alles war und blieb unbeweisbar.

So was können eben nur Gangsterchefs.

Jim würde sitzen. Würde toben und fluchen. Würde plötzlich brav und gefügig sein. Und vier Wochen später würde Chicago seinen Gangsterchef wiederhaben.

Gangster kennen ihren Weg nach oben. Sie kommen alle wieder.

Indessen schmiedete Dickie Dick Dickens seine Pläne. Jim Cooper, so rechnete er sich aus, saß für ein Minimum von vier Wochen hinter Gittern. Zunächst würde er das Revier gründlich abgrasen. Dann mußte er sich rechtzeitig eine eigene Bande aufbauen.

»Wenn Jim Coopers Leute aus dem Kittchen kommen, jagen wir ihnen eine Güterzugladung blaue Bohnen um die Ohren – und vielleicht werde ich dann noch einmal Held des Monats«, sagte er.

»Bravo!« rief Effie. »Und womit fangen wir das Geschäft an?«

Dick wanderte auf und ab. »Tja, zuerst brauchen wir Geld. Viel Geld.«

»Da wäre der Schmuck von Mrs. Chine«, sagte Effie zögernd.

Dick sah sie ernst an. »Den müssen wir versilbern, Schatz. Dazu brauchen wir einen Hehler. Einen erstklassigen Hehler ...und Donnerwetter ...!«

Dick hielt in seiner Wanderung inne. »Ich weiß auch schon, wo ich seine Adresse finde!«

»Wo?«

»Bei Jim Cooper!«

Effies Kulleraugen weiteten sich.

»Mein Schäfchen«, begann Dick sanft, »das Rückgrat einer jeden Verbrecherbande ist ein Ring von erstklassigen Hehlern. Diese Leute sind skrupellos, scheinheilig, haben internationale Verbindungen und verstehen was vom Fach.«

»Wo hast du denn bis jetzt deine Waren abgesetzt?«

Dick zog den Mund schief. »Bei einem Vorstadt-Uhrmacher. Aber wir hatten das letztemal eine kleine Differenz wegen des Preises.«

»Ach, herrjeh«, meinte Effie. »Ist er tot?«

Dick nickte. »Leider. Allerdings wollte ich mich sowieso nach einem seriöseren Geschäftspartner umsehen – ich brauche einen richtigen, gut renommierten Juwelier.«

Dick wanderte weiter. Nagte an seiner Unterlippe. Effie liebte das nicht. Aber sie schwieg. Wenn Männer denken, soll man sie nagen lassen.

»In Chicago gibt es etwa dreihundert Juweliere. Schätzungsweise jeder zehnte von ihnen ist ein Hehler ...«

Dick blieb vor dem Fenster stehen. Vergrub die Hände in den Hosentaschen. Sprach weiter:

»Die besten Hehler werden natürlich für Jim Coopers Bande arbeiten.«

Dick liebte es, laut zu denken. Plötzlich wandte er sich um.

»Effie«, sagte er, und seine blauen Augen blitzten, »Jim Cooper muß Geschäftsunterlagen haben, Adressen, verstehst du? Die brauchen wir! Wir müssen sofort Jims Hauptquartier durchsuchen. Und das, ehe die Polizei dort auftaucht.«

»Polizei?«

»Klar! Die interessieren sich bestimmt genauso brennend dafür wie ich.«

»Also los!« rief Effie, stand auf und legte alles Nötige zum Ausgehen bereit, als da war: Nachschlüssel, Dietriche, Stemmeisen, kleiner Bohrer, großer Bohrer und für den Notfall Sprengstoff.

Nur die Pistole vergaß sie.

Daß sich die Polizei früher oder später für Jims Hauptquartier interessieren würde, hatte Dickie Dick Dickens richtig vorausgesehen. Daß sich aber auch noch andere Interessenten einfinden könnten, hatte er nicht in seine Rechnung einbezogen.

Das war ein Fehler!

Ein Fehler, der uns den Mann Dickie Dick Dickens aber nur noch näher bringt. Zeugt er nicht davon, daß auch er einer der Unsrigen war? Ein Mensch aus Fleisch und Blut, nicht unfehlbar, nicht allwissend, sondern suchend und irrend, wie du und ich . . .

Gab es doch im großen Chicago eine zweite Verbrecherbande, die das nordwestliche Stadtgebiet beherrschte. Sie war nicht groß und mächtig wie Jim Coopers Syndikat. Sie fristete ihr Dasein aus der mageren Intelligenz jener, die bei Jim Cooper ausgebootet wurden. Leute, deren kleines Hirn nur eines groß aufnahm: daß andere besser lebten. Sie haßten die Bürger und sie haßten Jim Cooper. Sie stahlen Geld für einen Tag und schlugen Leute nieder, die einen halben Dollar in der Tasche hatten. Ihre Dämlichkeit war fast so groß wie ihr Neid. Sie hockten in Kellerlöchern, geiferten und gifteten. Geschmeiß, das aus Kellerritzen kriecht. Unflat, der stinkt wie überfüllte Müllkästen in der Sonne.

Jim Cooper hätte sie tottreten können. Zwischen den Fingernägeln zerquetschen. Er war sich zu schade dafür.

Seit etwa zwei Jahren bestand eine Art Waffenstillstand zwischen den beiden Parteien. Jede herrschte auf ihrem Gebiet, unter scharfer Respektierung der vertraglich festgelegten Grenzen. Nun aber, da Jim Cooper inhaftiert war, sah das Konkurrenzunternehmen seinen Weizen blühen.

In einer Kellerwohnung, deren Eingang halb verfallen war, saßen die Führer jener kleinen Bande, Balduin und Ricardo.

Ricardo gnatschte an einem Brot herum. In der anderen Hand hielt er einen Bratfisch. Das Fett leckte über seine Finger.

»Die Unterlagen von Jim Cooper müßten wir haben, Boß«, sagte er kauend.

»Warum?« Balduin kratzte sich an der Kniekehle.

»Wir könnten das ganze Stadtgebiet beherrschen«, fuhr Ricardo fort und biß dem Fisch den Kopf ab. »Wir wüßten alles. Wer für ihn arbeitet, wen er besticht, wen er erpreßt.«

Der Boß, der still vor sich hin soff, nickte. »Die er bestochen hat, könnten wir erpressen.«

»Und die er erpreßt hat, können wir bestechen.« Ricardo lächelte. »Es gäbe nur noch *eine* Bande!«

Balduin rülpste. »Und ich wäre Diktator von Chicago.«

Ricardo lächelte noch mehr. »Und ich wär' dein Stellvertreter.«

»Gemacht«, sagte der Boß und fiel rückwärts auf die Erde. »Sag den Leuten Bescheid. Die sollen das mal für mich machen. Sie sollen mich zum Diktator von ...«

Weiter kam er nicht. Er war eingeschlafen.

Ricardo erhob sich. Schmiß seinen Bratfisch dem Boß auf den Bauch. Dann stieg er über ihn weg ins Freie.

Es war Nacht. Stockdunkle Nacht. Schwere Wolken hingen über Chicago. Der Regen troff. Das Straßenpflaster glänzte matt im Schimmer müder Lampen. Schmutzige Wasserfontänen peitschten an den Rädern der schnellfahrenden Wagen hoch.

Jim Coopers Villa lag einsam und verlassen. Weit und breit kein Laut. Nur das monotone Plätschern des Regens. Jim Cooper wohnte im vornehmsten Viertel der Stadt. Eine pompöse Villa mit großem Gartengrundstück, einer gepanzerten Vordertür und einem durch drei Patentschlösser gesicherten Hintereingang.

An dem dritten dieser Schlösser machte sich gerade ein Herr in olivgrüner Wildlederjacke mit Fransen an den unteren Ärmelenden zu schaffen. Neben dem Herrn eine Dame im grauen Trenchcoat.

Dick und Effie.

»Uhrzeit?« fragte Dick.

»21.35 Uhr«, flüsterte Effie.

Plötzlich erschrak sie. »Dick, hast du an die Pistolen gedacht?«

Dick schüttelte den Kopf. »Bin doch nicht verrückt. Wenn jetzt die Polizei aufkreuzt und entdeckt einen Stahl in meiner Tasche, bin ich geliefert! Bin ich nicht bewaffnet, kann ich mich 'rausreden. Ich wär' Reporter, der 'ne Sensation sucht ...«

»...oder ein Detektiv«, kicherte Effie.

Das Schloß gab nach. Dick öffnete die Tür. Zog Effie hinter sich her.

»Taschenlampe!« befahl er.

Effie leuchtete. Das Haus lag totenstill. Nur ein unheimliches Ticken. Es drang aus den Ecken. Kam von den Wänden. Überall. In jedem Raum. Es war die Uhrensammlung des Mr. Cooper.

Dick und Effie suchten Jims Geschäftsunterlagen. Das war ein schwieriges Stück Arbeit. Wahrscheinlich war es ein winziges Notizbuch, das Jim gut versteckt hatte. Irgendwo in dem großen Haus.

Doch Dick verstand etwas von derartiger Arbeit. Sie durchsuchten Zimmer für Zimmer. Arbeiteten schnell, leise und sicher. Manchmal erschrak Effie vor ihrem eigenen Atem. Oder wenn Dick hüstelte.

22.29 Uhr.

Dick und Effie befanden sich im oberen Stockwerk des Hauses. Das Arbeitszimmer, das Wohnzimmer, die Halle, das Schlafzimmer, drei Fremdenzimmer, Ankleideraum, Bad, Küche, Wintergarten – alles hatten sie durchgekämmt. Und nichts gefunden.

Effie fröstelte. Es war unheimlich in dem großen, leeren Haus.

Da, plötzlich fühlte sie, wie Dick nach ihrem Arm griff. Er nahm die Taschenlampe und knipste sie aus. Von irgendwoher kam leises Flüstern.

Dick und Effie standen regungslos. Atmeten durch die Zähne. Dann schlichen sie zum hinteren Flur. Blieben stehen. Horchten.

Da – wieder: Flüstern.

Dann Schritte. Laute Schritte. Lautes Reden.

Es kam vom Hintereingang. »Da ist schon jemand vor uns gekommen«, sagte eine Stimme. »Los, Jungs! Maschinenpistolen entsichern! Drei Mann bleiben bei der Hintertür, fünf Mann gehen ins obere Stockwerk, ich kämme mit den anderen acht das Parterre durch. Licht bitte!«

Noch ehe die Taschenlampen von den neuen Eindringlingen aufleuchteten, hatten Effie und Dick ein Versteck gefunden. Ausgerechnet in der Speisekammer.

»Pest und Hölle!« flüsterte Dick, »die habe ich vergessen! Das ist Balduins Dreckhaufen!«

»Achtzehn Figuren«*, jammerte Effie leise, »mit Maschinenpistolen!«

»Und ich hab' nicht mal 'nen Schlagring!« fluchte Dick.

Von der Straße waren Motorengeräusche zu hören. Effie öffnete das Speisekammerfenster einen Spalt.

»Ein Auto«, sagte sie leise zu Dick, der ein Marmeladenglas ausleckte.

Und dann mußte ihr Dick die Hand vor den Mund halten. Sonst hätte sie geschrien.

»Polizei«, hauchte sie unter dem Druck seiner Finger, »Polizei ...«

Dick sah hinaus. Tatsächlich! Effie hatte recht. Das konnte ja süß werden!

Türen wurden geräuschvoll geöffnet. Schwere Schritte hallten auf steinernen Fliesen. Stimmen wurden laut, Kommandos ertönten. Wieder teilte jemand seine Leute ein. Da peitschten die ersten Schüsse. Zuerst nur einzeln. Dann sich steigernd.

Garben aus Maschinenpistolen.

Glas splitterte, eine schwere Standuhr begann zu schlagen. Andere Uhren wurden getroffen. Bimmelten hilflos ihr kaputtes Dasein in die Welt hinaus.

Auch die Polizei schoß. Schreie durchhallten das Haus. Wieder Kommandorufe.

Möbel stürzten um, wurden zu Barrikaden. Lampen baumelten zerschossen hin und her. Eine Bronzekrone stürzte krachend herunter. Begrub einen Gangster unter sich. Der hatte nicht mal mehr Zeit, einen letzten Fluch auszustoßen. Krachen, Splittern, Schreien. Und immer wieder Schüsse. Tak-tak – tak-tak-tak-tak – tak.

* Kein Druckfehler! Wie uns der greise Volksschullehrer Effie Marconis bestätigte, waren ihre Mathematik-Kenntnisse schon in früher Jugend höchst mangelhaft. Bei richtigem Addieren der Mitglieder der Balduinbande hätte sie 17 herausbekommen müssen und nicht 18.

Dick und Effie hockten in der Speisekammer und hofften, daß keiner in ihre Richtung schoß. Aber dann krachte es doch. Dick fiel ein Topf Himbeermarmelade auf den Kopf. Und wieder schossen sie draußen wild aufeinander los. Kugeln sausten herum wie die Hummeln an den Blüten. Dick mußte sich tief ducken. Fiel hin. Wollte sich festhalten. Griff mitten in einen Zuckertopf.

Plötzlich flüsterte er: »Effie! Unter dem Zucker liegt was!«

»Was denn?«

Wieder eine Garbe. Wieder Ducken, Hinwerfen.

Den tapferen Schützen schien mittlerweile die Munition auszugehen. Die Schießerei bröckelte etwas ab.

»Ich hab' sie!« zischelte Dick und kniff Effie in den Arm.

»Was denn?« fauchte sie wütend. Ihr war nicht nach Kneifen.

»Die Geschäftspapiere von Jim Cooper! Hier«, er deutete auf den Zuckertopf, »hier waren sie versteckt. Ein kleines Notizbuch.«

»Na, wer sagt's denn?« grinste Effie.

Draußen nahm die Schießerei ein Ende. Zwei Schüsse folgten unmittelbar aufeinander. Eine kleine Kaminuhr mit silberhellem Schlagwerk bimmelte aufgeregt. Ein weiterer Schuß brachte sie zum Schweigen.

Dann war es ruhig. Gespenstisch ruhig. Totenstill.

»Still ruht der See, die Elflein schlafen«, meinte Dick. »Zeit, daß wir in die Heia kommen.«

Er stand auf, säuberte seine Jacke.

»Willst du etwa durchs Haus gehen?« Effies Kulleraugen waren selbst im Halbdunkel deutlich zu erkennen.

»Natürlich«, sagte Dick seelenruhig und strich sein Haar glatt. »Glaube nicht, daß bei dieser Art Mannschaftssport einer übriggeblieben ist!«

Dickie Dick Dickens sollte recht behalten. Niemand hinderte ihn daran, durch das Haus zu gehen, das jetzt still und friedlich im Dunkel der Nacht lag. Zwischen Glasscherben und umgestürzten Möbeln lagen die Körper wie ausgestopfte Puppen herum. Die gesamte Bande Balduins war von der Polizei ausradiert worden. Aber auch die Polizisten hatte es erwischt. Waren sie tot? Waren sie verwundet?

Dick sah kaum hin. Effie wunderte sich. War er so herzlos? Aber sie schwieg.

Obgleich keine der zahlreichen Uhren in der großen Villa die Stunde schlug – sie waren sämtlich in Trümmer gegangen –, war es genau 24 Uhr, als Dickie Dick Dickens mit seiner Braut Effie Marconi das mörderische Haus verließ. In seiner Tasche die Geschäftsunterlagen des Jim Cooper.

24.03 Uhr klingelte in der Fernsprechzentrale der Chicagoer Polizei das Telefon.

»Guten Abend«, sagte eine Stimme, »hier ist der Held des Monats.«

»Jaja«, antwortete der Beamte freundlich, »ich erkenne Sie an der Stimme. Sie haben schon das letztemal so komisch geschludert!«

»Ich schludere nicht!« sagte der Held und betonte von nun an jedes Komma seiner Rede. »Hören Sie, bester Mann, in Jim Coopers Villa ist heute abend allerhand kaputt gegangen. Schikken Sie sofort ein Dutzend Krankenwagen und eine Kompanie Ärzte!«

»Wie bitte?« fragte der Beamte verständnislos. »Eine Kompanie Ärzte und ein Dutzend Krankenwagen?«

Sagte der Held des Monats in schönster Betonung: »Es können auch zwei Dutzend sein. Gute Nacht!« Und legte auf.

Dickie Dick Dickens war eben doch kein Mann, der angeschossene Leute herumliegen ließ.

Er hatte Sinn für Ordnung.

Das war das achte Abenteuer von Dickie Dick Dickens.

In einem Brief an seine Jugendfreundin Bella Cora del Hortini beschreibt er, wie ihm dieses Erlebnis völlig neuartige strategische Möglichkeiten eröffnete.

»Wenn es auch diesmal, geschätzte Cora«, so schreibt er, »ein Zufall gewesen sein mag, erkannte ich doch den Weg, wie man auf die einfachste Weise und unter rationellstem Einsatz der eigenen Kräfte gleichzeitig Polizei und Konkurrenz unschädlich machen kann. Eine Erkenntnis, die mir auf meinem weiteren Werdegang noch viel Nutzen bringen sollte.«

Jim Coopers Geschäftsunterlagen befanden sich also in den Händen von Dickie Dick Dickens. Die Balduin-Bande war so gut wie ausgelöscht. Jim und seine Leute saßen hinter Gittern.

Der Weg war frei!

In dieser Nacht streckte Chicago, die Millionenstadt, ihren leuchtenden, glitzernden Leib wie eine schillernde Schöne dem kleinen Taschendieb Dickie Dick Dickens entgegen. Würde es ihm gelingen, das kostbare Gut zu besitzen?

Festen, sicheren Schrittes betrat Dickie Dick Dickens sein

Blockhaus. Setzte sich an sein geliebtes Klavier. Spielte Wiener Walzer.

Ein stiller, bescheidener Mensch. Einer, dem König Zufall die Trumpfkarte zugeschoben hatte. Würde er sie ausspielen können?

›O Donau, so blau, so blau ...‹, klang es im Blockhaus. Und draußen rauschte der Mississippi.*

* Dem Besitzer auch einer kleineren Ausgabe des Weltatlas wird es nicht entgehen, daß der Mississippi fernab von Chicago seine Bahn zieht. Die Formulierung »Und draußen rauschte der Mississippi«, die übrigens wörtlich den Memoiren des Verbrecherkönigs entnommen worden ist, dürfte also als poetische Floskel zu verstehen sein, da einwandfrei feststeht, daß Dickie Dick Dickens' Blockhaus nicht am Ufer des Mississippi gelegen war. (Siehe auch Brüsch: ›Das Phänomen Dickie Dick Dickens in Hinblick auf das Transzendente im Verbrechertum‹. Zeitschrift ›Psychologie und China‹, Amsterdam, 2. Oktoberausgabe 1937.)

Von bleiernen Kugeln einen Kranz

Was das Comptoir eines smarten Bankiers für Dienste leistet, und warum ein alter, schäbiger Pappmachékoffer ein Geheimnis hat ...

Viele behaupten, Dickie Dick Dickens sei der erfolgreichste aller Missetäter aller Zeiten, aller Nationen, der Wolkenstürmer unter den Verbrechern.

Jedenfalls ist Dickie Dick Dickens der Mann, von dem man spricht.

Man spricht von ihm in allen Sprachen der Welt. Selbst in einem so fernöstlichen Lande wie China ist sein Name in aller Munde.

Soviel nur über die weltweite Bedeutung, die diesem Bahnbrecher des modernen Banditentums zukommt!

Schon nach einem knappen halben Jahr intensiver verbrecherischer Tätigkeit war es dem bescheidenen, stillen Jungen aus Connecticut gelungen, sich die Schlagzeilen der Sensationspresse zu sichern. Im gleichen halben Jahr hatte er mit der Stichkraft eines Hornissenschwarms in die Eiterbeule des Chicagoer Verbrechertums hineingestochen, hatte das in ruhigem Gleichmaß dahinfließende Leben der Unterwelt in Panik versetzt.

Das kleine, verschmutzte Notizbuch, das Dickie Dick Dickens unter dem Haushaltszucker von Jim Cooper gefunden hatte, erwies sich als unschätzbar wertvoll. Es war der Schlüssel zur Chicagoer Unterwelt. In der Hauptsache enthielt es Namen und Adressen sowie einigen von der ungelenken Handschrift Jim Coopers hingekritzelten Krikelkrakel, den Dickie erst entziffern mußte. Doch was für Namen waren das! Namen von Leuten, die mit Jim zusammengearbeitet hatten. Geschäftspartner, kleine Gauner, große Gauner, Hehler, Rechtsanwälte, bestechliche Beamte, Kollegen in Übersee, Industrielle, Politiker und so fort. Gar mancher ehrbare Bürgername stand auf dieser Liste.

Dick erkannte auf den ersten Blick: Dieses Notizbuch war Dynamit, mit dem er ganz Chicago torpedieren konnte. Zunächst nahm er eines der vornehmsten Juweliergeschäfte Chicagos ins Fadenkreuz.

Der Name des Juweliers – Josua Benedikt Streubenguß – war in den Papieren Jim Coopers des öfteren erwähnt. So stand er zum Beispiel an oberster Stelle einer Liste von sechzehn Juwelieren, die offenbar samt und sonders Hehlerdienste für Jim leisteten.

Als Dickie Dick Dickens allerdings am nächsten Tage, kurz vor Ladenschluß, das elegante Geschäft des Mr. Streubenguß betrat, kamen ihm leichte Zweifel an dieser, seiner Annahme. Eine wohltönende, melodische Ladenglocke begrüßte den Ankommenden mit einem Hauch uralter Gemütlichkeit.

Als Dick sich umsah, stellte er fest, daß er sich nicht in einem gewöhnlichen Laden mit Theke und Kasse befand. Dieses hier war ein Salon. Zierliche Stühle und samtbekleidete Tischchen standen umher. Ein herrlicher Aubusson-Teppich deckte den Fußboden. An den Wänden, zwischen Spiegelflächen eingelassen, Vitrinen. Purpurner Samt bedeckte ihre Innenflächen. Hinter schußſestem Sicherheitsglas dämmerten edle Steine, Gold und Platin in grünlichgelbem Licht dahin. Rubine, Smaragde, Saphire und Brillanten blinkten den Betrachter, einem fernen Sternenmeer gleich, an.

Dick stand einen Augenblick regungslos.

Jemand im schwarzen Anzug glitt heran. Fragte mit leiser Stimme nach seinen Wünschen.

Bald darauf erschien auch Josua Benedikt Streubenguß höchstselbst. Er sprach ebenfalls mit einer Stimme, als befände er sich ständig auf einem Begräbnis.

Dick sagte, er sei verabredet, und ließ Josua Benedikt Streubenguß tatenlos herumstehen. Es sollte nicht lange dauern, bis Opa Crackle auftauchte, in der Hand einen Pappmachékoffer.

Nun erst wandte sich Dick, müde und borniert aus seinen blauen Augen blickend, dem Juwelier zu. »Sind Sie Mr. Streubenguß?«

Der samtene Mensch verneigte sich. »Zu Diensten«, sagte er und wies sich somit als ein Mann altmodischer Denkweise aus.

»Schöner Name das!« schmetterte Dick laut in die Aquariumstille des Salons. »Ein Knecht auf der Farm meines Vaters hieß auch Josua.«

Streubenguß verneigte sich erneut.

»Da sieht man mal wieder«, tönte Dick und schlug dem Samtmenschen auf die Schulter, daß es krachte, »wie klein die Welt ist! Er war Neger, und sein Stammesfürst hatte ihm die Ohrläppchen abgeschnitten. Persönlich, versteht sich.« Er machte eine kleine Pause. Dann fragte er ernst: »Lieben Sie Ohrläppchen?«

Streubenguß blinkerte verdutzt mit den Augen. Dick stolzierte, Hände in den Taschen, im Salon umher. Josua Benedikt Streubenguß war seltsame Kundschaft gewöhnt. Er entschloß sich zu lächeln. Freundlich und gleichmütig.

»Na«, sagte Dick und blickte Opa Crackle an, »ist ja auch egal. Ich hätte gerne ein paar Worte mit Ihnen gewechselt, Mr. Josua.«

Dick lächelte nun seinerseits.

Und wieder nickte Josua Benedikt. Dann wies er mit seiner feinen, weißen Hand auf eine kleine, von Goldleisten gesäumte Tür.

»Zu meinem Comptoir, bitte.«

Streubenguß, Dick und Opa Crackle wanderten ein paar winzige Schritte um winzige Ecken. Dann erblickten sie eine Tür. Tatsächlich: In schönen Goldbuchstaben stand dort COMPTOIR zu lesen.

Man trat ein. Man setzte sich. Bot sich Zigaretten an. Man lächelte. Man blickte sich erwartungsvoll an.

»Womit kann ich Ihnen dienen?« fragte Josuas Samtstimme.

»Ich möchte«, sagte Dick und blickte dem Juwelier gerade in die Augen, »Ihnen ein paar Schmuckstücke zum Kauf anbieten.«

»Aha!« sagte Streubenguß. Die Freundlichkeit seines Gesichtes erlosch wie eine ausgepustete Kerze. »Die Geschäftslage für getragenen Schmuck ...«, begann er, nun merklich ohne den gewohnten Samtton in der Stimme.

»Sie reden zuviel!« unterbrach ihn Dick unhöflich. »Mach den Koffer auf, Opa! Zeig ihm, was wir haben.«

Opa Crackle grinste. »Gerne, mein Jungchen.«

Auf diesen Augenblick hatte Opa Crackle gewartet. Er hob sein altes, schäbiges Köfferchen hoch.

Streubenguß sah verächtlich auf das Pappmaché. Aber dann verging ihm der Spaß am Verächtlichgucken. Mit vor Erstaunen völlig normaler Stimme sagte er: »Donnerwetter!«

»Na, sehen Sie«, lächelte Dick milde.

»Alter Familienschmuck?« fragte Streubenguß, nun wieder ganz demütiger Diener des Kunden.

»Stimmt«, meinte Dick. »Allerdings nicht von *meiner* Familie ...«

Streubenguß zog interessiert die Augenbrauen hoch. Sagte zierlich: »Nein?«

»... sondern von der Familie Chine«, ergänzte Dick.

»Die Waffenfabrikanten?«

Dick nickte.

Josua Streubenguß lächelte verbindlich. »Unter diesen Umständen müßten Sie mir natürlich eine Verkaufsvollmacht vorlegen.«

Lächelte Dick ebenso verbindlich zurück. »Ich fürchte nur, die wird mir Mr. Chine nicht ausstellen.«

»Aber mein Herr«, entrüstete sich Streubenguß, »wie soll ich denn wissen, daß Sie autorisiert sind, den Schmuck zu veräußern?«

»Bin ich ja auch nicht, mein Guter«, meinte Dick treuherzig und tätschelte Josua Benedikts Hand. »*Ich* habe den Schmuck, und *Sie* sollen ihn verkaufen. Ein klares Geschäft. Kapiert?«

»Wollen Sie damit etwa andeuten, mein Herr, daß dieser Schmuck auf unrechtmäßige Weise in Ihren Besitz geraten ist?«

Dick nickte ernst, würdig. »Ganz recht. Der Schmuck ist geklaut.«

Streubenguß' Augen weiteten sich. *»Geklaut?!«* entsetzte er sich.

Dick nickte wohlwollend. »Gemopst, gestemmt, gepascht, gekrampft, abgestaubt, gerupft – oder bitte, wenn Sie das besser verstehen: entwendet.«

Streubenguß stammelte: »Aber meine Herren! Ich muß doch bitten. Sie bringen mich da in eine peinliche Lage. Ich weiß wirklich nicht, wie ich mich verhalten soll.«

»Kann ich mir denken«, sagte Opa Crackle verständnisvoll.

Streubenguß' Hände zitterten. »Peinlich – äußerst peinlich. Ich müßte eigentlich die Polizei verständigen, und ...«

Dick hieb mit der Faust auf den Tisch. »Nun hast du genug gequasselt, Josua Benedikt! Jetzt bin ich mal dran. Ich bin im Besitz einiger Aufzeichnungen von Jim Cooper. Ist der Name ein Begriff, ja?«

Streubenguß stotterte: »Jim Cooper? Jaja ... ich weiß nicht ...«

Dicks Augen sahen bös aus. »O ja, Sie wissen sehr gut! Seit Jahren verhökern Sie den Schmuck, den Jim Coopers Bande geklaut hat. Falls Sie Unterlagen sehen wollen ...«

Streubenguß wurde aschfahl. Das Zittern seiner Hände nahm in mitleiderregendem Maße zu.

»Das heißt ...?« sagte er tonlos.

»... daß ich einwandfreie Beweise dafür habe, daß Sie Hehlergeschäfte für Mr. Cooper durchgeführt haben.«

Der Juwelier hob den Kopf. Blickte Dick lauernd an. Dick stellte fest, daß Josua Benedikt Rattenaugen hatte.

»Sie wollen mich erpressen?« fragte er.

Dick schlug die Beine übereinander. Zündete sich eine Zigarette an. »Keineswegs«, sagte er ruhig und schüttelte das flammende Streichholz aus, »ich möchte, daß Sie für mich den Schmuck von Mr. Chine verkaufen.«

Man hätte meinen können, daß das Geschäft nun perfekt werden könnte. Wie erstaunt aber war Dickie, als Josua Benedikt Streubenguß fest und beharrlich antwortete: »Es tut mir sehr leid, mein Herr. Nennen Sie mir Ihren Preis!«

Dickie zog die Schultern hoch. »Was kann der Schmuck wert sein?«

Streubenguß schüttelte den Kopf. »Nicht den Preis für den Schmuck. Ich meine den Preis für die Beweisstücke, mit denen Sie mir drohten.«

Dick schwieg.

Mr. Streubenguß fuhr fort: »Ich bin bereit, Ihnen dafür eine angemessene Summe zu zahlen. Aber – verstehen Sie bitte – ich bin nicht bereit, für Sie zu arbeiten.«

Dick staunte. »Sie sind ja eine harte Nuß, mein Lieber! Warum denn nicht?«

Streubenguß senkte die Stimme. »Es ist wegen Mr. Cooper. Wenn er erfährt, daß ich für einen Konkurrenten arbeite, bin ich für ihn abgeschrieben. In seinem Vokabular ist das gleichbedeutend mit tot.«

Opa Crackle beruhigte Streubenguß: »Jim Cooper sitzt im Kittchen.«

Aber Streubenguß winkte ab. »Nicht für lange.«

Dick sah ihn scharf an. »Haben Sie *so* viel Angst vor Jim Cooper, daß Sie es riskieren würden, bei der Staatsanwaltschaft wegen Hehlerei angezeigt zu werden?«

Streubenguß wand sich. Versuchte ein Lächeln. Es mißlang. »Jedermann hat Angst vor Cooper«, sagte er. Seine Hände zitterten wieder. »Wenn ich mir die Frage erlauben darf, mein Herr«, fuhr er vorsichtig fort, »was versprechen *Sie* sich von dem Geschäft?«

»Och«, murmelte Dick, »einige . . .zig Tausend Dollar und, als nette kleine Zugabe für meine Braut, eine Halskette von funkelnden Diamanten.«

Streubenguß guckte traurig wie ein kranker Hund. »Von funkelnden Diamanten eine Kette? Ha, Sie kennen Jim Cooper nicht! Von bleiernen Kugeln einen Kranz – das ist es, was Sie bekommen!«

Dick stand auf. Plötzlich, schnell und gefährlich. Er sagte nichts.

Josua Benedikt Streubenguß blinkerte mit den Augen. »Überlegen Sie sich meinen Vorschlag, mein Herr ...« Er sprach nicht weiter. Dicks Art dazustehen, ließ ihn den Mund halten.

Und dann sprach Dick. Freundlich und scharf. »Glauben Sie mir, Mr. Streubenguß, es wäre für beide Teile besser, wenn Sie sich *meinen* Vorschlag überlegten.«

Josua Benedikt blieb fest. »Für mich gibt es nichts zu überlegen.«

Dick zog die Luft hörbar durch die Nase ein. Opa Crackle merkte, wie er sich beherrschte.

»Na schön«, meinte Dick dann. »Aber sagen Sie hinterher nicht, ich hätte Sie nicht gewarnt!«

Noch einmal bewies Josua Benedikt Streubenguß seine Festigkeit: »Es ist mein letztes Wort!«

Dick klappte den jämmerlichen, kleinen Pappmachékoffer zu. Gab ihn Opa Crackle. Ging zur Tür. Dort blieb er stehen. Sah den Juwelier aus seinen blauen Augen an.

»Ihr vorletztes, Josua, ich möchte wetten! Guten Abend!« Dann stiefelte er um winzige Ecken in den großen Salon. Latschte über den Aubussin-Teppich. Hinter ihm Opa Crackle. Der Schwarzbekleidete glitt heran. Verneigte sich. Die Ladenglocke machte ihr Bimmelbammelbum.

Und draußen waren sie!

Dick schickte Opa Crackle nach Hause. Er wollte allein sein. So bestieg Crackle ein Taxi, drückte das Pappmachéköfferchen an seine eingefallene Männerbrust und fuhr zum Blockhaus.

Dick wanderte den Jackson Boulevard entlang. Hände in den Hosentaschen. Die Fransen seiner Wildlederjacke baumelten vergnügt im Auf und Nieder seiner Schritte.

Es wurde langsam dunkel. Autos flitzten, Leute hasteten. Das Pflaster lag voller Papier. Fortgeworfene Obsttüten, Zigarettenschachteln, Bonbonpapier, Zeitungen. So sah es immer aus, wenn die Stadt ihren Arbeitstag hinter sich hatte. Irgendwo roch es nach gerösteten Erdnüssen. Neben ihm ging eine Frau mit einem Kind. Das Kind hatte einen rosa Papierschirm. Mit weißen Fransen. Das Kind grinste ihn an. Zeigte auf seine Ärmelfransen. Die Mutter zerrte es fort.

Dick zog den Mund schief. So war es also, wenn ein kleiner Pinscher glaubt, dasselbe zu sein wie eine Bulldogge. Nur, daß der kleine Pinscher Dickie Dick Dickens hieß ... Er hätte diesen Streubenguß 'runterknallen können wie eine Wildente im Flug. Daß so ein Dreckskerl plötzlich Rückgrat hatte! Aus purer Angst vor Jim Cooper. Der konnte noch vom Kittchen aus regieren. An den glaubten die Kreaturen.

Zu ihm aber sagte man höflich nein. Wer war schon Dickie Dick Dickens? Einer, der immer im Verborgenen blüht. Einer, den man nicht ernst zu nehmen braucht.

Oh, er würde es denen schon zeigen! Vor allem diesem Mistkerl, diesem Streubenguß! In den Staub mit diesem Würstchen!

Dick stieg in die U-Bahn. Während er gelangweilt ein paar Uhren stahl, arbeitete sein Hirn. Als er an der Endstation ausstieg, wußte er, was er zu tun hatte.

Als Josua Benedikt Streubenguß am nächsten Morgen sein Geschäft betrat, mußte er voll Entsetzen feststellen, daß seinem erlesenen Salon etwas schier Unvorstellbares widerfahren war: Man hatte ihn ausgeraubt.

Leer die Vitrinen, leer die Kassetten und Etuis. Selbst die Auslage im Fenster war gestohlen. Statt dessen prangte dort ein Schild: *»Wegen Renovierungsarbeiten vorübergehend geschlossen.«*

Josua Benedikt Streubenguß' Gemütszustand war verheerend. Sein Geist stand vor der Selbstauflösung. Als in diesem Augenblick, sozusagen in der Stunde seines Untergangs, die Ladenglocke ihr Bimmelbammel ertönen ließ, brach Josua fast völlig zusammen.

Vor ihm stand Opa Crackle. Geschniegelt, gebügelt und taufrisch wie eine Rose.

Josua Benedikt hob abwehrend die Hände. »Nein, nein – lassen Sie mich in Ruhe! Sie sehen ja selbst, die Lage hat sich über Nacht völlig geändert. Sagen Sie das Ihrem Bekannten!«

Opa Crackle grinste mit zahnlosem Munde. »Ich weiß, ich weiß. Deswegen denkt mein Bekannter, daß es vielleicht für Sie ganz günstig wäre, den Familienschmuck von Mrs. Chine gewissermaßen als neuen Grundstock ...«

Opa Crackle konnte nicht weitersprechen. Mr. Streubenguß zog ihn in das Comptoir. Dann holte er tief Luft, offenbar, um Opa Crackle gewaltige Dinge zu sagen. Doch Mr. Streubenguß kam nicht weit mit seiner Rede.

Im sanften Ton eines Märchenerzählers begann Opa Crackle: »Mein Bekannter weiß natürlich, was hier geschehen ist.«

Crackle setzte sich. Preßte das mitgebrachte Pappmachéköfferchen an sich. Weidete sich an der verdutzten Miene des Josua Benedikt Streubenguß. Der sagte gar nichts.

»Zudem«, fuhr Opa Crackle mit seiner Märchenstunde fort, »wäre mein Bekannter auch bereit, Ihnen drei Viertel der konfiszierten Ware zurückzuerstatten. Das restliche Viertel müßte er für seine Bemühungen einbehalten.«

Opa Crackle zupfte die tadellosen Bügelfalten seines schwarzen Nadelstreifenanzuges zurecht.

Josua Streubenguß stand erstarrt. Sein Gesicht hatte die Ausdruckskraft einer Wachsfigur. Dann faßte er sich.

»Für seine – Bemühungen? Einbehalten?!«

Josua Benedikt rannte mit theatralischen Schritten in seinem Comptoir umher.

»So eine Unverfrorenheit! Raubt der Kerl mich aus und bietet mir großzügig drei Viertel meines eigenen Besitzes an! Ich brauche nur ein kleines Hehlergeschäft für ihn zu tätigen. Oh!«

Josua Benedikt hielt seinen Kopf in beiden Händen, als könne er ihm abhanden kommen. Mit solch wilder Geste der Verzweiflung stürzte er zum wiederholten Male im Raume hin und her.

Opa Crackle blickte ihn freundlich an.

»Sie müßten sich allerdings verpflichten«, sagte er sanft und versuchte, sich einen Nietnagel vom Finger abzubeißen, »auf eine Dauer von mindestens fünf Jahren für ihn zu arbeiten. Sonst ist das Geschäft für ihn uninteressant.« Opa Crackle betrachtete traurig seinen Fingernagel. Ohne Zähne kann man nicht beißen.

Josua Benedikt, der einen Augenblick völlig normal zugehört hatte, nahm seine Rolle als heulender Derwisch wieder auf. Nachdem er anscheinend genug gestöhnt und gejammert hatte, fragte er: »Und was geschieht, wenn ich ›nein‹ sage?«

Opa Crackle wiegte seinen Schädel bedauernd hin und her. »Guter Mann«, murmelte er, »das sollten Sie wissen! Erstens sehen Sie Ihren Besitz nie wieder, zweitens erhält die Polizei einen Brief. Kurz aber schnurz. Daraus wird hervorgehen, daß der sehr ehrenwerte Mr. Streubenguß seit Jahren die Sore von Jim Coopers Bande verscheuert. Schätze, es wird Sie ein paar Jährchen kosten.«

Josua Benedikt hatte offenbar beschlossen, wieder ein

Mensch mit Fassung zu sein. »Das ist die größte Unverschämtheit, die mir je passiert ist«, sagte er streng.

Opa Crackle lächelte weise und gütig. »Ja, ja, ja«, meinte er, »das ist eine Spezialität von dem Jungen. In Bubenstreichen ist er unschlagbar! Nehmen Sie an, Mr. Streubenguß?«

Josua Benedikt Streubenguß nahm an. In Anbetracht der gegebenen Tatsachen hatte er auch keine andere Wahl. Er nahm den Familienschmuck der Mrs. Chine in Kommission und erhielt drei Viertel der aus seinem Geschäft gestohlenen Wertsachen zurück. Das restliche Viertel behielt Dickie Dick Dickens zur Abdeckung seiner Handlungsunkosten ein.

Bereits einen Tag später bot er es dem zweiten Hehler zum Verkauf an. Auch diesen Gentleman hatte Dick auf der Liste Jim Coopers entdeckt. Der Mann hieß Henry Popkins, machte durchaus nicht so einen würdigen Eindruck wie Josua Benedikt Streubenguß und wohnte in der Altstadt. Auch Mr. Popkins weigerte sich zunächst, für Dick zu arbeiten. In der darauffolgenden Nacht wurde bei ihm eingebrochen. Er erhielt drei Viertel seines Besitzes zurück. Bedingung: Arbeit für Dickie Dick Dickens auf mindestens fünf Jahre.

Mit dem letzten Viertel des Mr. Popkins köderte Dick den nächsten Hehler auf Jim Coopers Liste. Dieser Juwelier machte die gleichen Erfahrungen wie seine beiden Kollegen.

So ging das Spiel munter fort, bis auch der letzte der sechzehn Hehler auf Jim Coopers Liste bedient war. Sein restliches Viertel brachte Dickie Dick Dickens wiederum bei Josua Benedikt Streubenguß unter.

Die Kette war geschlossen. Der Handel konnte blühen.

Eingeweihte Kreise beobachteten zu dieser Zeit eine lebhafte Aktivierung des Juwelenmarktes. Ein Beweis dafür, daß Dickie Dick Dickens' Tätigkeit letztendlich von unschätzbarem Nutzen für das Allgemeinwohl war.

Man hätte meinen sollen, daß mit derart klaren, eindeutigen Geschäftspraktiken dem gefestigten Wohlstand des Dickie Dick Dickens nichts mehr im Wege stand.

Dickie Dick Dickens war fröhlichster Laune. Er ließ sich auch durch Warnungen seiner Getreuen nicht irremachen. So munkelte man, daß einige der geprellten Juweliere nach wie vor mit Jim Cooper in Kontakt standen. Einer von ihnen, Henry Popkins, sollte ihn sogar im Gefängnis besucht haben. Doch Dick maß dem wenig Bedeutung bei.

Es war in der Nacht des 16. Oktober, als Dickie, durchaus frohgemutester Stimmung, von einem seiner Kundenbesuche heimwärts strebte.

Mit zunehmendem Wohlstand war auch seine Bescheidenheit gewachsen. So hatte er es sich zur Gewohnheit werden lassen, seinen Wagen außerhalb der Stadt zu parken. Das bedeutete zwar, daß er ein schönes Stück zu laufen hatte. Doch was tat's? Ein Spaziergang durch die prickelnde, lebendige Stadt hielt Füße und Finger gelenkig. So manches Ührlein und Brieftäschchen pflückte Dickie auf diesen Wegen. Brachte es Effie heim als kleine, zarte Blütenlese.

Zudem führte ihn sein ständiger Weg durch sein einstiges Jagdrevier, das Bananenverkäuferviertel, das wehmütige und doch freudige Erinnerungen in seinem romantischen Herzen wachrief.

Allerdings bedauerte es Dickie sehr, daß er dabei auch eine schmutzige, düstere Straße durchqueren mußte, die Stompartstreet. Hier stank es nach Essensresten und Abfall. Ein paar jämmerliche, altmodische Gaslaternen erleuchteten jeweils ein kleines Stück des brüchigen Pflasters.

Es war spät geworden an jenem 16. Oktober, als Dickie diese Straße erreichte. 12 Uhr nachts war keine Zeit zum Spazierengehen. Dick fröstelte. Es war naßkalt und regnerisch. Aus irgendeinem Fenster drang das Keifen einer Frauenstimme. Ein Akkordeon jaulte die Langweile seines Spielers in die Gegend. Wasser wurde ausgegossen. Kohlen geschaufelt. Kinder plärrten schlaftrunken. Aus jedem Fenster ein anderes Geräusch. Und doch kümmerte sich keiner um den anderen. Die hier hausten, lebten ein dumpfes, blödes Leben. Schliefen in miefigen Betten und wuschen sich mit der Mütze auf dem Kopf.

Dick ging schneller. Es ekelte ihn.

Und dann wurde er plötzlich hellwach. Etwas war mulmig in dieser Straße. Er wußte noch nicht, was ...

Jemand trat aus einem Hausflur. Bat ihn um Feuer. Dick war auf der Hut. War bereit, zuzuschlagen. Aber nichts geschah.

Er hörte Schritte auf der anderen Straßenseite. Vorsichtige Schritte. Er fühlte, daß er beobachtet wurde. Die Straße schien nichts anderes zu sein als ein Ungeheuer mit tausend Augen.

Was war los?

Und dann sollte er es erfahren. Es war, als wäre die Stompartstreet plötzlich verstummt. Kein Akkordeon, kein Grölen und Keifen. Dafür sah er Menschen. Aus allen Hausfluren traten sie.

Männer in Lederjacken. In Hemdsärmeln. Sie traten vor die Tür. Blieben stehen. Ließen ihn vorübergehen. Und dann folgten sie ihm.

Leise. Stumm. Wie eine Leibwache. Oder wie Hunde, die einen Hasen jagen.

Dick faßte nach dem Pistolenhalfter unter dem linken Arm. Entsicherte die Kanone. Was wollten die von ihm? Sein Hirn arbeitete. Fieberhaft. Wenn die ihn haben wollten, war es aus.

Es wurden immer mehr. Dutzende gingen jetzt hinter ihm her. Waren es fünfzig? Waren es hundert? Dick konnte es bei der Dunkelheit nicht mal schätzen. Sie gingen leise. Hielten Abstand. Ein Gespenstermarsch. Ein Lindwurm aus Menschenleibern kroch hinter ihm her. Einer mit hundert Füßen.

Klapp, klapp – tapp, tapp.

Immer im Gleichschritt.

Und dann kamen andere. Kamen von vorn. Klapp, klapp – tapp, tapp!

Zwei Männerhaufen. Sie würden ihn zerdrücken.

Plötzlich löste sich hinter einem Mauervorsprung ein Schatten. Sprang ihn an. Dick sah ein Messer im fahlen Licht der Gaslaterne blitzen. Doch noch ehe Dick schießen konnte, wurde der Mann zu Boden gerissen. Von den Leuten hinter ihm.

Zwei, drei Tritte in die Magengegend – der Mann stöhnte auf und war bewußtlos.

Die anderen kamen heran. Einer zog eine Pistole, zielte auf den Mann, der auf dem Pflaster lag. Dick hielt ihm die Hand fest. Dann zerrte er den Bewußtlosen von der Straße unter eine Laterne. Sah ihm ins Gesicht. Es war Henry Popkins. Seines Zeichens Juwelier aus der Altstadt.

Dick sah auf. Blickte die Leute an, die um ihn herumstanden. »Was soll das?« fragte er.

Keiner antwortete.

Eine Frau drängte sich heran. Enger Gürtel, hohe Hacken, zottelige Haare. »Die ham was läuten gehört«, sagte sie im ordinärsten Dialekt, den Chicago zu bieten hatte.

Dick verschränkte die Arme. Sah die Leute fragend an, wartete auf eine Erklärung.

Einer trat einen kurzen Schritt vor. »Na ja«, sagte er, »das ist wegen Jim Cooper. Weil der doch sitzt. Das tut uns gut, wissen Sie . . .«

Anscheinend war er von seiner Rede erschöpft. Er schwieg.

Ein anderer sprach weiter, ein Junger, Eifriger mit Schlägermütze: »Jim Cooper hat uns alle hier mächtig ausgenommen.«

Dick staunte. »Euch?«

»Ja, uns!« eiferte der mit der Schlägermütze. »Von unseren Piepen hat er noch abhaben müssen. Wenn unsereins mal Kohlen klaute ...«, er blickte sich, stolz auf seine Rede, im Kreise um, »war er schon da. Von wegen anzeigen oder Schmiergeld einstreichen. So hat er jeden drangekriegt, das Schwein.«

Er spuckte aus.

»Was hat denn der hier damit zu tun?« fragte Dick und deutete auf Popkins.

»Hä«, sagte ein alter Kerl in Hauspantinen, »den kannten wir nicht.« Er sah Dick an. »Und dich auch nicht.«

Mischte sich die Frau ein: »Hab' ja gesagt, die ham was läuten hören, daß einer Dickie Dick Dickens fertigmachen will. Hier in der Stompartstreet. Einer von Jim Coopers Leuten.«

»Na ja«, entschloß sich der bedachtige Alte, wieder zu sprechen, »und weil du uns doch den Jim vom Leibe halten wirst, dachten wir, es sei vielleicht praktischer, dich am Leben zu lassen.«

»Brav, brav!« lobte Dickie.

»Aber wir wußten nicht, wer Dickie Dick Dickens und wer der Halunke war«, fuhr der Alte fort, »da haben wir uns verabredet – ich meine, die Straße hier. Keiner geht heute abend allein. Alle passen auf. Einer, der allein geht, ist entweder Dikkens oder Popkins.«

»Darum sind wir losmarschiert«, erklärte der mit der Schlägermütze. »Ein Haufen hinter dem einen, der andere hinter dem zweiten. Und nun wissen wir ja, wer Dickens ist«, schloß er seine Rede und sah sich pfiffig im Kreise der Leute um.

Dick lächelte. »Wo ist hier 'ne Kneipe?« fragte er.

Einer deutete mit dem Daumen auf das untere Ende der Straße.

»Los!« sagte Dick. »Ohne Tritt marsch! Wir trinken einen. Ich lade euch ein.«

Und dann zogen sie los. In der ersten Reihe Dick, der Alte, die Zottelhaarige, die Vera hieß, und der mit der Schlägermütze. Hinterher der ganze Haufen. Klapp, klapp – tapp, tapp. An die zweihundert Männer.

Henry Popkins verdroschen sie noch einmal gründlich und ließen ihn auf Dicks Geheiß liegen. Unter der Laterne. Wenn er aufwachte, sollte er Licht haben. Damit er sich wiedererkannte.

Zwei Stunden später stand Dickie Dick Dickens in der Kneipe »The dead lock« in der Stompartstreet zu Chicago auf dem Tisch und brachte den Jungs bei, wie man ›O Donau, so blau, so blau‹ singt.

Zweihundert Stimmen sangen mit, daß die Gläser klirrten. Und die Straße war längst nicht mehr dreckig und stinkig. Jedenfalls für Dick.

»Dieses war, geschätzte Cora«, so schreibt Dickie Dick Dikkens später in einem Brief an seine Jugendfreundin Bella Cora del Hortini, »meine entscheidende Begegnung mit der Volksseele. Was mich früher ekelte, hatte nun an Bedeutung gewonnen.«

Woraus ersichtlich ist, daß auch der schmutzigste, verkommenste Kerl für einen jeden von uns zum angesehenen Manne werden kann. Er braucht uns nur das Leben zu retten.

Oder feine Lieder mit uns zu singen.

Aufruhr in Block C

Warum es in Gefängniszellen nicht Fernsehen noch Schlagsahne gibt, wie das Gefängnistor explodiert und ein Zigarettenmord passiert ...

Dickie Dick Dickens, der Selfmademan unter den Gangsterfürsten, der Mann, der Frauenverbände und Volkshefe im gleichen Topf der Bewunderung schmoren ließ, gewann die Herzen des Volkes wie andere Leute das Geld in der Lotterie.

Ihm, dem ehemals unbedeutenden Taschendieb, war es gelungen, fast die ganze Bande des gefürchteten Jim Cooper hinter Schloß und Riegel zu bringen. Wegen Autodiebstahls erhielten die versammelten Gangster eine Gesamtstrafe von 51½ Jahren Gefängnis, die allerdings, auf den einzelnen Mann umgerechnet, nur durchschnittlich etwas mehr als ein halbes Jahr ergab. Nach Dickie Dick Dickens' Schätzung jedoch Zeit genug, sich die Halbwelt Chicagos untertan zu machen.

Hinter den Mauern und Gittern des Chicagoer Stadtgefängnisses rumorte der Geist der Unzufriedenheit.

Um die Mittagsstunde schlurften und scharrten die Häftlinge zum Essensempfang. Blechgeschirre klapperten. Das Grau der Steinmauern mischte sich mit dem Grau der Häftlingskleidung. Fahle, gelblich-graue Gesichter, kahlrasierte Schädel unter schirmlosen Mützen.

Einer schlurfte heran. Groß. Massig. Einäugig. Jim Cooper* streckte dem austeilenden Wärter seinen verbeulten Blechnapf hin. Wortlos klatschte der Beamte das Zeug, das sich Essen nannte, in den Teller. Der nächste!

Und dann schurrten sie zum Eßsaal, in den müden Händen Blechteller mit irgendwas Dampfendem. Sie hatten es gut. Sie waren nur leichte Fälle. Sie durften zusammen essen. Von den anderen, die wie die Affen in ihren Einzelzellen hockten, sprach keiner. Wollte auch keiner sprechen.

Jim Cooper stocherte auf seinem Teller herum.

»Schlangenfraß!« sagte er laut.

Die anderen nickten.

Jim redete weiter. »Wenn ich's dem heimzahlen könnte, der

* In Gangsterkreisen auch »Jim der Dickköpfige« genannt.

uns das eingebrockt hat – ich gäbe die Hälfte meines Vermögens.«

Dazu wußte jeder was zu sagen. Der eine wollte zwei Jahre seines Lebens dafür geben, wenn er's wüßte, der andere sogar seine Frau. Pfui Spinne!

»Kollegen«, sagte ein dritter, »so kommen wir nicht weiter!«

Jefferson grinste böse. »Wir kommen überhaupt nicht weiter. Wir sitzen fest!«

Harry blinzelte zu Jim Cooper. »Quatsch«, sagte er, »haben schon mehr Leute im Kahn gesessen und sind wieder 'rausgekommen.«

»Bei mir hat's das letztemal fünf Jahre gedauert«, meldete sich ein Doofer, der gern witzig sein wollte.

»Ruhe dahinten!« rief der Wärter mit grimmigem Gesicht.

Jim Cooper duckte sich. Schielte wie ein Elefant zum Wärter. »Wir wünschen uns nur guten Appetit!« Dann wälzte er seinen bulligen Kopf wieder über den Blechnapf. »Kollegen, wir müssen 'rauskriegen, wem wir das zu verdanken haben!«

Jefferson zog sein Gesicht schief. »Das kriegen wir nie 'raus! Jedenfalls nicht, solange wir im Knast sitzen.«

Jim wimmelte ihn ab: »Du hast eben keine Phantasie. Du bist beschränkt.«

Doch da wurde Jefferson ärgerlich. »Du hast's nötig! Spuck nur große Töne! Haha! Der mächtige Jim Cooper – läßt sich aufs Kreuz legen, daß es nur so kracht! Er reißt uns alle mit 'rein, und dann sind wir beschränkt! Haha!«

Harry wollte Jefferson beschwichtigen. Vergeblich.

Jefferson beugte sich über den Tisch zu Jim Cooper. »Das hab' ich gern«, randalierte er. »Nennt sich Chef unserer Organisation, markiert den dicken Friedrich und haut uns alle in die Pfanne. Aber *wir*, wir können nicht denken! Ein Schlumprian ist das, sag' ich, ein Schlumprian!«

Solche und andere feine Reden wurden mehr und mehr gewechselt. Woraus ersichtlich ist, daß jedermann in diesen Kreisen so frei und ungezwungen sprach, wie er zu leben gewohnt war. Und schon bald erreichte die Stimmung ihren Höhepunkt, als Jefferson seinem Chef anbot, ihm das Eßbesteck zwischen die Rippen zu rammen.

Selbst der uneingeweihte Beobachter bemerkt schnell die Ursache dieser Meinungsverschiedenheit. Die Häftlinge litten an eindeutig nachweisbaren Symptomen der Gefangenenpsychose.

Eine Erscheinung, die in damaliger Zeit in fast allen Strafanstalten Amerikas noch sehr häufig zu verzeichnen war. Dies ist durchaus verständlich, wenn wir uns in Erinnerung rufen, daß damals die modernen Errungenschaften des sozialen Wohlfahrtsstaates noch vor den Toren der Gefängnisse haltmachten. So gab es in jener Zeit für die Inhaftierten noch keinerlei repräsentative Sportveranstaltungen und Tanzvergnügen. Die Zellen waren noch nicht mit Fernsehapparaten ausgestattet, ja, sogar einfache Radiogeräte gab es nur mit Sondererlaubnis, Kino höchstens zweimal in der Woche, und der Kuchen zum täglichen Nachmittagskaffee wurde noch ohne Schlagsahne gereicht.

Eine Fülle von unnötigen Härten also, die den Aufenthalt im Gefängnis förmlich zur Strafe werden ließ. Kein Wunder also, daß der Nervenzustand der Häftlinge von bedauernswerter Labilität war.

Einc Tatsachc, auf dic der bekannte Gerichtspsychologe Campman wiederholt hingewiesen hat. »Man sollte«, so schreibt er zum Beispiel in dem bedeutenden Kulturblatt ›Reader's Disgust‹, »dem feinnervigen, außergewöhnlichen Gemütszustand des Verbrechers mehr Rechnung tragen, zumal sich immer öfter erweist, daß mancher von ihnen schon beim ersten, harmlosen Einbruch, der im zarten Kindesalter ausgeführt wurde, unnachsichtig mit einer Ohrfeige seitens seines entmenschten Vaters bedacht worden ist. Die Absicht der Eltern, ihren bürgerlichen Willen bei ihren Kindern durchzusetzen, muß unter solchen Gegebenheiten als Roheit angesehen werden.«

In diesem Zusammenhang verweist Professor Campman auf den hinlänglich bekannt gewordenen Fall eines reizenden, intelligenten Schülers, der eine zufällig ins Klassenzimmer tretende Schülerin mit einem Schnitzmesser erstach. »Ich wollte schon immer mal töten«, gestand der aufgeweckte Mörder später.

»Wie anders«, schließt Professor Campman seine Abhandlung, »wäre das Leben des Knaben verlaufen, hätten seine Eltern ihm diesen Wunsch schon früher erfüllt. Ein typischer Fall mangelnder Nestwärme!«

Tag für Tag spielten sich die gleichen Szenen im Stadtgefängnis von Chicago ab. Die ungebärdige Natur des Jim Cooper hielt die Einengung in den kahlen, schmucklosen Räumen dieses staatlichen Hauses nicht aus. Außerdem litt die Sehkraft seines restlichen Auges. Der befehlsgewohnte Mann verlor sichtlich an Gewicht.

In seinem mächtigen Schädel rumorte immer die gleiche Frage: »Wer hat uns diese Suppe eingebrockt?« Doch alle Vermutungen waren fruchtlos. Niemand wußte es.

Hinzu kam, daß die mitinhaftierten Bandenmitglieder sich von Tag zu Tag dreister benahmen. Jeder Respekt wich. In ihm, dem Führer, sah man den Schuldigen. Wer gibt schon gerne zu, daß er mindestens ein ebensolcher Trottel ist wie sein Chef? Die Stunden der Größe, die Stunden treuer Gefolgschaft schienen dahin.

Doch das Schicksal wollte es anders. An einem Tag wie jedem anderen geschah es.

Man saß wieder beim Essen. Man sprach und stritt über das gleiche Thema. In einem Wutanfall, der den Ausmaßen seiner Dummheit entsprach, stülpte Jefferson den Blechnapf mit der dampfenden Grünkohlsuppe samt Fleischeinlage über den gewaltigen Schädel des Jim Cooper.

Jim schätzte das nicht. Er riß sich den Blechnapf vom Kopf. Wischte die Suppe aus dem Auge. Erhob sich. Erhob sich langsam und mächtig. Ehe noch einer der Mitgefangenen zuspringen konnte, hieb er mit seinen gewaltigen Pranken auf Jefferson ein. Er tat dies mit solcher Kraft, daß man um den kahlen Rundschädel Jeffersons bangen mußte. Doch Jefferson wehrte sich.

Harry wollte Jim helfen, bezog aber seinerseits einen markigen Hieb, dem sein schmächtiger Körper nicht gewachsen war. Der Schlag hob ihn von den Füßen und ließ ihn die hölzerne Tischplatte entlangschliddern, die Eßnäpfe links und rechts vom Tisch fegend. Dies war das Aufbruchsignal für die anderen Häftlinge, die die willkommene Abwechslung gern nutzten und sich in die Schlägerei einmischten.

Vergeblich das Rufen der Aufseher. Vergeblich ihr Dazwischentreten. Man schlug sie nieder. Trat ihnen ins Gesicht, damit sie endlich Ruhe gaben. Schleifte sie in die Ecke. Hundertzweiundzwanzig Häftlinge prügelten sich. Eine Saalschlacht entbrannte. Männer ächzten. Schläge klatschten. Eßgeschirre schwirrten durch die Luft. Grünkohlsuppe verteilte sich gleichmäßig im Raum. Wutgebrüll hallte in dem großen Saal.

Einem der Wächter gelang es, sich hochzurappeln. Er stürzte hinaus, ließ die Alarmglocke gellen. Lief den Flur entlang zur

Direktion. »Alarm! Alarm!« schrie er mit vor Angst schriller Stimme. »Meuterei in Block C!«

Die Alarmglocke übte auf die Häftlinge eine eigentümliche Wirkung aus, eine ähnliche Wirkung wie der Gong auf den Boxer. Sie entsannen sich ihrer Lage, ließen voneinander ab und schöpften Luft. Gerade rechtzeitig, als dreißig bewaffnete Aufseher in den Eßsaal einrückten.

Noch ehe sie sich umblicken konnten, wurden sie angegriffen, niedergeschlagen, entwaffnet, und schon war die Unordnung wiederhergestellt.

In diesem Augenblick zeigte sich wieder die große Persönlichkeit des Jim Cooper. Gangster haben Wehrlosen gegenüber stets einen Riesenmut, ja, sie können sich an der eigenen Macht und Größe förmlich berauschen. »Macht ist, wenn andere schwächer sind.« Dieses Jim-Cooper-Wort sollte in jener Stunde zur zündenden Wahrheit werden.

»Los, Leute!« brüllte Jim. »Mir nach! Auf den Hof! Immer an der Mauer entlang!«

Die Häftlinge johlten vor Begeisterung.

Noch einmal brüllte der Bandenchef: »Wer zurückbleibt, ist ein Feigling!«

Das wirkte. Einer sagte es dem anderen. Bis es zum mächtigen Chorus wurde. Mit dröhnendem Gestampfe und heiserem Brüllen brachen die Häftlinge auf. Marschierten durch Korridore. Durchstemmten Gittertüren. Eroberten den Hof. Krochen an den Mauern entlang.

Schon schepperte der Lautsprecher über den Platz. »Achtung, Achtung!« spuckte das blecherne Maul. »Hier spricht der Gefängnisdirektor. Die Häftlinge werden aufgefordert, sich sofort in Block C zurückzubegeben. Das Wachpersonal hat Anweisung, notfalls zu schießen!«

Einen Moment kam der Zug ins Stocken. Doch Harry, der umsichtige Generalstäbler, wußte Rat. Schnell und knapp gab er seine Anweisungen. Vierzig stämmige Burschen stürzten zurück in den Eßsaal, bemächtigten sich der wehrlosen Aufseher, schleppten sie auf den Hof, als lebende Schilde zum Schutz gegen die Kugeln des Wachpersonals.

Auch in der Frauenabteilung des Gefängnisses war es lebendig geworden. Mit Katzenbehendigkeit kletterten die Frauen an ihren Fenstern hoch. Zeigten sich an den Gitterstäben. Kreischten vor Begeisterung. Fuchtelten mit den Armen. Sie wollten ihren Helden Mut machen.

Nun erst wurden die Männer zu rechten Kerlen. Wer noch heimlich an Vernunft und Ordnung gedacht, wer eben noch einer möglichen guten Führung wegen gezweifelt hatte – der stürmte vorwärts.

Niemand wußte, woher plötzlich die Sprengladung kam. Sie war da, wie aus dem Nichts gezaubert. Erst zwei Tage später wurde sie in der Gefängnis-Waffenkammer vermißt.

Jemand brachte sie am Tor an. Auch Streichhölzer fanden sich.* Mit ungeheurem Getöse sprang die Tür. Einer der Häftlinge wurde von der Explosion zerfetzt. Es war der Mann, der die Sprengladung gelegt hatte. Man achtete nicht darauf. Stürzte an ihm vorbei, vorwärts ... vorwärts. Die Meuterer brachen aus. Wie ein Heuschreckenschwarm stürmten sie durch das offene Tor ins Freie.

Die Gefängnisleitung benachrichtigte die Polizei.

Alarm für das Überfallkommando.

Alarm für alle Polizeidienststellen.

Alarm für die Armee.

Großalarm!

Während die Häftlinge, umnebelt vom Rausch der Freiheit und Gemeinsamkeit, vorwärts strebten, wurde die Wachsamkeit einer ganzen Stadt aufgeboten.

Die stampfenden, hastenden Schritte der Häftlinge wurden müder. Immer noch in Kolonnen, trampelten sie über die Chaussee. Rechts und links neben ihnen freies Feld. Hie und da Buschwerk, das gerade Platz für ein oder zwei Verstecke bot. Nirgends Wald. Oder ja – weit hinten, am Horizont, schien Wald zu sein. Dort mußten sie hin.

Auf offener Straße gab es nichts zu bekämpfen, nichts zu überwältigen. Der Rausch der kühnen Tat verflog. Es gab nur noch müde Füße und blaue Flecken. Was sollte man auch mit einer Freiheit anfangen, die womöglich zu Arbeit und Entbehrung zwang? Einige sagten laut, daß sie Hunger hätten. Und morgen gäbe es Fleisch. Man brauchte nur den Blechnapf hinzuhalten.

* Gemäß den streng kontrollierten Vorschriften der Gefängnisverwaltung war es den Häftlingen bei Strafandrohung untersagt, Zündhölzer bei sich zu führen. Daß sich trotzdem solche auffanden, beweist um so mehr das Außergewöhnliche der Situation.

Vierundzwanzig Stunden später herrschte im Stadtgefängnis von Chicago wieder Ruhe und Ordnung.

Hundertsieben Männer waren ausgebrochen. Den Einsatzgruppen und Überfallkommandos der Polizei sowie dem zu Hilfe gerufenen Militär war es gelungen, achtundvierzig Häftlinge wieder einzufangen. Vierundvierzig kamen freiwillig zurück.

Nur fünfzehn Häftlinge befanden sich noch auf freiem Fuß. Unter ihnen ein Mann, auf dessen Wiederergreifung allergrößter Wert gelegt wurde: *Jim Cooper.*

Ein wichtiger Mann für die Polizei; ein gefährlicher Mann für Dickie Dick Dickens.

Jim Cooper und einigen seiner tapferen Männer war es gelungen, sich von dem großen Haufen der Sträflinge abzusetzen. Sie hatten eine andere Richtung eingeschlagen und das Waldstück erreichen können.

Unter Wurzelwerk und altem Laub verbrachten sie die Nacht. Sie schossen einen Hasen, entzündeten ein Lagerfeuer und brieten ihn.

Da saßen sie nun. Fünfzehn kahlgeschorene Männer. Am Lagerfeuer. Und knabberten.

»Endlich wieder mal was halbwegs Anständiges zu essen«, grunzte Jim Cooper.

»Aber keine Zigarette«, knurrte Harry.

Jim muhkuhte höhnisch. »Der feine Musjöh möchte einen Whisky serviert bekommen«, äffte er die Sprechweise Harrys nach.

Daran, daß diesem heiteren Wort des Bandenführers kein dröhnendes Männerlachen folgte, konnte man den Ernst der Lage erkennen.

Was waren sie anders als ein Häuflein entlaufener Sträflinge? Jeden Augenblick mußten sie gewärtig sein, wieder eingefangen zu werden. Zwar hatten sie ein paar Waffen – doch was konnten sie damit anfangen? Weit und breit kein Mensch, kein Geschäft, keine Sparkasse, keine Behörde, die man überfallen, ausplündern oder erpressen konnte. Sie mußten sich durchschlagen bis zur Stadt. Ein weiter Weg und ein großes Risiko, wieder eingefangen zu werden. Eine verflixte Sache, die niemand gewagt hätte. Jim Cooper war anders. Er fühlte sich erst wahrhaft frei in der Gefahr. Natürlich mußten ein paar Leute dabei sein. Leute, die bereit waren, für seine Sicherheit zu sterben, versteht sich.

Das Lagerfeuer brannte langsam nieder. Kein rauher Männergesang drang stimmungsvoll durch den dichten Wald. Kein derbes Freundeswort erheiterte die Herzen.

Sie waren allein, die fünfzehn Männer, und kamen sich sehr erbärmlich vor.

In dem einzigen Drugstore von Stressham, einer winzigen Siedlung in der Nähe des Michigansees, etliche zwanzig Kilometer vor den Toren Chicagos, knatterte und knackte das Radio. Es war das einzige Radio von Stressham, und Abend für Abend trafen sich hier die Männer, um die wichtigsten Neuigkeiten zu hören.

Jemand ging zu dem Apparat und drehte so lange daran herum, bis er jämmerlich quietschte und pfiff. Dann steckte der Mann die Hände in die Hosentaschen und sah gelangweilt zur Decke.

Einer sagte zu ihm: »Laß das! Wir wollen Nachrichten hören.«

Der Mann vergrub seine Hände noch tiefer in den Hosentaschen. Er grinste, und man konnte sehen, daß seine Zähne weit auseinanderstanden.

Den anderen mißfiel sein Benehmen. Sie standen auf und gingen zu dem Kerl hin. »Du sollst das Radio wieder einstellen, hab' ich gesagt!«

Der Mann hörte einen Augenblick auf zu lachen. Dann hob er sein rechtes Bein, das in einer braunen Ledergamasche steckte, und trat mit aller Wucht gegen das Radio. »Laß mir doch von dir keine Vorschriften machen«, knurrte er dabei.

Noch einmal wimmerte der Kasten aus allen Röhren, Drähte drangen aus seinem Holzleib wie Gekröse, dann stürzte er krachend auf den Fußboden.

»Gut so«, dachte der Mann mit den Ledergamaschen.

Die Männer wollten sich auf ihn stürzen. Er spielte den Betrunkenen. Der Wirt brüllte etwas von Schadenersatz und zweihundert Dollar.

»Gut so«, dachte Ledergamasche zum zweitenmal. Dann ließ er sich ohne Gegenwehr verprügeln und auf die Straße werfen.

Als die empörten Rufe und Schreie hinter ihm verklungen waren und die Tür der kleinen Kneipe mit lautem Knall zugeschlagen wurde, spähte er, am Boden liegend, vorsichtig umher. Dann rappelte er sich hoch. Klopfte seine Kleider ab. Wanderte auf den nahe gelegenen Wald zu.

Er hatte seine Arbeit gut gemacht, fand er. Und Jim Cooper

würde alles zahlen. Einen neuen Anzug, die blauen Flecken und das Radio. Ledergamasche wußte das. Noch eine Stunde Fußmarsch, und er hatte das Versteck von Jim erreicht. Dort würde er fünfhundert Dollar bekommen.

Fünfhundert Dollar! Eine Riesensumme! Hohe Gagen machen selbst Gangster zuverlässig.

Ledergamasche gehörte zu Jims Bande. Zwar hatte er eine ziemlich hohe Mitgliedsnummer – 186 –, und gehörte somit nicht zum vertrauten Kreis um Jim Cooper. Aber das, so hoffte er, würde sich bald ändern. Er wohnte neben dem kleinen Drugstore zu Stressham in einer dreckigen Behausung.

Heute mittag war der Kerl in Sträflingskleidung mit glattrasiertem Schädel in seine Bude gekrochen. Auf allen vieren. Eine Polizeieskorte hatte ihn auf dem Weg zur Siedlung zusammengeschossen. Zwar hatte er die Polizisten abschütteln und sich bis nach Stressham durchschlagen können, aber nun sah's schlecht um ihn aus. Er hatte gerade noch Zeit gehabt, Ledergamasche den Auftrag von Jim Cooper zu übermitteln und wieder aus seiner Behausung herauszukriechen. Auf der Fußmatte vor dem Drugstore brach er zusammen. Einige Männer kamen hinzu. Richteten ihn auf. Zu spät. Der Kerl war tot.

Daß er ein Sträfling war, konnte man sehen. Wo er hingehörte, wußte man nicht. Also begrub man ihn ohne viel Federlesens. So was ging schnell in Stressham und ersparte einem viel Scherereien.

Nur Ledergamasche wußte, daß der Tote Jefferson hieß. Der große Jim Cooper hatte ihn für eine Botschaft an Ledergamasche ausersehen. Jefferson hatte den Auftrag erfüllt. Hatte sich für seinen Bandenführer zusammenschießen lassen. Gangster sterben eben manchmal auch für andere. Aber nur die dummen.

Der Auftrag, den Ledergamasche vom sterbenden Jefferson erhalten hatte, schien sehr einfach.

Selbstverständlich wußte der große Jim, daß in der armseligen Siedlung Stressham am Michigansee das Bandenmitglied Nr. 186, mit bürgerlichem Namen Elton Smith, genannt Ledergamasche, wohnhaft war.

Ebenso bekannt war ihm, daß es für ihn und seine Leute nur einen Weg gab, um nach Chicago zu gelangen. Es war unmöglich, selbst bei Nacht, mit fünfzehn Mann in Sträflingsanzügen die großen Straßen entlangzuwandern. Er mußte die Parks erreichen, die in so reicher Vielzahl die Ufer des Michigansees zierten. Von dort aus zur Innenstadt zu kommen war kein allzu großes Problem mehr. Doch der Weg nach Burkham Park führte durch Stressham, das winzige Kaff zwischen dem Wald und dem See-Ufer. Weiter wußte Jim, daß es in Stressham keine Polizei gab, dafür jedoch sechs äußerst schießfreudige Hilfspolizisten. Vor allem aber wußte Jim Cooper, daß es in Stressham ein Radio gab, ein einziges Radio, das den Leuten sagen würde, was es mit den Sträflingen auf sich hatte, die sich im Dunkel der Nacht an ihren Häusermauern vorbeidrücken wollten. Man würde Wachen aufstellen und die ganze Nacht auf die Beute lauern. Und wie Jim seine Polizei kannte, würde sie wohl auch eine Belohnung auf die Ergreifung des entflohenen Bandenführers ausgesetzt haben. »Gangstermethoden haben die ...«, hatte er gegrunzt, ohne sich allerdings über die mangelnde Logik dieses Ausspruches voll im klaren gewesen zu sein.

Alle diese Dinge waren also Punkte in Jim Coopers Strategie, zwischen denen der geniale Bandenchef nichts anderes zu tun brauchte, als die Verbindungslinien zu ziehen. Das Radio im Drugstore von Stressham war der Feind, den es zu beseitigen galt. Und zwar schnell. Noch vor der Durchsage der Nachrichten. Jemand mußte das tun. Natürlich keiner in Sträflingskleidung. Das Radio mußte von einem Zivilisten, einem harmlosen Gast, zertrümmert werden. Diese Rolle bekam Elton Smith, genannt Ledergamasche. Aber einer mußte ihm sagen, daß er es tun sollte. Einer, der sich notfalls für seinen Auftrag opferte. Dafür war Jefferson der richtige Mann. Jefferson hatte ihn Schlumprian genannt, hatte ihm den Grünkohl über den Kopf gegossen.

Das eben ist die wahre Strategie, die zu bewundern man so oft vergißt: Jim Cooper verstand es, einen unnützen Mann so loszuwerden, daß er im Tode noch nützlich war.

Ledergamasche stiefelte durch den Wald. Bahnte sich den Weg zu Jim Coopers Versteck. Es war nicht leicht, zumal die Dämmerung langsam über den Himmel kroch und der Wald schon im Dunkel lag. Doch die Hoffnung auf einen Haufen Geld läßt jeden vergessen, daß er über Gestrüpp stolpern muß.

Schwitzend, mit verquollenem Gesicht, kam Ledergamasche bei Jim Cooper und seinen Leuten an. Berichtete, wie alles geklappt hatte, daß er zur Vorsicht noch das einzige Telefon der Siedlung außer Betrieb gesetzt hatte und daß Jim Cooper unbesorgt Stressham passieren könne. Aber es müsse heute nacht sein. Morgen wüßten die Leute doch Bescheid. Dann stünde es in der Zeitung.

Jim lobte Ledergamasche. Dann ließ er sich alle Zigaretten geben, die er bei sich hatte. Ledergamasche kramte in seinen Taschen. Begeistert. Übereifrig. Der große Jim benahm sich zu ihm wie ein Bruder.

Elton Smith, genannt Ledergamasche, würde bald im Überfluß leben. Fünfhundert Dollar auf einen Streich! Daß er überdies zu den vertrauten Jim-Cooper-Leuten gehören würde, verstand sich am Rande.

Doch Jim Cooper, der Listige, der alles Bewältigende, hatte auch ihm gegenüber seine kluge Geschäftstaktik angewandt. Eine heute auch in anderen Kreisen sehr gebräuchliche Taktik übrigens, die nichts anderes verlangt, als sich der Gutgläubigkeit des Partners zum eigenen Vorteil zu bedienen. Jim hatte zwar fünfhundert Dollar versprochen, doch er besaß keinen Cent. Außerdem zahlte er nicht gerne an Leute, die nur gelegentlich für ihn tätig waren.

So eifrig plünderte Ledergamasche seine Taschen nach Zigaretten aus, daß er das feine Geräusch, das jeden Gangster hellwach macht, überhörte. Erst als sich der Schuß löste, sah er erstaunt auf. Dann sank er, ins Herz getroffen, zusammen.

Jim zündete sich eine Zigarette an. Ließ sie von einem Mundwinkel in den anderen wandern. Brummelte genüßlich. Dann gab er auch den anderen eine Zigarette.

Wie vernünftig von ihm, sich das Tabakszeug noch schnell vorher geben zu lassen! Bei Leichenfledderei macht man sich so leicht die Finger schmutzig. Außerdem ist es nicht fein. Jim war mit sich zufrieden.

Ein lästiger, unzuverlässiger Mitwisser mit einer sehr hohen Mitgliedsnummer war beseitigt, und der Weg nach Chicago war frei.

Zur gleichen Stunde, da die fünfzehn Ausbrecher vom Block C sich anschickten, das einem bedauerlichen Irrtum erlegene Bandenmitglied Nr. 186, mit bürgerlichem Namen Elton Smith, genannt Ledergamasche, im Walde zu verscharren, ging durch alle Radiostationen Chicagos eine Durchsage der Polizei:

»Achtung, Achtung! Gesucht werden Jim Cooper und vierzehn mit ihm ausgebrochene Sträflinge des Stadtgefängnisses von Chicago. Nach einer tumultartigen Meuterei, in deren Verlauf sechs Häftlinge getötet, acht schwer verletzt wurden, gelang es hundertsieben Sträflingen, aus dem Gefängnis auszubrechen. Inzwischen ist es gelungen, zweiundneunzig Ausbrecher wieder dingfest zu machen. Fünfzehn Häftlinge befinden sich noch auf freiem Fuß. Unter ihnen der berüchtigte Jim Cooper. Für seine Ergreifung ist eine Belohnung von fünfhundert Dollar ausgesetzt.«

Überall knarrte und quäkte es aus Lautsprechern und Kopfhörern. Nur in Stressham wußte niemand etwas davon.

Und Ledergamasche erfuhr nie, daß er die fünfhundert Dollar, die er so dringend brauchte, auch auf andere Weise hätte verdienen können. Sogar noch mit einem Bonbon dazu: Er wäre am Leben geblieben.

Nicht nur die Leute von Stressham hörten an diesem Abend kein Radio.

Noch einer saß in seiner Blockhütte, kümmerte sich nicht um die Abendnachrichten und spielte Wiener Walzer. Dickie Dick Dickens.

Er ahnte nicht, in welcher Gefahr er schwebte. Ahnte nicht, daß Jim Cooper sich Schritt für Schritt näherte. Jim Cooper. Für Dick bedeutete das Gefahr und Tod!

Dickie Dick Dickens wähnte Jim und seine Ganoven hinter Schloß und Riegel. Er glaubte, ein Recht darauf zu haben, sich ein wenig Freizeit zu gönnen. Seinen Erfolg auszukosten. Wiener Walzer zu spielen.

Armer, ahnungsloser Dick!

»Nimmt es wunder«, schreibt der bedeutende Kriminalist Morris H. R. Pistor, »daß Dickens nach vollbrachten Taten über seine Erfolge frohlockte?«

»Nimmt es wunder«, schreibt der bekannte Soziologe Bernhard Volkham, »daß der so fleißige Mann den Wunsch hatte, die Früchte seiner Arbeit zu pflücken und eine geraume Weile auf seinen Lorbeeren auszuruhen?«*

»Nimmt es«, so schreibt auch Dickie Dick Dickens in einem Brief an seine Jugendfreundin Bella Cora del Hortini, »wunder, geschätzte Cora, daß mich damals der Optimismus von Kopf bis Fuß ausfüllte, wie das Gas den Luftballon?«

Heute, nachdem uns eine vieljahrzehntelange Frist die Vorgänge mit genügend Abstand überblicken läßt, glauben wir, eine Antwort auf all diese Fragen geben zu können. Sie lautet: Nein.

* Dazu: Northern, philosophische Essays: ›Über den Wert und Unwert des leiblichen Genusses von im Sieg errungenen Lorbeerblättern‹.

Wenn Gangster träumen

Weshalb ein Herr wohl zu kleinen Boulettchen verarbeitet werden soll, ein saurer Streit um die Milch entsteht und Gangster sich gegenseitig bemopsen …

Gewiß trifft auf Dickie Dick Dickens die Behauptung zu, er sei der Mann mit den tausend Listen, der listenreichste unter den Gangstern der Neuen und Alten Welt, ein Odysseus der Moderne.

Er kann mit Recht von sich sagen, an Bedeutung so manchen Politiker, Fleischkonservenfabrikanten, Ex-Monarchen oder anderen Prominenten übertroffen zu haben.

Von Tausenden gefürchtet und doch verehrt, von Zehntausenden gehaßt und doch geliebt, von Hunderttausenden verachtet und doch bewundert.

Das ist Dickie Dick Dickens, ein hellstrahlender Komet am schwarzblauen Himmel der Unterwelt. Und wahrlich, er hatte es nicht leicht, sich durchzusetzen. War er doch in eine Welt hineingeboren, die strebsamen Individualisten wie ihm den Broterwerb sehr sauer machte.

Zwar war die Polizei durchaus umgänglich und bereitete loyal denkenden Missetätern nicht mehr Schwierigkeiten, als zur Erhaltung der öffentlichen Sicherheit unbedingt nötig war. Ein Risiko also, das jeder Verbrecher in jedem Lande der Welt in seine Planungen einkalkulieren muß. Jedoch herrschten in der Verbrecherwelt selbst schier unhaltbare Zustände. Der Geist der Unduldsamkeit hatte sich breitgemacht. Bandenführer hatten sich selbst zu absolutistischen Diktatoren ernannt, die jeden liberal denkenden Gesetzesbrecher mit dem Bannstrahl ihrer selbstherrlichen Macht zu treffen suchten.

Einer dieser Bandenführer – der damals mächtigste und gefürchtetste – war Jim Cooper. Er war der große Gegenspieler von Dickie Dick Dickens, dessen Gewaltherrschaft er brechen mußte, wollte er selbst zum Erfolg durchstoßen. Zwischen den beiden war ein heftiger, wenn auch ungleicher Rivalitätskampf entbrannt. Auf der einen Seite stand Jim Cooper mit einer Bande von nahezu zweihundert festeingetragenen Mitgliedern. Eine Zahl, die Dickie Dick Dickens in seiner bescheidenen, zielstrebigen Art allerdings schon auf knapp hundertfünfzig reduziert hatte. Dick stand auf der anderen Seite. Stand allein mit seiner

Braut Effie Marconi und seinem väterlichen, jedoch zahnlosen Freunde Opa Crackle. Welch ungleicher Kampf! Und doch schien es, als habe Dickie Dick Dickens schon eine entscheidende Schlacht gewonnen.

Aber er ahnte nicht, daß sein großer Schlag in Wahrheit ein Schlag ins Wasser gewesen war. Denn Jim Cooper näherte sich auf einem Umweg wieder dem Weichbild Chicagos.

Dickie Dick Dickens hatte in seinem Vertrauen auf die amerikanische Rechtspflege das Potential der Chicagoer Gefängnisgewalt weit überschätzt. Er hielt es nicht für möglich, daß ein so gefährlicher und gefürchteter Mann wie Jim Cooper Gelegenheit finden würde, den Kerkermauern zu entfliehen.

Daher versäumte Dickie Dick Dickens die sonst so streng befolgten Sicherheitsmaßregeln, ließ seine stählerne Energie für einige Tage erlahmen und ergab sich dem süßen Nichtstun*. Er saß am Klavier, spielte Wiener Walzer und träumte von einer besseren Zukunft, in der er sich als der Herrscher über die Chicagoer Unterwelt sah. Ja, er wollte sich eine eigene Bande aufbauen, ein neues Verbrechersyndikat, in dem alles besser und gerechter zugehen sollte als in Jim Coopers Organisation. Doch vorerst verbrachte er mit seiner Braut und Opa Crackle einige Tage wohlverdienter Ruhe, Entspannung und Erholung in seinem Heim. Eigener Herd – Goldes wert!

Während Dickie Dick Dickens verträumt und sinnend am Klavier saß und seine feinen, gelenkigen Finger über die Tasten gleiten ließ, während Effie mit ihrem Smaragdenarmband leise vor sich hin funkelte, griff die Gefahr mit Spinnenfingern nach dem trauten Idyll.

In einem ausgedienten Lagerschuppen beim Güterbahnhof von Willow Springs, kaum zehn Kilometer von Chicago entfernt, brütete Jim Cooper über düsteren Träumen.

Mitten in das dumpfe Rattern der Züge, die mit widerwilligem Stampfen über die Weichen holperten, tönte das muhkuhartige Grunzen Jim Coopers. Mit einem markerschütternden Aufschrei erwachte der Bandenführer aus tiefem Erschöpfungsschlaf, in den er nach den Strapazen des Ausbruchs gesunken war.

»He! He!« schrie er, wild um sich blickend. »Was ist los?«

* Zu italienisch: Dolce far niente. Vergl. auch Cicero: »Meque, cum huc veni, hoc ipsum nihil agere et plane cassare delectat.«

Harry beruhigte seinen Chef. »Nichts, Jim, alles in Ordnung. Es ist nur ein Güterzug vorbeigefahren.«

Jim aber blickte mit seinem einen Auge verstört in die Runde. Zählte seine Treuen. »Seid ihr alle da?«

»Aber ja. Es fehlt niemand.«

»Haben sie auch keinen herausgebaggert?« fragte Jim leise.

Harrys bestürztes Gesicht war im Halbdunkel des Schuppens nicht zu erkennen. »Verzeihung«, sagte er respektvoll, »stehst du vielleicht am Beginn geistiger Zerrüttung?«

Jim schüttelte grunzend den Kopf. »Ich hatte einen Traum – einen gräßlichen Traum! Stellt euch vor«, seine Stimme wurde dunkel und geheimnisvoll, »jemand hat uns verpfiffen. Die Polizei kam. Mit einem Schaufelbagger. Ein riesiger Schaufelbagger mit Haifischzähnen und Eselsohren. Ja – es hatte ein richtiges Gesicht, das Ding! Und damit«, er wischte sich den Schweiß von der Stirn, »hat uns die Polizei aus unserem Schuppen herausgeangelt. Einen nach dem anderen. Und dann – haben sie uns – schwups – in den Michigansee geworfen!«

Jim schwieg erschöpft. Die anderen schwiegen. Auch erschöpft. Die Träume eines Gangsterchefs sind für seine Untergebenen genauso aufregend wie für ihn. Gefolgschaftstreue!

Mitten in das Schweigen hinein meldete sich die dünne, metallische Stimme eines kleinen Mannes: »Sie haben vom Wasser geträumt, Mr. Cooper?«

»Ja«, sagte Jim dumpf, »und ich kann doch nicht schwimmen.«

In der Tat ein Bekenntnis von rührender Menschlichkeit, das bei einem Manne wie Jim Cooper doppelt bewertet werden muß.

Der Mann mit der dünnen Stimme fuhr fort: »Das ist ein gutes Zeichen! Wasser bedeutet Liebe. Sie werden bald ein Erlebnis mit einer Frau haben, Mr. Cooper!«

Jim hob den Kopf. Stierte ins Dunkel. Einer zündete eine Kerze an.

»Wer ist denn dieser Paradiesvogel?« röhrte Jim.

»Gestatten – mein Name ist Bonco. Bonco aus Milwaukee. Ich war so frei, mit Ihnen auszubrechen. Mr. Cooper haben mich wohl im Dunkel stets für einen der Ihren gehalten. Meiner Seel, ich kann sagen, daß ich es bin ...«

Bonco, der dünne, abergläubische Bonco aus Milwaukee! Auch er hatte im Stadtgefängnis von Chicago seine Strafe absitzen sollen, auch er hatte die Freiheit mehr geliebt als die Enge der Zellen. Bonco, ein lieber, kleiner Mitläufer, stets erbötig, seine jeder Situation angepaßten Sprüchlein aufzusagen.

Jim lachte. »Na schön«, sagte er, »bist du so weit mitgekommen, kannst du auch weiter bei uns bleiben. Aber erzähl uns erst mal, was du alles kannst.«

Wie gern tat Bonco das! Was gab es da für Heldentaten zu berichten! An sämtlichen großen Einbrüchen von Milwaukee hatte Bonco mitgewirkt. An leitender Stelle, versteht sich. Die anderen – ach, die konnten nichts. Die sagten bloß immer, sie hätten es gemacht. Die ließen sich auch in den Zeitungen als mutmaßliche Täter feiern. Und natürlich: Man betrog ihn auch um die Sore. Nun, die Verdienste der anderen sind Gangstern stets ein Dorn im Auge.

Nach den schier übermenschlichen Strapazen der Flucht war Jim Cooper durchaus geneigt, etwas Angenehmes zu erleben. Zwar hatte man diesen verfallenen, nach vergammeltem Kohl stinkenden Schuppen erreicht, zwar konnte man ohne allzu große Furcht vor Entdeckung schlafen. Dies aber sind für einen Jim Cooper keine als Annehmlichkeiten zu bezeichnenden Dinge. Es mußte etwas geschehen.

Nachdenklich ruhte Jims Auge auf der kleinen, schiefen Gestalt Boncos. Dieses alberne, abergläubische Geschöpf hatte sich auf der Flucht bewährt, hatte Instinkt für Sicherheit gezeigt. Na, schön, sollte er am Leben bleiben. Natürlich würde er keinen Ersatz für Jefferson bieten. Jefferson ... Er hatte sich stets tapfer gehalten. Hatte gekämpft. Hatte das Leben mit seinen mannigfaltigen Schicksalsschlägen auf seinen stahlharten Nerven spielen lassen wie auf einer Harfe. Nun war er tot. Heute nacht hätte man ihn so schön fortschicken können, Essen besorgen. Guter Jefferson! Keiner knackte Geldschränke wie er! »Mein bester Knacker!« murmelte Jim. Ihm trat eine Träne ins Auge. Er wollte nicht vergessen, eine Trauerfeier zu veranstalten. Jawohl! Das Andenken Jeffersons war ihm die Ladung Whisky wert, die so eine Feier kostete. Gangster sind eben feinfühlig. Außerdem konnte man die Unkosten von der Steuer absetzen.

Dann aber raffte sich Jim auf. Schüttelte die Trauer um Jefferson ab.

»Zur Tat!« sagte er und blitzte mit seinem einen Auge munter umher. »Wir sitzen hier immer noch in Sträflingsklamotten herum und haben nichts zu beißen, haben keine Munition und keinen Zaster. Worauf wartet ihr Heulbojen eigentlich?«

Mit dem letzten Satz seiner Rede war er zu gewohnter Markigkeit durchgedrungen. »Los, Freundchen«, sagte er und tippte Harry mit dem Zeigefinger auf die Brust, »teil die Leute ein!«

Harry ließ sich das nicht zweimal sagen. »Mark, James und Bill«, rief er drei Mitglieder auf. »Ihr seht zu, daß ihr irgendwo ein Auto klaut. Damit fahrt ihr in die Stadt und brecht in ein Warenhaus ein. Seid nicht wählerisch, nehmt das erste, das ihr findet. Dort besorgt ihr vierzehn tadellose Anzüge, paßgerecht und formtreu, dazu Hemden, Krawatten, Schuhe, Strümpfe, alles in flotten Dessins, klar?«

Die angesprochenen Bandenmitglieder nahmen Haltung ein.

»Haltet euch nicht mit der Ladenkasse auf«, ergänzte Harry, »das macht Fred. – Slim, Pit und Kay sorgen für Fressalien. Wir haben alle Hunger.«

Jim räkelte sich auf dem Boden herum. »Kommt mir bloß nicht mit einem Haufen Corned beef zurück«, drohte er. »Bringt Delikatessen und vergeßt den Nachtisch nicht!« Jim faltete die Hände über dem Bauch. »Ich bevorzuge Hawaii-Ananas«, gestand er verschämt.

Die drei zur Nahrungsmittelbeschaffungskommission ernannten Herren nickten.

Harry, der Wieselflinke, Schiefmäulige, teilte seine Leute weiter ein. Welche mußten Waffen besorgen, welche Munition.

»Wir brauchen auch Zeitungen und ein Radio«, rief Jim, »damit wir erfahren, ob uns die gute Tante Polizei immer noch sucht.«

»Charley sorgt für Zeitungen«, bedeutete Harry ölig einem der Mitausbrecher, »Jack und Steward, ihr beide brecht in ein Rundfunkgeschäft ein und holt einen Radioapparat.«

»Kann ruhig ein teurer sein«, grunzte Jim.

»Machen wir«, sagten die beiden und lächelten.

»Und ich«, meinte Jim lässig, »besuche inzwischen meinen alten Freund. Mal sehen, wie die Geschäfte so gehen. In anderthalb Stunden treffen wir uns wieder hier. Abtreten!« Er stand auf, zog seine Sträflingshose mit einem gewaltigen Ruck hoch, der diese seine Knie höchst mickrig umbeutelnden Beinkleider in unmittelbare Nähe der Achselhöhlen beförderte. Man hätte meinen können, die Hose kniffe ein wenig unter den Armen.

Dann rülpste Jim laut wie das Donnergrollen am Bergsee und verabschiedete die zur Arbeit eingeteilten Männer mit einem bedeutenden: »Macht's gut, Jungs!«

»Mein Bandenführer«, meldete sich die dünne Stimme Boncos, »was wird, bitte, aus mir?«

»Du bleibst hier und wartest«, bestimmte Jim.

Bonco aber begann zu wimmern: »Ich? Ganz allein in dem dunklen Schuppen?«

»Sieh mal an«, feixte Jim und ließ sein Auge erneut nachdenklich auf dem im Kerzenlicht nur schwach erhellten Gesicht Boncos ruhen. »Der kleine Bonco hat Angst!«

Als Antwort sah sich Jim einem Redeschwall von Beteuerungen und Beschwörungen gegenüber – alles zierlich umrankt von Boncos Sprüchlein. So artig wußte der kleine Bonco aus Milwaukee zu sprechen, daß Jim sich tatsächlich erweichen ließ und ihn auf seinem Weg mitnahm.

»Wohin gehen wir?« fragte Bonco.

»Zu Josua Benedikt Streubenguß«, schnauzte Jim und stapfte los, in Sträflingskleidern, Mütze auf dem Kopf.

So schürzte das Schicksal seine Knoten. Josua Benedikt Streubenguß, der Vertrauensmann von Jim Cooper. Derselbe Josua Benedikt Streubenguß, den Dickie Dick Dickens in seinen Dienst gezwungen hatte.

Schweigend tapsten der große Jim und der kleine Bonco über ein weites Parkgelände. Aus verständlichen Gründen mieden sie die hellerleuchteten Straßen, was aber für Bonco den Nachteil hatte, daß er durch einen dunklen Park gehen mußte, einen Park, den Bonco von ganzem Herzen unheimlich fand, in dem sogar nachts die Krähen schrien. Jim behauptete zwar, er müsse sich verhört haben, doch Bonco blieb bei seiner Meinung.

»Ob wir nicht lieber umkehren, Mr. Cooper?« sagte er zaghaft. »Nicht, daß ich Angst hätte, aber wie leicht kann es passieren, daß wir in der Finsternis über einen Stein stolpern, uns den Knöchel brechen! Kein Mensch weit und breit, der uns zu Hilfe eilt. Wir würden glatt verhungern!«

»Unsinn!« knurrte Jim böse.

Zitternd vor Angst blieb Bonco stehen, hielt die Hand ans Ohr und jammerte: »Da! Hören Sie? Die Krähe! Zum drittenmal!«

»Na und?«

»Wenn eine Krähe dreimal schreit,
geschieht bald Unheil dir und Leid!«

Jim war wütend. Dieser Bonco war unmöglich! Sooft der gute Jim seine Ansicht auch durch ein paar wohlmeinende Ohrfeigen bekräftigte, sooft wußte Bonco ein neues Sprüchlein. Am Ende gab Jim die Sache auf. Woraus ersichtlich ist, daß ein gesunder Aberglaube auch Ohrfeigen besiegt.

Allmählich kam Jim in die Stimmung, seinem Lieblingsgedanken Raum zu geben: Rache und nochmals Rache an dem Kerl, der ihn ins Gefängnis gebracht hatte.

»Ich werde«, so sagte er zu Bonco und blickte mit seinem Auge träumerisch ins Weite, »dem Kerl ein halbes Pfund Zyankali in den Kaffee streuen, dann werde ich ihm den Hals umdrehen, die Gurgel durchschneiden, und hinterher wird er kaltblütig erschossen.«

»Dann ist er aber mausetot«, kicherte Bonco.

»Das will ich meinen.«

»Und wer ist der Glückliche?«

»Idiot!« raunzte Jim. »Wenn ich eine Ahnung hätte, wär' mir wohler. Wenn ich nicht wüßte, daß dieser Dickie Dick Dickens eingelocht ist, möcht' ich schwören, daß er es war!«

»Eingelocht?« fragte Bonco langsam und freundlich. »Dikkens? Keineswegs!«

»Stand in allen Zeitungen, du Quatschkopf!« Jim hatte Bonco gründlich satt.

»Nein«, sagte Bonco, blieb stehen und stampfte zierlich mit dem Fuß auf. »Ich weiß es genau! Ein Kollege von mir aus Milwaukee, Louis Covatschek heißt er, der ist mit mir zusammen verhaftet worden. Von dem behauptet die Polizei, er wäre Dickie Dick Dickens. Verstehen Sie?«

»Nee«, brummte Jim.

Bonco mußte seine Geschichte noch zweimal langsam und deutlich erzählen. Dann hatte Jim Cooper begriffen, daß der Dickie Dick Dickens, den man eingesperrt hatte, in Wirklichkeit Louis Covatschek war, daß also der richtige Dickens frei herumlief.

Jim bekam Schaum vor den Mund. Am liebsten hätte er geröhrt, gegrunzt und gemuhkuht, daß Chicago aus den Betten fiel. Das war eine Nachricht!

Mächtigen Schrittes, keiner Gefahr achtend, stapfte er Josua Benedikt Streubenguß' Heim entgegen, den kleinen Bonco hinter sich herzerrend wie ein unartiges Kind, dem Pappi das Blumenpflücken verboten hat.

Josua Benedikt Streubenguß saß, schwarzgekleidet wie stets, in seinem Goldstühlchen und sprach samtstimmig hingehauchte Sätze.

So sehr er sich auch in der Gewalt zu haben schien, so sehr wurde es zugleich deutlich, daß er, von einer flatternden Unruhe befallen, diese ängstlich zu verbergen suchte. Seine schmale, weiße Hand zitterte, als er ein Glas köstlichen Weines auf das Wohl und die wiedererrungene Freiheit Jim Coopers trank.

Jim, der ebenfalls im schwarzen, von Josua sofort gestifteten Anzug in ebenfalls goldenem Stühlchen saß, kniff die Augen zusammen.

»Josua«, sagte er und gab seiner Stimme ein wenig mehr Volltönendes, »Sie zittern mit den Händen, Sie zwinkern mit den Augen, Sie zucken mit den Lippen, Sie sind mir doch nicht krank?«

Bonco, der sich in einem viel zu großen und weiten Anzug des Mr. Streubenguß graziös auf dem dritten Goldstühlchen plaziert hatte, flüsterte Jim zu:

»Siehst du nächtens einen Kranken,
sollst schnellstens du von dannen schwanken ...«

Wie man weiß, hielt Jim nichts von Boncos Verslein. Er hatte anderes im Sinn. Hatte Verdacht geschöpft. Und dies mit einer großen Kelle. Streubenguß wußte nichts Besseres zu tun als mit den Schultern zu zucken und zu lächeln.

Da ihm auch dies danebengeriet, erhob sich Jim zu voller Größe. »Was ist los?« fragte er kurz und grob.

Josua gab sich einen Ruck. »Ich kann nicht mehr für Sie arbeiten, Mr. Cooper«, stieß er hervor und versuchte, dem gefährlich blitzenden Auge Coopers standzuhalten. Da Jim nicht antwortete, sprach er weiter. Sprach schnell, verhaspelte sich, atmete heftig und druckste wie eine Henne, die ein Ei erwartet. »Ich wurde überlistet, Mr. Cooper, bitte, glauben Sie mir! Ich sah mich gezwungen, für einen anderen Klienten zu arbeiten. Er will eine neue Bande aufbauen. Sie verstehen – die Situation machte es nötig – ich konnte schlechterdings nichts anderes tun, als mich der Gewalt zu beugen.«

»Schlechterdings«, sagte Jim ruhig und fast leise, »wirst du alter Brillantenrabe mir jetzt den Namen deines Herrn Klienten geben.«

»Der Herr kommt in die Wurst!« frohlockte Bonco auf seinem Stühlchen. Er kannte Jim in seinem Zorn.

Josua Benedikt bewahrte noch ein bißchen das, was er für Haltung hielt. Jim aber packte ihn kurz an der Krawatte und traf alle Anstalten, Josua Benedikt in durchaus gutem Einvernehmen die Luft abzudrehen. Er war darin ein Crack, wie man weiß.

Es dauerte auch nicht länger, als Josua Benedikt Streubenguß ohne ausreichende Luftzufuhr in seinem Hemdchen zu hängen vermochte, bis Jim den vielgehaßten Namen hörte: Dickie Dick Dickens . . .

Noch einmal ließ er Josua Benedikt strampeln, und dann erfuhr er auch Dickies Adresse.

»Ich fürchte«, sagte Streubenguß noch in halbersticktem Zustand, während er seine Krawatte zu ordnen versuchte, »Mr. Dickens wird mir die Gurgel durchschneiden, wenn er erfährt, daß ich ihn verraten habe.«

»Dazu wird er keine Zeit mehr haben«, meckerte Bonco. »Mr. Cooper wird ihn zu kleinen Bouletten verarbeiten.«

Eine halbe Stunde später waren der große Jim und der kleine Bonco wieder in dem Lagerschuppen beim Güterbahnhof von Willow Springs.

Was sie dort vorfanden, waren nicht nur die pünktlich eingetroffenen Bandenmitglieder, sondern auch ein ausgezeichnetes Sortiment aller benötigten Waren. Die Zeitungen waren voller Meldungen über die gelungene Flucht der fünfzehn Sträflinge, und über den Polizeifunk waren bereits die ersten Erfolgsmeldungen über die nächtlichen Einbrüche in Chicago zu hören. Jim Cooper konnte mit seinen Leuten zufrieden sein. Sie hatten ganze Arbeit geleistet. Als warmherziger Bandenführer hielt er auch mit seinem Lob nicht zurück. »Tüchtig, tüchtig«, sagte er.

Es war ein hartes Stück Arbeit gewesen für Coopers brave Männer. Sie hatten sich eine Mütze voll Schlaf wohl verdient.

Dies war übrigens – am Rande sei es vermerkt – eines der wenigen Dinge, die Jim Coopers Leute mit Dickie Dick Dikkens gemeinsam hatten: Auch er schlief.

Und so verging die Nacht ohne besondere Vorkommnisse. Anderentags bereitete Jim die Eroberung des Blockhauses auf das Gewissenhafteste vor. Lageplan des Hauses und des Gartens, mögliche Sicherungsanlagen – alles war bedacht und in den Plan einbezogen, Jim Cooper selbst hatte die strategischen Probleme gelöst: ungesehen, lautlos das Haus zu umstellen, zu warten, bis Dickens sich zeigte, ihm eine aufs Fell zu brennen und am Ende ebenso ungesehen und lautlos zu verschwinden.

»Also, Kollegen«, wiederholte Harry seine Anweisungen, »wir verteilen uns im Garten. Eure genauen Positionen kennt ihr. Versucht, euch einzugraben. Und merkt euch: Kein Risiko eingehen! Ihr schießt sofort, wenn Dickens sich in der Tür sehen läßt!«

»Klar«, sagte Mark, »sobald er aus dem Haus tritt, machen wir Pengpeng.«

»Spart nicht mit Munition; der Kerl hat ein zähes Leben!«

Die Männer nickten und schwärmten aus. Sie wußten, was sie zu tun hatten. Die Todesfalle für Dickie Dick Dickens war gestellt . . .

Und *Dickie Dick Dickens ahnte nichts*!

Statt dessen frühstückte er. Fröhlich bramabarsierte er über den Wert der wahren Entspannung, über die Segnungen eines Lebens ohne Radio, Zeitung und Telefon. Effie und Opa Crackle seufzten. Sie hatten die Abgeschiedenheit ziemlich satt.

»Laß dir von einem alten, erfahrenen Mann sagen«, hub Opa zu sprechen an, »in unserer Branche hört man *immer* Nachrichten. Leute wie wir müssen ein Leben lang auf der Hut sein.«

Auch Effie sagte, Dick mit weiten, kullerdummen Augen anlächelnd: »Wenn es nun etwas ungeheuer Wichtiges zu erfahren gäbe?«

»Gibt es nicht!« sagte Dick mit großem Nachdruck.

Aber Dick irrte. Er irrte lebensgefährlich. Denn genau zu dieser Minute wiederholte der Nachrichtensprecher die Meldung vom Ausbruch der fünfzehn Sträflinge. Hätte Dickie Radio gehört, er wäre gewarnt gewesen. Gewarnt vor der tödlichen Gefahr, die in seinem Garten auf ihn lauerte. Aber Dick hörte eben kein Radio. »Ich wünsche drei Tage Ruhe«, sagte er. »Nichts vom Beruf, wenn ich bitten darf. Ich bin völlig überarbeitet . . .«

»Jaja, gewiß«, beeilte sich Effie zu sagen, ehe Dick ausführlich über die sattsam bekannte Notwendigkeit von drei Tagen Abgeschiedenheit zu reden beginnen konnte. Zu allem Überfluß läutete auch noch das Telefon. Dick blickte zunächst Opa Crackle, dann Effie mit hypnotischem Funkeln an. »Untersteht euch!« sagte er leise.

Opa Crackle wiegte seinen Kopf hin und her. »Jungchen, Jungchen«, murmelte er, »geh lieber ans Telefon! Es ist besser, glaub mir!«

Dick blitzte aus stahlblauen Augen. »Diese Nummer kennt nur einer: Josua Benedikt Streubenguß. Und der soll mich gefälligst in Ruhe lassen!« Sprach's und nahm einen kräftigen Schluck Milch.

Es *war* Josua Benedikt Streubenguß!

Er hatte ein schlechtes Gewissen bekommen. Wollte Dick warnen. Wollte ihm sagen, daß er in Lebensgefahr schwebte.

Aber Dick nahm den Hörer nicht auf. Zweimal hatte das Schicksal einen mahnenden Zeigefinger gehoben und damit an Dickies Tür geklopft. Aber Dick war mit Blindheit geschlagen. Er hörte nicht.

Er beachtete auch Effies Gefühle nicht. Und Effie hatte ungute Gefühle, wie sie Dick versicherte.

»Die Milch ist sauer«, sagte er laut und vernehmlich.

»Die Milch ist nicht sauer«, entgegnete Effie.

»Die Milch ist doch sauer!«

Aber Effie war unbelehrbar. Alles blaublitzende Gucken half nichts, sie blieb dabei: Die Milch war nicht sauer. Mit hörbarem Seufzer schüttete Dick die Milch in ein Näpfchen, um sie der Katze zu geben.

Effie fuhr hoch. »Wie kannst du dem Kätzchen saure Milch geben?« empörte sie sich.

»Wieso? Ich denke, du hast gesagt, die Milch ist nicht sauer?«

Blickte Effie zuckersüß. Lächelte. Es war ein Lächeln, das einen Hochofen zum Einfrieren bringen konnte. »Ich glaube immer, was du sagst, Schätzchen.«

Milch hin, Milch her, Milch sauer, Milch nicht sauer. – Am Ende ein Entschluß: Es wird frische Milch geholt.

Ich gehe.

Nein, du nicht, ich.

Also schön, Opa geht.

Nein, ich gehe!

Auch dieses Spiel wurde eine Weile fortgesetzt.

»Ferienstimmung«, stöhnte Opa Crackle.

Und am Ende brüllte Dick: »Ich gehe! Ich gehe dir zuliebe mir frische Milch holen!«

Ein heiterer Streit, gewiß. Doch draußen lauerte der Tod. Lauerte hinter Büschen und Sträuchern, lauerte aus insgesamt dreiundzwanzig Pistolenmündungen.

Und Dickie Dick Dickens hatte keine Ahnung, von welch schicksalsschwerer Bedeutung es war, ob Effie oder er Milch holte. Armer Dick – er hatte sich entschlossen, zu gehen.

Den Burschen draußen in ihren Verstecken wurde die Zeit lang. Die Knie taten ihnen weh. Das Warten ödete sie an. Schon länger als drei Stunden hockten sie hier, und Dickie Dick Dikkens kam nicht.

Es mußte etwas geschehen, meinte Jim. »Lockt den Kerl 'raus!« knurrte er.

Harry lächelte. »Aber wie?«

Jim überlegte. Doch so etwas half bei ihm nie viel.

»Oh«, meldete sich Bonco zu Wort, »ich wüßte ... man könnte ...«

»Faß dich kurz und sei leise!« zischte Harry.

Bonco nickte artig. »Streubenguß hat doch gesagt«, hauchte er, »Dickens will sich eine Bande aufbauen. Vielleicht sollte sich einer als Überläufer melden – und ihn zur Tür lotsen.«

»Nee!« Jim schüttelte den Kopf. »Überläufer ist Quatsch. Aber ...«, er nagte an seiner Unterlippe und betrachtete Bonco, »*du* könntest dich bei ihm melden. Du bist aus Milwaukee. Du sagst, du wolltest sein Mitarbeiter werden. Dann holst du ihn zur Tür, und wir knallen ihn ab, aus.«

»Aber ... aber ...«, stotterte Klein-Bonco, »das ist doch gefährlich. Wenn der Dickens nun Lunte riecht, legt er mich um.«

Jim lachte breit und freundlich. »Es sind schon mehr Leute vor dir gestorben, und die Welt ist nicht untergegangen. Marsch!«

»Auch ein Trost«, maulte Bonco.

So geschah es, daß Bonco just in dem Moment an die Tür des Blockhauses klopfte, da Dick sich auf den Weg machen wollte, Milch zu holen.

Da sowohl Dick als auch Effie den Grimm des vergangenen Streites noch im Herzen trugen, öffnete Opa Crackle die Tür. Vor ihm stand ein schmächtiger, schmalhüftiger Mann, der sich als Bonco aus Milwaukee vorstellte und den Herrn Dickens zu sprechen wünschte. Äußerst widerwillig ließ Dick von seinem Plan ab, Milch zu holen, und hörte sich Boncos Mission an.

Diese begann damit, daß Bonco – mehr in Gedanken als absichtlich – Dicks Brieftasche und Uhr klaute. Dick merkte es nicht. Seine Sinne waren auf Effie eingestellt. Indessen entwendete er aus purer Gewohnheit Bonco alles, was dieser in den Taschen hatte. Während sie sich auf diese Weise freundschaftlich begrüßten, erzählte Bonco sein Märchen vom Eintreten in Dicks Bande.

Das gefiel Dick, wenn er auch noch weit davon entfernt war, eine eigene Bande zu haben. Warum sollte er nicht mit diesem Hänftling den Anfang machen.

»Und draußen«, endete Bonco seine sprüchleinumrankte Rede, »warten meine lieben Kameraden, die auch gern zu Ihnen gestoßen wären.«

»Warum draußen?«

Bonco hielt die Fingerspitzen beider Hände zierlich aneinander und betrachtete die Fingernägel. »Sie sind ein bißchen scheu. Ihre Hausnummer ist 49 – Quersumme 13 – Sie verstehen ...«

»Ach, ihr seid abergläubisch?« fragte Dick.

»Außerdem wollen sie erst glauben, daß ich Sie wirklich ausfindig gemacht habe, wenn Sie sich in der Tür zeigen.«

»Hm«, machte Dick, »ich soll in der Tür stehen? Das ist das Zeichen für deine Leute?«

Bonco nickte. »Ja, dann wissen sie Bescheid.«

Dick erhob sich. Ging an Bonco vorbei. Fingerte alles aus Boncos Taschen, was noch drin war. Auf diese Weise kam er, ohne es zu wissen, wieder in den Besitz seiner Brieftasche und Uhr.

Dick ging zur Tür. Von dort aus waren es noch zehn Schritt bis zur Haustür. Nach drei Schritten blieb er stehen.

»Wollen Sie nicht mitkommen, Bonco?« fragte er.

Der stand auf. Ging langsam auf Dick zu. Seine Knie schlotterten. Plötzlich war es totenstill. Das vor Angst fahle Gesicht Boncos fiel Dick auf.

»Was ist los?« fragte Dick gereizt.

»Ha ... haben Sie das gehört?«

Irgendwo heulte ein Hund. Bonco wußte genau, daß es Jim war, der ihm ein Zeichen geben wollte.

»Hörst du heulen einen Hund,
schlägt dir bald die letzte Stund'«, laberte er.

Dick lachte. »Deswegen sind Sie so bleich. Der Aberglaube hat's Ihnen angetan. Und ich hatte schon gedacht, irgendwas an Ihrer Geschichte stimmt nicht. Na, dann kommen Sie!«

Dick ging auf die Haustür zu.

»Bi . . . bitte nach Ihnen«, stotterte Bonco, »Sie brauchen nur hinauszutreten.«

Und Dickie Dick Dickens griff nach der Klinke . . .

In einem Brief an seine Jugendfreundin Bella Cora del Hortini bestätigte Dickie Dick Dickens, daß er keine Ahnung davon hatte, was im Garten auf ihn wartete.

»Ich hatte, geschätzte Cora«, so schreibt er wörtlich, »keine Ahnung davon.«

Das Geheimnis des schwarzen Katers

Warum die Krokusse blühen, zehn weiße Mäuse wegen eines Fischbrotes versprochen werden und Aberglaube nicht vor Ohrfeigen schützen kann ...

Dickie Dick Dickens mußte theoretisch bereits tot sein, er, der gefährlichste Unterweltler, der je das Großstadtpflaster Chicagos betreten hat, der Übergangster oder, wie er von seinen Kegelbrüdern genannt wurde: »The Four-eyed Panther«.

Zu deutsch etwa: »Der viergeäugte Panther«. Notabene: keine Anspielung auf die geschichtlich nachweisbaren Hühneraugen, die der Meister am kleinen Zeh seines linken Fußes getragen hat. Viergeäugter Panther ist vielmehr ein ruhmvoller Ehrenname, der ihm vom Schandaresi-Stamm der Wippikakka-Indianer verliehen worden ist und mit dem seine geradezu ans Sagenhafte grenzende Beobachtungsgabe gewürdigt werden soll.*

Dickie Dick Dickens, schon die Klinke in der Hand, zögerte einen Moment.

»Meine Freunde«, sagte Bonco singend, »werden sich freuen, Sie zu treffen.«

Da Boncos Freunde gute Schützen waren, bestand leider auch kein Zweifel, daß sie sehr genau treffen würden.

Schon wollte Dickie die Klinke niederdrücken – da: Ein leises Wimmern, ein klägliches Miauzen ...

Sebastian, Dickies schwarzer Kater, umschlich Boncos Beine. Sah ihn grünäugig an. Fauchte.

Bonco schrie auf. »Eine Katze – eine schwarze Katze – noch dazu von rechts!« stammelte er und hob, wie von tausend Waffen bedroht, die Hände.

»Katze von rechts
bedeutet was Schlecht's!«

Dickie lachte. Scheuchte das Tier fort.

Doch Kater Sebastian miaute weiter. Sprang dem entsetzten Bonco auf die Schulter. Machte einen Buckel und fauchte. Der

* Eine kulturhistorisch sehr interessante Parallele übrigens zu der altrömischen Darstellung des Gottes Janus.

gute Bonco wußte nicht, daß er vergessen hatte, sein Fischbrot aus der Tasche zu nehmen.

Dickie versuchte, den wimmernden Bonco zu beruhigen. »Sebastian ist ein liebes Kerlchen. Außerdem ist er keine Katze, sondern ein Kater!«

Bonco zeterte lauter als vorher. »Noch schlimmer!

Schwarze Katze: Müh' und Not,
Schwarzer Kater: Pein und Tod!«

Was Dick auch tat, Bonco zu beruhigen, dieser antwortete nur mit einem Aufheulen, was wiederum seitens des Katers mit wütendem Fauchen verzeichnet wurde. Effie versuchte, das Tier von Boncos Schultern zu nehmen. Sebastian jedoch, den leckeren Fischgeruch in der Nase, ließ sich nicht von seinem Platz verscheuchen. Hieb mit ausgestreckten Krallen nach Effie. Sprang Bonco auf den Kopf, um sich gegen den nun gleichfalls anrükkenden Opa Crackle zu wehren. Und Bonco jammerte.

Dick wurde wütend. »So ganz langsam werde ich verrückt. Sebastian benimmt sich nicht wie ein anständiger Kater, sondern wie ein hysterisches, altes Weib – und Sie plärren mir Ihre Kalendersprüche daher, als ob der Jüngste Tag bevorstünde.«

Doch auch Dicks Lautstärke vermochte nichts auszurichten. Der vor Angst und Abscheu halb irrsinnige Bonco schrie und strampelte. »Ein schwarzer Kater ...«, winselte er, »Müh' und Not, Pein und Tod!« Die Tränen rannen über sein Gesicht. »Sie werden auf mich schießen, ich weiß es genau, sie werden ...«

Dick wandte sich angewidert ab. Wollte die Tür aufstoßen. Drehte sich um. Ruckartig.

Griff mit eiserner Faust nach Boncos Arm. »Moment mal – wer schießt?«

Bonco starrte Dick mit vor Angst hervorquellenden Augen an. »Die ... die ... Krokusse ... im Garten!« stieß er blöde lächelnd hervor.

Zwei Ohrfeigen waren die Antwort.

»Was wird hier gespielt, Freund Bonco?« Dicks Stimme klang gefährlich. Sehr gefährlich.

»Hier«, er nahm Sebastian, den Effie inzwischen auf ihrem Arm zu beruhigen versuchte, packte ihn in Boncos Hände, »nehmen Sie den schwarzen Kater«, sprach Dick mit der Stimme eines Hypnotiseurs, »und treten Sie als erster vor die Tür!«

»Nein, nein!« schrillte Bonco. »Draußen im Garten da sind ...«

»Ich weiß, Ihre Freunde.«

»Eben nicht!« In sich überstürzenden Worten schrie Bonco: »Draußen warten Jim Cooper und seine Leute. Sie sind ausgebrochen – sie haben mich geschickt – sie werden auf mich schießen, wenn ich – nein, ich will nicht, ich gehe nicht, Sie sollen ...«

»Aha«, sagte Dick ruhig und holte aus.

Dann lag Bonco in einer Ecke. Dicks K.-o.-Schlag hatte seinen strapazierten Nerven eine Erholungspause verschafft.

»Das war's also«, murmelte Dick und blickte den Kater Sebastian nachdenklich an. »Sie wollten den alten Dick umlegen.« Er streichelte das Fell des guten Katzentieres. »Morgen früh gehe ich zur Tierhandlung und kaufe zehn weiße Mäuse. Die darfst du dann ganz allein essen! Im Augenblick aber«, sagte er zu Effie und Opa Crackle, »sitzen wir in der Mausefalle.«

Im Garten wurden Jim Coopers Leute von Sekunde zu Sekunde ungeduldiger.

»Ich geb' ihm noch fünf Minuten, dann stürmen wir das Haus«, zischte Jim.

»Hm«, meinte Harry, »dann müßte Bonco auch dran glauben.«

Jim grinste. »Wenn die Gans gerupft wird, fliegen die Federn. Ich kann auf Bonco keine Rücksicht nehmen. Außerdem habe ich noch wichtigere Dinge zu tun, als Dickie Dick Dickens zu liquidieren.«

»Wenn du meinst«, flüsterte Harry devot.

»Haben unsere Leute Handgranaten eingesteckt?«

»Selbstverständlich.«

»Gut!« Jim nickte grimmig. »Es bleibt dabei: Noch fünf Minuten – dann rummst es!«

Im Hause hatte Dick indessen den sanft dahindämmernden Bonco vermittels einiger Kübel Wasser wieder zum Leben erweckt und gründlich ausgefragt.

»Eine verflixte Situation.« Dick nagte an der Unterlippe. »Wir haben nicht genug Waffen, uns zu verteidigen.«

»Sie werden das Haus stürmen, Jungchen!« sagte Opa ängstlich.

Bonco nickte eifrig. »Und mich werden sie töten!«

Dick sah Bonco mitleidig an. »So was wie dich tötet man nicht. So was vertilgt man mit Insektenpulver.«

Worauf Bonco wieder sprüchestammelnd zusammenbrach.

»Und niemand kann uns helfen.« Effies Stimme klang weinerlich.

Dicks blaue Augen strahlten. »Es hat«, sagte er leise und zärtlich zu Effie, »noch niemals eine Situation gegeben, aus der Dickie Dick Dickens nicht einen Ausweg wüßte!« Effie nickte gehorsam. Opa Crackle nickte gehorsam. Und Bonco hielt es für geraten, ebenfalls zu nicken. Und zwar gehorsam. So entstand eine Pause.

»Man sollte«, sagte Dick plötzlich in die Stille hinein, »die Polizei rufen.«

Die drei starrten ihn an, als wären ihnen soeben die Geister ihrer lieben Vorväter erschienen.Opa Crackle faßte als erster Mut. »Jungchen, nimm dich zusammen! Denk nach!«

Dick lächelte. Effie fand, er sah hinreißend aus, wenn er lächelte. Aber heute konnte sie sich mit diesen Gedanken nicht so recht über die Lage hinwegtrösten.

»Ich habe nachgedacht«, sagte Dick. Stand auf, ging gemessenen Schrittes zum Telefon und wählte eine Nummer. In das atemlose Schweigen der drei konnte man seine freundliche Stimme hören: »Hallo, hier ist der Held des Monats. Ich habe eine wichtige Information für Sie. Wenn Sie Dickie Dick Dikkens fassen wollen und den ausgebrochenen Lumpen Jim Cooper dazu – dann fahren Sie bitte zur Park Avenue einhundertneunundvierzig. Ich wiederhole: Park Avenue eins vier neun. – Danke.«

Er legte auf. Verschränkte die Arme und lächelte.

»Er hat bestimmt vergessen, seine Pillen zu nehmen«, wimmerte Effie leise zu Opa Crackle. Der nickte ernst und blickte Dick aus kummervollen Augen an.

»Dickie, mein Jungchen«, stieß er, vor Aufregung schwer atmend, hervor, »was machst du denn da?! Die Polizei wird kommen und uns alle auf der Stelle verhaften! Wir haben keine Zeit mehr, Zeugen zu bestechen oder die Geschworenen, nicht einmal die Sachverständigen! Keinerlei normale Vorbereitung für eine Gerichtsverhandlung! Das gibt ein Fiasko! Wir landen alle auf dem elektrischen Stuhl!«

Dick zuckte die Achseln. Lächelte ungerührt. »Wer sagt dir denn, daß die Polizei kommt? Die sind viel zu sehr beschäftigt, Dickie Dick Dickens und Jim Cooper zu fangen.« Sprach's und zündete sich ein Pfeifchen an.

Derweil weinten die anderen still in sich hinein.

Was Dickie Dick Dickens nicht wußte, war, daß er nur knapp fünf Minunten Zeit hatte, von dem Augenblick an, da er sich seine Pfeife entzündete. Dies nämlich war genau der Zeitpunkt, an dem Jim Cooper draußen seine Warteparole über fünf Minuten ausgegeben hatte. Hätten die Insassen des Blockhauses eine Ahnung davon gehabt, sie wären vermutlich um einige Grade nervöser geworden. Wer läßt sich schon gern in die Luft sprengen?

Auf der Wache des 72. Reviers Chicago West brülle Sergeant Martin seinem Vorgesetzten Kommissar Hillbilly eine Meldung entgegen.

Der hielt sich die Ohren zu. »Mitleid!« klagte er. »Seit drei Tagen bin ich aus dem Krankenhaus entlassen, und Sie schreien schon wieder mit mir herum!«

Doch Sergeant Martin war von der Wichtigkeit seiner Sache zu sehr überzeugt. Er schrie weiter, daß die Wände bebten: »Jim Cooper und Dickie Dick Dickens in *einem* Haus! Park Avenue hundertneunundvierzig!«

»Es ist«, sagte Hillbilly müde und striegelte sein blondes Haar, »eine wissenschaftlich nachweisbare Tatsache, daß keine Angelegenheit der Welt allein dadurch wichtig wird, daß man laut von ihr spricht.«

Er nahm seine Mütze. Öffnete die Tür zur Wachstube. Sah die Leute an. »Alarm«, sagte er und wandte sich mit einer eleganten Drehung um.

»Alarm!« brüllte Sergeant Martin begeistert. »In drei Minuten sind wir dort!«

Drei Minuten für die Polizei ...

Drei Minuten für Dickie Dick Dickens ...

Drei Minuten für Jim Cooper ...

Wer würde Sieger werden? Zum erstenmal prallten sie aufeinander, die drei Mächtigen dieser Stadt: Der Einäugige, der Bandenführer von »Baby's Bottle«, der schwarzhaarige, blaublickende Dick und der drahtige, blonde Kommissar.

Die drei Minuten verrannen wie Sand in der Eieruhr.

Jim gab den Befehl, die Handgranaten scharf zu machen. Einer sagte es dem anderen. Leise, geflüstert huschte der Befehl von Versteck zu Versteck, von Busch zu Strauch, von Strauch zu Baum. Harry verlangte Fertigmeldung. Der letzte rief leise zurück. »Alles fertig!« Wie eine Lunte, an die man Feuer gelegt hat, kroch die Fertigmeldung durch den Garten zu Jim Cooper.

Da erhob sich Jim, der Einäugige. Funkelte wild und schrie: »Achtung, Leute! Sprung auf, marsch ...«

Jäh aber brach der Gewaltige ab.

Stand wie erstarrt.

Glotzte in die Gegend.

Und dann konnten sie es alle hören. Mit gellenden Sirenen jagte die Polizei heran. Schon hörte man das Brausen der Motoren.

»Verrat!« brüllte Jim. »Rette sich wer kann! Zurück zur Straße und dann ab durch die Mitte!«

Harry fauchte: »Los! Los! Auf die Beine, Leute!« Und im Nu hatte sich Jim Coopers Bande in Nichts aufgelöst.

Hinter den Gardinen des Blockhauses stand Dickie Dick Dickens. Äugte hinaus. Mit ihm Effie und Opa Crackle. Bonco hatte gerade Lust auf eine Ohnmacht.

»Sie türmen! Sie ziehen Leine«, japste Opa Crackle, der die davonhuschenden Gestalten sah.

»Hm«, lachte Dick, »wie die Hasen im Kornfeld.«

Effie war nicht so fröhlich. »Was nützt uns das?« jammerte sie mit piepsender Stimme. »Da kommt die Polizei!« Dann klapperte sie mit ihren kullerdummen Augen. »Aber Dick«, sagte sie erstaunt, »die fahren ja vorbei!«

»Was du nicht alles merkst, kleiner Schlauberger! Wo wohnen wir denn!«

Effie kullerte noch ein bißchen mehr. »Park Avenue neunundvierzig«, sagte sie dann brav wie ein Kind, das schon seinen Namen auswendig kann.

Dick klatschte in die Hände. »Siehst du«, schmunzelte er, »und der liebe Dick hat der Polizei *hundert*neunundvierzig angegeben.«

»Das ist aber falsch!« murmelte Opa Crackle und hob den Zeigefinger.

»Auch dir hat die Natur ein Gehirn gegeben, Opachen«, sagte Dick. »Im Ernstfall würde ich es ruhig mal benutzen. Mein Zweck ist erreicht. Jim Cooper und seine Leute haben es mit der Angst bekommen und sind geplatzt, als sie die Polizeisirenen hörten.«

Effie jubelte. »O Dick!« rief sie ein ums andere Mal. »Du bist groß!«

»Nun aber nichts wie los!« meinte Dick wohlgelaunt. »Ehe die Burschen den Schwindel merken und zurückkommen. Marsch in die Garage!«

Worauf sich die nun um den wackeren Kämpen Bonco bereicherte Streitmacht des kleinen Taschendiebes Dickie Dick Dikkens in Trab setzte wie brave Pferdchen.

So wurde Dickie Dick Dickens dank der freundlichen Unterstützung der Polizei aus seiner tödlich fatalen Lage befreit. Wodurch wieder einmal nachgewiesen ist, welch nützliche Rolle die Organe der Obrigkeit spielen können, wenn man es versteht, sie auf die richtige Weise zum Einsatz zu bringen.

Zur gleichen Minute – es war übrigens die zehnte der laufenden Stunde – sammelten sich, nur wenige Straßenzüge weiter, die Leute von Jim Cooper.

Eine Minute später – in der elften der laufenden Stunde – hatten sie festgestellt, daß die Polizei an Dickie Dick Dickens' Haus vorbeigefahren war.

In dieser gleichen elften Minute der laufenden Stunde merkten Kommissar Hillbilly, Sergeant Martin und ihre Mannen, daß es ein Haus mit der Nummer hundertneunundvierzig in der Park Avenue offenbar nicht gab.

Vier Minuten später – also in der fünfzehnten Minute der laufenden Stunde – hatte sich Jim Cooper mit seinen Leuten wiederum im parkartigen Garten von Dickie Dick Dickens versteckt. Und wieder zischten die Befehle des großen Einäugigen zu seinen Leuten, wieder kam die Fertigmeldung.

Und dann stürmten sie das Haus. Mit Sprung auf marsch, marsch, in Schützenkette ausgeschwärmt, rannten sie auf das Blockhaus zu, metzelten Türen und Gardinen nieder. So kam Jim Cooper doch noch zu seinem Sturmangriff. Er bemerkte allerdings nicht, daß in sicherer Entfernung, hinter einem großen Holunderbusch verborgen, eine schwarze Limousine stand. Die Insassen dieses Fahrzeuges beobachteten dic heldenhafte Aktion des Jim Cooper mit Spannung.

Zur gleichen Minute, da Jim Cooper in das Haus eindrang – es war mittlerweile die achtzehnte der laufenden Stunde – setzte sich die Limousine in Bewegung. Fuhr in zügigem Tempo die Park Avenue entlang. Die Insassen waren: Dickie Dick Dikkens, Effie Marconi, Opa Crackle und der sprüchemachende Bonco. Sie alle waren fröhlichster Laune.

Eben jene fröhliche Laune jedoch verging ihnen jäh, als sie plötzlich mehrere Polizisten vor sich auftauchen sahen. »Gib Gas! Fahr sie um!« riet der stets menschenfreundliche Opa Crackle.

»Wie denn?« fragte Dick böse. »Dort hinten stehen vier Polizeiautos. Haben die Straße versperrt. Verdammt!« Er trat auf die Bremse. »Nun sind wir ihnen doch in die Falle gegangen!«

Mit einem Ruck hielt der Wagen.

Dick beugte sich aus dem Fenster. »Bitte, Sie wünschen?«

Die Polizisten kamen heran. Unter ihnen Kommissar Hillbilly. »Wohnen Sie in dieser Straße?«

»Und? Wäre es ein Verbrechen, wenn ich hier wohnte? Irgendwo muß der Mensch ja seinen heimischen Herd haben. Gell?«

Hillbilly zog die Stirne kraus. »Es ist natürlich kein Verbrechen. Aber warum haben Sie es so eilig, mein Herr? Das macht mich stutzig.«

Dick lachte etwas blöd. »Aber mein Lieber! Ich muß doch bitten! Was gäbe es denn Stutziges an mir?«

Frage hin. Antwort her. Immerhin schienen die Beamten keine Ahnung zu haben, mit wem sie sich unterhielten. Schließlich fragten sie nach der Nummer hundertneunundvierzig.

Dick bedauerte. »Tut mir leid. Damit kann ich Ihnen nicht dienen. Nummer hundertneunundvierzig gibt es nicht.«

Ob er wüßte, ob hier in der Nähe ein gewisser Dickens wohne. Oder Jim Cooper.

Leider nein.

»Na, danke. Auf Wiedersehen!«

Dick konnte weiterfahren.

Hielt plötzlich wieder an. Kurbelte das Fenster herunter. Winkte den Polizisten.

»Sagten Sie Dickens?«

Die Polizisten nickten.

Dick legte sein Gesicht in Falten. »Soviel ich weiß«, sagte er angestrengt nachdenkend, »wohnt ein Dickens in Nummer neunundvierzig. Übrigens habe ich im Vorbeifahren festgestellt, daß er Besuch bekommen hat. Allerlei Leute. – Ob das vielleicht dieser Cooper ist, nach dem Sie gefragt haben?«

Die Beamten liefen zu ihren Wagen.

Dick rief ihnen nach: »An Ihrer Stelle würde ich jetzt ohne Sirenengeheul fahren, meine Herren. Ich könnte mir vorstellen, daß Mr. Cooper ein bißchen schreckhaft ist.«

Und trat das Gaspedal durch, daß es beinahe an den Scheinwerfern wieder herauskam. In brausender Fahrt raste Dickie Dick Dickens die Landstraße entlang.

Zur gleichen Minute – es war die zweiundzwanzigste der

laufenden Stunde – hatte Jim Cooper mit seinen Leuten das Blockhaus von Dickie Dick Dickens erobert. Wie nicht anders zu erwarten, war der Sturmangriff ohne Verluste für die angreifende Partei verlaufen. Jedoch – auch dies war nicht anders zu erwarten – ohne den von Jim Cooper gewünschten Erfolg. Weit und breit kein Dickie Dick Dickens, dem man Zyankali in den Kaffee streuen, den man strangulieren sowie kaltblütig erschießen konnte.

Während die Banditen Keller und Dachgeschoß nach Jims Herzensfeind durchsuchten, umstellte Kommissar Hillbilly mit den Seinen das Haus.

Und dann machte Jim Cooper den entscheidenden Fehler seines Lebens. Als er die Polizisten erblickte, ließ er sofort das Feuer eröffnen. Ein Spaß, auf den keine Polizei der Welt anders reagiert als sauer. Und sauer hieß in diesem Falle: schießen.

Ein erbitterter Kampf entbrannte. Haus und Garten von Dikkie Dick Dickens wurden zum Schauplatz heftigen Schußwechsels. Einer der Schüsse traf Jim Cooper, gerade als er in den Kamin kletterte, um sich dort in Sicherheit zu bringen.

Er traf ihn so tödlich, daß er ohne Zaudern starb.

Anschließend verbrannte er. Jemand hatte den Kamin in Brand geschossen. So wurde es in Dickie Dick Dickens' halbzerstörtem Wohnstübchen noch einmal recht gemütlich warm. Und Jim Cooper vollbrachte somit am Ende seines Lebens doch noch eine nützliche Tat.

Von nun an ging alles sehr schnell. Das Scharmützel dauerte nur noch kurze Zeit. Fünf Minuten später betrat die siegreiche Polizei das Haus. Ein einziger Überlebender trat ihnen entgegen.

Es war Sebastian, der Kater.

Zur gleichen Minute – es war die einunddreißigste der laufenden Stunde – fuhr Dickie Dick Dickens mit seinen Freunden in einer schwarzen Limousine über die Stadtgrenze von Chicago.

In einunddreißig Minuten hatte sich ein Kapitel der amerikanischen Kriminalgeschichte vollendet: das Kapitel Jim Cooper.

Jim, der Einäugige brannte dahin. Aus gesetzeshütendem Gewehrlauf hatte ihn die Kugel getroffen. Mit ihm starben seine festeingetragenen Bandenmitglieder.

Es war kein schönes Bild. Aber ein erhebendes Gefühl für die Polizei.

In seinen Memoiren, die Dickie Dick Dickens fünfzehn Jahre

später im Zuchthaus Sing-Sing schrieb und die in vierzehn Fremdsprachen übersetzt worden sind, bezeichnet er diese Geschehnisse als schlagkräftigen Beweis für die zwangsläufige Gültigkeit der allbekannten und stets bewährten Kalendersprüche.

»Es ist«, so schreibt er auch an seine Jugendfreundin Bella Cora del Hortini, »ein Aberglaube, geschätzte Cora, nicht an den Aberglauben zu glauben. Man muß ihn nur der jeweiligen Situation entsprechend auslegen. Ein schwarzer Kater bringt Pech – es fragt sich nur, *wer* das Pech hat! Stellt man es schlau genug an, hat es immer der andere.«

Während Dickie Dick Dickens mit seiner Effie, seinem väterlichen, aber zahnlosen Freund Opa Crackle sowie Klein-Bonco über eine andere Straße Chicago wieder entgegenfuhr, konnte er sich eines gewissen Hochgefühls nicht erwehren.

Von nun an, so schien es, war für ihn der Weg zum Präsidentenstuhl der Chicagoer Unterwelt endgültig geebnet. Es war keiner mehr da, der sich ihm in den Weg stellen konnte. Er hatte eine große Zukunft vor sich. Eine Zukunft, die es in sich haben sollte. Die Zukunft des kleinen, listenreichen Taschendiebes Dickie Dick Dickens.

Auch Pässe müssen passen
oder Einer langen Irrfahrt schließliches Ende

Wozu ein Lebenslauf manchmal verwendbar ist, und warum auch ein neuer Paß nicht immer vor Bigamie schützt …

Dieses ist das letzte Kapitel der Geschichte von Dickie Dick Dickens, dem Tausendsassa unter den amerikanischen Verbrechern, eine Geschichte, die – falls Sie es noch nicht bemerkt haben sollten, weisen wir letztmalig noch einmal darauf hin – nicht nur atembeklemmend, sensationell, sondern auch geheimnisumwittert und höchst absonderlich ist*. Ein romantisches Abenteuer unserer Zeit.

Zur gleichen Stunde, da Dickie Dick Dickens mit seinen Lieben dem weiten, herrlichen Chicago entgegenfuhr, befreit von der Last seines Daseinskampfes, befreit von seinem innigsten Feind Jim Cooper, gratulierte in der 72. Revierwache, Chicago West, der Bezirksstaatsanwalt dem Kommissar Hillbilly mit aufrechten Mannesblitzen in den Augen zu seinem Erfolge.

Hillbilly sandte einen blonden Blick in das wetterharte Antlitz seines Vorgesetzten. Erfüllt von pathetischer Bescheidenheit sagte er: »Zu viel der Ehre, Herr Bezirksstaatsanwalt. Ich tat nur meine Pflicht.«

»Diese stille Pflichtauffassung aber wird es sein«, entgegnete der Bezirksstaatsanwalt, »die Ihnen die Dankbarkeit der ganzen Nation eintragen wird!«

Hillbilly wußte, daß sich die Dankbarkeit der Nation lediglich in einem Anerkennungsschreiben des Verbandes der Polizeiveteranen und der Verleihung des Polizeiverdienstkreuzes zweiter Klasse beim nächsten Präsidentengeburtstag äußern würde. Vorgesetzte lieben keine Untergebenen mit Erfolg.

Nun aber räusperte sich der Herr Vorgesetzte und versuchte, damit seinen Neid loszuwerden. »Sagen Sie mal«, hub er leutselig an, »wie haben Sie das denn so angestellt?« (Er sagte »anjestellt«.)

Darauf hatte Hillbilly gewartet. »Tja«, sagte er und betrachtete die aneinandergelegten Fingerspitzen seiner beiden Hände, »angefangen hat es eigentlich mit einem Telefongespräch. Mein

* Vergl. auch Kapitel 1 bis 12 dieses Buches.

Assistent platzte ins Zimmer und brüllte mich an – er ist immer etwas laut, der Gute.«

»Aber diesmal hat er zu Recht gebrüllt«, schmunzelte der Bezistawa*.

Hillbilly nickte, holte tief Luft und fuhr mit seiner Rede fort: »Jemand hatte uns angerufen und uns mitgeteilt, daß wir Dickie Dick Dickens und Jim Cooper in einem bestimmten Haus der Park Avenue antreffen könnten.«

Fragte der Bezistawa mit erhobenen Augenbrauen: »Na und? Wer war dieser Jemand?«

Hillbilly riß den Kopf hoch, ließ seine Augen stahlhart blitzen. »Das, Herr Bezirksstaatsanwalt, festzustellen, ist unseren emsigen Bemühungen nicht gelungen!«

»Hm«, machte der Bezistawa und räusperte sich zum zweitenmal. Dann sagte er wieder »hm«.

Kommissar Hillbilly glaubte zu sehen, wie der kluge Mann, ganz leuchtendes Vorbild, in tiefes Nachdenken versank. In Wahrheit aber dachte der Bezistawa nur an seine unbezahlten Rechnungen. Eine Belohnung in harten Dollars hätte ihm nach seiner Meinung wohl angestanden. Doch wie er die Welt kannte, würde dieser alberne Hillbilly die Belohnung einstreichen. (Woran ersichtlich ist, daß sogar Staatsanwälte Pessimisten sein können.) Er brütete noch eine Weile vor sich hin; dann ließ er den vor Stolz fast aus den Nähten platzenden Hillbilly weiter berichten.

Der erzählte von dem geheimnisvollen Anruf, der ihn zunächst zur falschen Hausnummer in der Park Avenue geführt hatte, erzählte von der Enttäuschung, die ihn ergriffen, und dem Autofahrer, der plötzlich die Straße entlangkam.

»Wer war der Fahrer?« wollte der Bezistawa wissen.

Hillbilly kräuselte verächtlich die Lippen. »Die Situation erforderte rasches Handeln. Ich hielt es nicht für zweckmäßig, die Zeit damit zu verschwenden, seine Personalien festzustellen.«

Die Chronisten schweigen zu dieser Bemerkung des Kommissars. Sie wissen, daß der Fahrer – wie auch der geheimnisvolle Anrufer – kein anderer als Dickie Dick Dickens selbst war.

In flinker Wortfolge schilderte Hillbilly seine Heldentat zu

* Eine zwar nicht amtlich anerkannte, aber in Gerichts- und Polizeikreisen übliche Abkürzung des Titels Bezirksstaatsanwalt. Die Verfasser haben diese Abkürzung aus Raumersparnisgründen übernommen.

Ende. Wie er von jenem Fahrer eine erschöpfende Auskunft erhielt, sodann geistesgegenwärtig das Haus mit der richtigen Nummer umzingeln ließ, und wie es schließlich zu der entscheidenden Schlacht kam, die mit dem Totalverlust der Gangster endete.

»Befindet sich Dickie Dick Dickens unter den Toten?« fragte der Bezistawa.

»Mit Sicherheit können wir das nicht sagen. Wir wissen ja leider immer noch nicht, wie Dickens aussieht.«

»Hm«, machte der Bezistawa und räusperte sich zum drittenmal.

Nur wenige Stunden später saß Dickie Dick Dickens mit seinem ständigen Begleiter Opa Crackle, mit seiner Braut Effie Marconi und seinem neuen Mitarbeiter Bonco in einer kleinen, lauschigen Weinstube am westlichen Ufer des Michigansees.

Wie man wußte, war der Wein, den die drei tranken, auf illegalem Wege aus Südamerika in die Staaten geschmuggelt worden, was aber nach Dickies Meinung keine Entschuldigung dafür war, daß in seinem Glase eine Fliege herumschwamm.

Bonco tätschelte zutraulich Dickies Hand. »Seien Sie froh, daß Sie Wein trinken, Mr. Dickens! Sonst wär's weit schlimmer!«

Dick sah ihn unwillig an. »Was soll denn dieser Unsinn, Bonco?«

Bonco benutzte sein stilles Lächeln, schloß die Augen schwärmerisch und sagte leise: »Eine Fliege im Wein bedeutet langes, anhaltendes Glück!«

Und mit singender Stimme zitierte er:

»Pein und Armut blühen mir,
seh' 'ne Fliege ich im Bier.
Krankheit und Beschwerden fühl' ich,
schwimmt 'ne Fliege in der Millich.
Aber ich kann sorglos sein,
fang 'ne Fliege ich im Wein.«

Dick mußte – übrigens ganz gegen seinen Willen – lachen. »Du hast ja 'nen Piepmatz mit Mamastimme, Junge! Aber recht hast du doch!«

Dick nahm sein Weinglas, entfernte die Fliege mit kühnem Schwung und blickte träumerisch in die Ferne. Mehr zu sich selbst als zu der kleinen Runde sprach er:

»Wir können nun wirklich sorglos sein. Jim, der Einäugige, kann uns nichts mehr anhaben. Seine ganze Bande ist erledigt. Nun werden wir merken, wie schön das Leben ist.«

Opa Crackle prostete ihm fröhlich zu. Worauf er sich mit Elan den Wein teils in den zahnlosen Mund, teils über das Jackett goß.

Auch Effie wußte manches zu sagen in dieser ergreifenden Stunde, da der Held von Chicago am Ziel seiner Wünsche stand. »Ab heute«, so sagte sie liebevoll, »brauchst du dich nicht mehr so sehr anzustrengen. Wir können uns Ruhe gönnen, Dick! Oh, das Verbrecherbrot ist ein hartes Brot.«

»So mancher ist schon geblieben«, murmelte Bonco, »wenn die da draußen das wüßten!«

»Ja«, nickte Effie. Sah stolzen Frauenblicks auf Dick. »Aber eines Tages wird er es ihnen sagen!«

Wird sagen, wie wenig Verständnis die Öffentlichkeit diesem hart geprüften Berufsstand entgegenbringt.

Nun blickten sie alle in die Ferne und schwiegen. Träumten von dem Tag, da Dickie Dick Dickens seine Memoiren niederschreiben würde.

»Dickielein«, brach Effies Plauderzunge das Schweigen, »eigentlich brauchst du dir jetzt doch gar keine Bande mehr aufzubauen. Das wolltest du doch nur, weil Jim Cooper dich nicht in Frieden gelassen hat!«

Dick sah sie erstaunt an. Dann hieb er mit der flachen Hand auf den Tisch. »Richtig, Effie! Verflixt noch mal, was soll ich noch mit einer Bande?! Warum soll ich mich mit Angestellten plagen?«

Schwärmte Effie: »Du kannst wieder in deinem eigentlichen Beruf arbeiten!«

Schwärmte nun auch Dick: »Als kleiner Taschendieb, ohne Ambitionen, ohne Ehrgeiz. All diese miserablen Gewaltverbrechen brauchen mich nicht mehr zu rühren!«

Überwältigt lallte Opa Crackle: »Und unseren Lebensunterhalt klauen wir uns ohne jedes Risiko zusammen!«

Wie jedermann weiß, ist das Risiko eine Sache, die niemand gern eingeht, deren faule Früchte man stets auf einen einzelnen wirft und von deren guten die ganze Menschheit, Dienstmädchen eingeschlossen, zehrt. Wehe dem einen, der sich der Sünde des Unternehmergeistes schuldig macht, der da der Meinung ist, als ein Tüchtiger auf dieser Erde zu weilen!

Bei Gangstern herrschen, wie allgemein bekannt, strenge

Bräuche. Und ihr erster Lehrsatz lautet: Dem anderen das Risiko, mir der Gewinn! Ein Lehrsatz, der mittlerweile allüberall in der weiten Welt Anerkennung gefunden hat.

Die kleine Festgemeinde im stillen Weinstübchen aber konnte sich nicht genug tun mit Freuen und Ausmalen herrlicher Zeiten. Nach erbitterter Kampfeszeit konnte man endlich in Frieden leben. Bonco wollte Dick seine langen Finger zum Bunde reichen, ihn bei seinen Taschendiebereien unterstützen, Schmiere stehen und ihm die Treue halten, solange es ihm gut ging.

Das Bewußtsein, in der Unterwelt Chicagos für Gewerbefreiheit gesorgt zu haben, gab ihnen den Mut, einen soliden, ordentlichen Verbrechergewerbebetrieb zu gründen. Mit geregelter Freizeit, versteht sich.

»Ach!« sagte Effie. »Und wir beide, Dick, wir könnten ...«

»›Sechsundsechzig‹ spielen«, stöhnte Dick, vor Wonne halb krank.

Kopfschüttelnd Effie: »Das meine ich nicht. Wir könnten endlich heiraten!«

»Heiraten?« stotterte Dick. »Ach so – ja – daran hatte ich eigentlich – daran habe ich immerzu gedacht. Ich fürchte nur«, er sah Effie besorgt an, »das Standesamt wird uns da einen Strich durch die Rechnung machen. Jim Cooper ist tot. Man wird jetzt mit doppeltem Eifer nach Dickie Dick Dickens suchen.«

»Quatsch!« sagte Opa Crackle, und es hörte sich an, als plumpste ein Stein in Morast. »Wir gehen in den Untergrund. Vor allem du, mein Jungchen! Mach einen Strich unter dein altes Leben! Fang neu wieder an!«

»Strich?« sagte Dick leise. »Neu?«

Es war nun mal nichts zu machen – die Stimmung war durch und durch versonnen.

Jäh aber erhob sich Dick. Sah keinen mehr an. Sagte nur: »Moment. Bin gleich zurück.«

»Was hast du vor?« fragte Effie.

Dick lächelte fein. »Ich mache den Strich, mein Schatz.« Und stürzte hinaus.

Die anderen saßen stumm. Sie wußten, es war eine Sternstunde: Dick hatte eine Idee!

Vierundzwanzig Stunden später war Dickie Dick Dickens tot.

Jawohl. Tot. Mause.

Ein Juwelier namens Josua Benedikt Streubenguß, so konnte

der erstaunte Chicagoer Bürger in seinem Blatte lesen, hatte sich bei der Polizei gemeldet und gebeten, die Toten von der Park Avenue sehen zu dürfen. Er habe, so sagte er, den Verdacht, daß ein Mann, der ihn stark geschädigt hätte, unter den Toten sei. Die Polizei gewährte ihm die seltsame Bitte. Josua Benedikt Streubenguß fand den Mann, den er suchte. Er hieß Dickie Dick Dickens.

»Dickie Dick Dickens!« jubelte Kommissar Hillbilly und stürzte ans Telefon, um seinen Sieg zu vermelden.

Zwölf Stunden später strich man den Namen Dickie Dick Dickens aus den Fahndungsblättern der Polizei; Kommissar Hillbilly wurde mit Ehren überhäuft; die Bürger atmeten auf.

Weitere vierundzwanzig Stunden später erschien der sehr ehrenwerte Josua Benedikt Streubenguß in der eilig gemieteten Kleinwohnung eines Mannes unbekannter Herkunft. Die dort versammelten Leutchen hießen: Effie Marconi, Opa Crackle, Bonco und – natürlich – Dickie Dick Dickens. Mit zierlich gespreizten Fingern überreichte Streubenguß dem Mr. Dickens einen Paß, Taufschein, Geburtsurkunde, Führer- und Impfschein.

»Sie sind«, säuselte Josua samtig, »nun tot, lieber Freund. Hier, Ihre neuen Papiere.«

In den Gesichtern der Freunde begann es zu leuchten. Das also war Dickies Idee! Deshalb hatte er sie stundenlang in jener Weinstube sitzen und warten lassen.

Dick war sich der Feierlichkeit des Augenblicks durchaus bewußt. »Selten«, sagte er, »hat ein Mann seine eigene Todesnachricht so gern gehört wie ich.« Womit er Josua Benedikt die beringte Hand schüttelte. »Und«, fuhr er fort, »wie, bitte, heiße ich nun?«

»Maxim«, hauchte Streubenguß. »Maxim Frank Poltingbrook.«

»Schön!« seufzte Effie.

»Mr. Streubenguß«, hub Dickie erneut an, nachdem er Einblick in die Papiere genommen hatte, »ich verstehe zwar nicht viel vom Handel mit Ausweispapieren – doch diese scheinen mir ausgezeichnet!«

Streubenguß zog den schmalen Mund schief. Wiegte seinen Kopf hin und her. Machte »Ts, ts, ts«. Sagte: »Aber, aber! Es sind Originalpapiere, mein Freund. Die Personalien stimmen recht gut mit den Ihren überein. Der ehemalige Besitzer des Passes hatte Augen- und Haarfarbe sowie die Größe mit Ihnen gemein. Das Geburtsdatum differiert nur um ein Jahr. Und bitte, beachten Sie die Fotografie! Jener trug einen Bart. Was tut's? Sie haben keinen – doch diese Ähnlichkeit!«

Dick machte nun seinerseits erstaunt »Ts, ts, ts!«, und auch die anderen stimmten freudig in dieses Geräusch ein.

»Am Ende weilte mein lieber Vater in der Gegend, wo Mr. Poltingbrook das Licht der Welt erblickte, wer weiß, wer weiß«, scherzte Dick und betrachtete sein Konterfei. »Doch«, wunderte er sich, »wie kommt's, daß Mr. Poltingbrook seinen Paß nicht mehr benötigt?«

»Er ist tot«, antwortete Josua Benedikt geschäftsmäßig, »er hat vor einem halben Jahr Selbstmord begangen.«

»Aber ...«, wollte Opa Crackle einwerfen.

»Nichts aber!« schnitt ihm Josua die Rede ab. »Er stürzte sich in einem Anfall von Schwermut von einer Steilküste ins Meer. Der einzige Zeuge dieses Vorfalls war ein Bekannter von mir. Und er wird sich hüten, davon zu erzählen, weil ...nun ja, eben weil er der einzige Zeuge war.«

»Das leuchtet mir nur halb ein«, tutete Effie und kullerte mit den Augen.

»Mademoiselle«, sagte Streubenguß und lächelte fein, »wenn zwei Leute einen einsamen Weg an einer Steilküste entlanggehen, und der eine fällt hinunter, dann *könnte* die Polizei auch meinen, der andere habe ihm einen Stoß gegeben.«

»Freilich!« nickte Dick. »Ich habe zwar nur die besten Erfahrungen mit der Polizei gemacht, doch soll es Leute geben, die durch solchen Umgang ihren Kopf verloren haben.«

»Und die Papiere?« Effies Augen kullerten immer noch. »Warum sind die nicht mit ertrunken?«

»Mein Bekannter hatte sie schon vorher an sich genommen«, sagte Josua gelangweilt und blickte zur Decke.

»Gut«, sagte Dick, »sehr gut, der eine Mann ist tot, der andere ist die Papiere los. Fall erledigt. Josua!« Er hieb Streubenguß gewaltig auf die Schulter. »Ich, Maxim F. Poltingbrook, muß über mein vergangenes Leben Bescheid wissen. Was gibt's da zu berichten?«

Streubenguß öffnete seine Mappe. Entnahm dieser eine Akte. Blätterte darin. Begann vorzutragen:

»1897 wurden Sie in Kandy auf Ceylon geboren, sind Sohn eines britischen Kolonialoffiziers.«

Dick stand stramm, legte die Hand an die Stirn. »Welche Ehre!« sagte er ergriffen.

Streubenguß fuhr fort: »Sie lernten Ihre Eltern kaum kennen, da die Herrschaften nach Ihrer Geburt starben. Malaria. Mitleidige Eingeborene nahmen sich Ihrer an. Aber schon zwei Jahre später wurden Sie in die Heimat Ihrer Eltern nach Nordirland gebracht. Dort wuchsen Sie bei einem entfernten Cousin Ihres Vaters auf. Er nannte sich Broderick Poltingbrook, war Köhler und ist inzwischen verstorben. Sie lebten in einer Köhlerhütte, kaum jemand hat Sie gekannt.«

»Da war ich wohl ein kontaktarmes, vernachlässigtes Knäblein, ohne Nestwärme?« fragte Dick mitleidig.

»O nein«, entgegnete Streubenguß. »Sie waren ein rechter Wildfang und streiften in den Wäldern umher. – Sie waren gerade 19 Jahre alt geworden, als Sie sich dem drohenden Militärdienst dadurch entzogen, daß Sie sich als blinder Passagier nach Mexiko einschifften.«

»Das war nicht edel von mir«, empörte sich Dick.

Streubenguß fühlte sich in seinem Vortrag gestört, zog eine Augenbraue hoch und fuhr noch leiser fort: »Sie durchstreiften das Land, als Viehhirt, Tagelöhner, Landstreicher. Sie wurden nie seßhaft.«

»Geriet ich mit dem Gesetz in Konflikt?« fragte Dick.

»Nein. Zwar sind Sie arbeitsscheu, doch grundehrlich. Sie lebten damals in der Nähe von La Paz auf Niederkalifornien. Dort begannen Sie an Depressionen zu leiden und schieden später aus dem Leben.«

»Kein Wunder«, meinte Dick, »bei *der* Jugend!«

Streubenguß hob den Finger. »Das heißt, darüber dürfen Sie natürlich nichts verlauten lassen. Ihren Papieren nach sind Sie nämlich nach Nordamerika gereist, wo Sie bis heute geblieben sind. Arbeitslos und auf die Hilfe barmherziger Menschen angewiesen.«

Streubenguß schloß die Akte. Gab sie Dick. »Bitte, lernen Sie Ihren Lebenslauf und Ihre Personalien auf das genaueste auswendig. Dann werfen Sie die Akte fort.«

Dick schüttelte wieder Ringe und Hand von Josua Benedikt, daß es nur so klimperte. »Heißen Dank, Josua! Heißen Dank!«

»Oh, bitte«, meinte dieser, »am besten geben Sie's mir in Bargeld.«

Und verabschiedete sich.

Die folgenden zwei Wochen gehörten für Dickie Dick Dickens zu den härtesten seines Lebens. Galt es doch für ihn, ein vollkommener Maxim F. Poltingbrook zu werden! Er lernte und lernte. Unablässig verhörten ihn die Seinen. Stellten ihm Fangfragen. Fragten ihn nach der lieben Tante, dem Onkel und dem fernen Ceylon. Auf die Anrede »Dick« durfte er nicht einmal im Traum hören.

Sie rüttelten ihn nachts wach. Fragten: »Dick, wie spät ist es?«

Antwortete er, mußte er böse Strafreden über sich ergehen lassen.

Sie übten den ganzen Tag. Schweißperlen der Konzentration standen auf Dicks Stirn. Aber er gab nicht auf. Verbissen arbeitete er. Stunde für Stunde. Tag für Tag. Woche für Woche.

Und das Verhör ging weiter. Opa Crackle und Bonco lösten sich im Fragestellen ab.

»Was hast du in Mexico getrieben?«

»Mich rum«, antwortete Dick, wie aus der Pistole geschossen. »Als Viehhirt und Tagelöhner.«

»Wie hieß deine Mutter?«

»Was geschah im Jahre 1903?«

»Wovon lebte dein Onkel?«

»Welches Klima herrscht auf Ceylon?«

»Wann bist du geboren?«

Da endlich – der neue Tag graute schon im Osten – war es soweit. Dick beherrschte sein Pensum, er hatte es geschafft.

Noch am gleichen Tag beschloß er, Josua Benedikt Streubenguß ein Extraverdienst zukommen zu lassen. Er kaufte bei ihm Trauringe. Zwei Stück, schweres Gold mit Diamanten.

Wohlgemerkt: Er *kaufte*!

Ihm war so.

Auf den Tag genau vier Wochen später gab das Fräulein Ephemeria, genannt Effie, bürgerlicher Name Brown, Künstlername Marconi, dem ehrenwerten Mr. Maxim F. Poltingbrook das Jawort fürs Leben. Effie trug die herrlichsten Smaragden und Brillanten, die jemals die Braut eines Taschendiebes getragen hat. Dick, alias Maxim F. Poltingbrook, sah wundervoll aus. Im tadellosen Cut, silbergrauem Plastron mit brillantengefaßter Perle und Zylinder war er das Abbild eines Edelmannes. Opa Crackle als Trauzeuge wirkte etwas ärmlich, wohingegen der vor Zitaten übersprudelnde Bonco einem Prachtstück dandyhafter Eleganz glich. Er hatte sich schlohweißes

Haar mit einem Strich Rosa färben lassen, was zu seinem jugendlichen Gesicht und den schlenkernden Hüften recht gut paßte. Zweifelsohne.

Dick nannte ihn von diesem Tag an einen rosigen Schloh. Das verstand aber niemand so recht.

Es war eine feine Hochzeit, und jedermann konnte sehen, welch vornehmer, großer Mister der Poltingbrook war.

Mit diesem feierlichen Tag also war das Leben des Dickie Dick Dickens in der Tat beendet. Ein gefahrvolles, riskantes Leben war es gewesen. Um wieviel ruhiger würde das Dasein werden, das er als ehrenvoller, friedliebender Bürger Poltingbrook führen würde, da er endlich seine Gaunereien im Rahmen des Gesetzmäßigen betreiben konnte. Das harte, klare Gesetz der Unterwelt galt für ihn nicht mehr.

»Die Freiheit des Bürgers«, meinte Dick stolz zu Opa Crackle, »sind seine Gummiparagraphen.«

Das Ehepaar Poltingbrook kaufte sich ein idyllisches Häuschen in einem stillen Vorort von Chicago, lebte dort in Glück und Freude, legte Patiencen, spielte Wiener Walzer und ›Sechsundsechzig‹.

Trautes Heim, Glück am Leim.

> Doch mit des Geschickes Mächten
> ist kein ew'ger Bund zu flechten.*

Nur wenige Wochen des Glücks waren vergangen, da nahte das Verhängnis. Finstere Schatten der Vergangenheit krochen herauf und legten sich unheildräuend über das idyllische Häuschen im stillen Vorort von Chicago.

Als Dickie Dick Dickens, alias Maxim F. Poltingbrook, des Abends von seiner fingerfertigen Arbeit heimkam, empfing ihn seine junge Frau mit allen sichtbaren Anzeichen höchster Erregung.

Zwischen zusammengepreßten Zähnen zischte sie: »Vorsicht, Dick! Geh nicht ins Wohnzimmer! Polizei!«

»Pest und Hölle!« entfuhr es Dick. »Da haben wir's!« Er drückte Effie fest an sich. »Leb wohl, mein Schatz!«

* Dieses ist kein neues Zitat von Bonco, dem rosigen Schloh, sondern ein altes von Friedrich von Schiller, deutscher Dichter (1759–1805), den Dickie Dick Dickens, wie er in einem Brief an Präsident Roosevelt schreibt, besonders geschätzt hat. (Vergl. auch E. Miller-Stouts: ›Dickie Dick Dickens und Friedrich von Schiller, Begegnung über Zeit und Raum. Kulturhistorische Plauderei‹, S. F. Stubenhöker-Verlag, Minneapolis.)

»Leb wohl!« Effie klapperte mit den Augendeckeln und ließ eine reichliche Anzahl Tränen auf ihre Bluse tropfen.

»Ich muß abhau ...«

Weiter kam Dick nicht. Ein Polizeibeamter trat aus dem Wohnzimmer. Sagte sanft: »Guten Abend!«

Vorbei!

Aus! Alles aus! Dick ließ die Arme hängen.

Dann faßte er sich. »Nun«, fragte er, ganz in der Manier eines Mannes, der ein normal ehrenwertes, schlechtes Gewissen hat, »was gibt's?«

»Ihre Gattin«, räusperte sich der Gesetzeshüter und begann, in einem Notizbüchlein zu blättern, »hat Ihnen vermutlich schon verraten, daß uns einige Punkte Ihrer Personalien nicht ganz klar sind.«

»Na, hören Sie mal!« antwortete Dick und versuchte, mit einem gewaltigen Dröhnen in der Stimme sich selbst Mut zu machen.

»Um jedoch«, fuhr der ehrliche Mann, unbeirrt durch soviel Heiterkeit, fort, »die strittigen Punkte aufzuklären, bin ich selbst zu Ihnen gekommen.«

»Ich danke Ihnen«, sagte Dick bewegt. »Schnäpschen gefällig?«

Der Redliche winkte ab. »Nicht im Dienst«, schmunzelte er freundlich und wies sich solchermaßen als ein Mann von Humor aus. Dann legte er sein Gesicht in amtliche Falten. »Sie sind«, begann er in kühlem Tone, »Maxim Frank Poltingbrook, wohnhaft hier, geboren auf Ceylon, verbrachten Ihre Jugend wo?«

Eiskalt blickten die Augen des Beamten.

»In Nordirland«, antwortete Dick, ohne seine Fröhlichkeit zu verlieren, »in der Köhlerhütte meines Onkels Broderick Poltingbrook.« Er war auf jedes Verhör, das seine Identität betraf, bestens vorbereitet. Ihm konnte man weder mit direkten noch mit Fangfragen kommen. Ihm nicht!

»Später wanderten Sie nach Mexiko aus?« Die Stimme des Beamten klang merklich dünner.

Hä! frohlockte Dick innerlich, tausendmal gestellte und beantwortete Frage!

»Ganz richtig«, entgegnete er mit zunehmender Gelassenheit, »das war 1917, ich war gerade 19 Jahre alt geworden.«

Diese seine Gelassenheit war es auch, die ihn zu ausführlichen Erzählungen ermunterte. In aller Breite, voll ausschmückender Pointen wußte er von seinem Leben zu berichten, von dem unwirtlichen Klima auf der Insel Ceylon, von den nordirischen Wäldern, durch die er gestreift war, und von dem herrlichen Mexiko. Und welch ein Erzähler war Dick, wenn es galt, Geschichten zu erfinden! Es wimmelte nur so von mexikogerechten Ausdrücken, von Schilderungen der alten Indiokultur, der Millionenstadt Mexiko-City, den papageienbunten Tänzern auf dem Marktplatz und dem schneebedeckten Popocatepetl. Er sprach von der lieblichen Flora, den elenden Lehmhütten und den Wunderwerken der Silberschmiede.

Staunenden Ohres vernahm der treuliche Beamte solch flüssige, schöne Rede.

»Sie haben mich völlig überzeugt«, sagte er am Ende tief beeindruckt, »Sie sind Maxim F. Poltingbrook. Ein Zweifel an Ihrer Identität kann nicht bestehen.«

»Das«, entgegnete Dick mit sanftem Lächeln und stahl dem Beamten zur Erinnerung an diese Stunde einen Uniformknopf, »freut mich aufrichtig!«

Der Beamte blickte ihn traurig an.

»Deswegen«, sagte er und klappte sein Notizbüchlein zu, »muß ich Sie leider verhaften.«

Dick sprang auf. »Verhaften?« entsetzte er sich. »Warum in drei Teufels Namen? Warum?«

Sanft und freundlich wie in der ersten Sekunde seines Besuches antwortete der Beamte: »Wegen Bigamie.«

Effie fuhr hoch. »Wegen wem?« schrie sie.

»Als junger Bursche«, klärte sie der Beamte auf, »ehelichte Mr. Maxim F. Poltingbrook die in Irland ansässige Margaret Stippling. Einige Monate später trennte er sich von seiner Frau. Die Ehe wurde jedoch nicht geschieden, ist also rechtskräftig.«

Effie sank auf einen Stuhl und begann heftig zu schluchzen.

»Sie aber«, wandte sich der Beamte an Dick, »muß ich leider bitten, mit mir zu kommen.«

So wechselte also Dickie Dick Dickens sein idyllisches Heim im stillen Vorort mit einer weniger idyllischen Zelle im weniger stillen Stadtgefängnis von Chicago.

Dickie Dick Dickens, der gefährlichste und listenreichste Verbrecher von Chicago – ein Opfer seines Passes. Ein Paß, in dem von den drei Worten »ledig«, »verheiratet« und »geschieden« leider das falsche unterstrichen war.

Was wieder einmal beweist, daß Geschichten, die so enden, nie gut ausgehen.

Anstelle eines Nachwortes: Das literarische Verbrechen als moralische Unterhaltung

»Mit fünfzehn Jahren erschlug ich meinen Vater. Dieses Ereignis machte einen unauslöschlichen Eindruck auf mich und bestimmte mein ganzes ferneres Leben.«

So ungefähr beginnt ein vor einiger Zeit erschienenes Buch, das Kritiker den Sprung nach der Gurgel des Lesers nannten. Keine Bange, lieber Leser, das ist nur bildlich zu nehmen. Aber vielleicht mag das zynische Wort berechtigt sein: »Der Verbrecher erfüllt eine soziale Aufgabe gegenüber dem phantasielosen-gichtigen Bürgertum.« Vielleicht müssen Zeitungen darum auch jedes Verbrechen so groß als Schlagzeile herausbringen, um den braven, regierungstreuen Wähler zu kitzeln. Natürlich kann man ein Verbrechen für entsetzlich halten, weil man es niemals begehen könnte. Kann man es aber nicht auch für entsetzlich halten, gerade weil man es begehen könnte, meint Chestertons Pater Brown?!

Nun, Dickie Dick Dickens verkörpert das Höchstmaß an kultiviertem Verbrechertum und biederer Bürgertugend in einer Person. Er, ein Idol der oben ruhigen Bürgerseele und unten brodelnden Wucherphantasie, ist das Verbrechen schlechthin und gleichzeitig auch das Gegenteil davon: Indem er alles auf die Spitze treibt, verliert er seine ganze Glaubwürdigkeit – zwischen den Zeilen natürlich und ohne den bewußten moralischen Kotau vor dem Leser. Man kann wohl das Verbrechen nicht lächerlicher machen als mit seinen eigenen Waffen. Zusehends wird das ganze Abenteuer, verstrickt mit der inneren Spannung eines Krimis, ein unter der Oberfläche wirkender moralischer Appell an des Menschen gute Wesenszüge. Die Kluft zwischen Idol und Ideal ist nur klein und leicht zu überspringen. Das Verbrechen ist die Scharade, welche der Detektiv lösen soll ... und im Kriminalroman immer lösen wird. Wobei die Lösung das entscheidende ist – und nicht, ob der Verbrecher stirbt oder nach Sing-Sing kommt, um dort auf dem elektrischen Stuhl hingerichtet zu werden. Denn eine Hinrichtung interessiert den Leser nicht, im Gegensatz zur alten englischen Pantomime, wo die Hinrichtung gezeigt werden muß, obwohl die Zuschauer wissen: Im letzten Augenblick kommt irgend etwas dazwischen. Deshalb ist diese Parodie auf das Verbrechen auch nur bedingt eine Krimi-Satire; denn hier bangt man um den Helden – wie im Film.

Story um Story aneinandergereiht, im Mittelpunkt immer der strahlende Verbrecherheld im Kampf mit seinem Unterweltkonkurrenten und dessen Kumpanen – und last not least der Polizei. Aber weit und breit kein Detektiv. Kein Sherlok Holmes mit der Shagpfeife, die nie erlischt und erkaltet. Kein dicker Pater Brown. Kein zierlich-kleiner, scharfsinnig psychologisierender Hercule Poirot. Kein Kommissar Maigret.

Nirgendwo ein Detektiv. Oder doch? Aber gewiß, freilich ein Kommissar Hillbilly. Aber – unschwer zu urteilen – was ist schon ein Kriminalkommissar Hillbilly gegen einen so unbezwinglich lächelnden, sicheren und strahlenden Verbrecherhelden! Ihm ist kein Stückchen zu toll, zu dreist, zu absurd. Er tut alles mit einer Nonchalance, die den Damen spürbarsichtlich in den Busen geht. Gewiß, Verbrecher haben, obwohl sie liebenswürdig-kindlich sein können, ihre humorlosen Minderwertigkeitskomplexe, sie haben selten Abstand zu ihrer Persönlichkeit. In dieser Hinsicht gleichen sie den Völkern, die keinen Humor haben – und aus Humorlosigkeit Kriege anfangen. Aber, Hand aufs Herz, ist Dickie solch ein Untier im Schafspelz, dem jene Taten tatsächlich zuzutrauen wären, die er »im Buche« begeht? Völlig unglaubhaft. Denn gerade er hat Humor und Phantasie und eine blindmachende Sicherheit in allen Situationen. Und deshalb unterscheidet er sich von den düstren, geschäftstüchtigen Verbrecherseelen jeder Unterwelt, die weder lachen (allerdings auch nicht weinen) können noch die unerschütterliche Zuversicht und strahlende Gewißheit (höchstens Kaltblütigkeit) in der Unsicherheit haben. Schon deshalb ist Dickie (wir nennen ihn vertrauensselig beim Vornamen, denn er ist im Grunde einer der Unseren) in keine der üblichen und extremen Verbrecherkategorien einzugliedern; denn er ist ein Un-Verbrecher. Er ist noch zu seinen Lebzeiten in die Geschichte eingegangen, er ist schon jetzt so etwas wie eine legendäre Gestalt. Die Absurdität seiner genialen, an das Feldherrntalent eines Napoleon erinnernden Taten (sprich Tätlichkeiten) bleibt wohl unnachahmlich und sein Geheimnis. Seine Lebensweisheit ist die Einfachheit, seine Leidenschaft das Klavier und der Walzer, und nur in Augenblicken ernster Gefahr greift er zum Tabak, zur Pfeife, die für ihn Konzentrationsmittel ist. Er denkt gerne, was heute angeblich nur noch wenige tun sollen. Nun stelle man sich das alles vor . . ., dabei nasweist er doch die

Polizei so charmant (freilich auch seine »Kollegen«), daß einem bange werden könnte bei dem Gedanken, dies Beispiel könnte Schule machen.

Mit Recht allerdings darf sich der Leser fragen, welche Bewandtnis es mit folgender Feststellung bei Chesterton hat: »Im allgemeinen verdammen wir alle derartige Literatur und zeigen uns entrüstet, weil die Jugend (die vor dem Gericht steht) nicht die Klassiker liest. Besonders sind es Gerichtspersonen und Jugendämter, welche die meisten Verbrechen der Großstadt der Schundliteratur zur Last legen möchten. Wenn ein Betteljunge einen Apfel stiehlt, wird darauf hingewiesen, daß er die Kenntnisse von der Schmackhaftigkeit des Apfels allerlei ungesunden Büchern entnahm. Die Jungen selbst, wenn sie sich reumütig zeigen, berufen sich gerne mit Erbitterung auf Schauermären, wie es von Rangen, die einigen Humor besitzen, gar nicht anders zu erwarten ist. Die meisten Leute sind fest überzeugt, daß es einc Spezialität jugendlicher Verbrecher ist, die Hauptmotive für ihre Handlungsweise aus gedruckten Büchern zu schöpfen.«

Die Quintessenz müßte eigentlich lauten: Vielleicht müssen die Erwachsenen so denken, um nicht an ihren eigenen Erziehungsmethoden zu zweifeln.

Lassen wir den lorbeergekränzten Helden, den modernen »Ritter ohne Furcht und Tadel« selbst zu Wort kommen, das heißt, wenn er überhaupt noch könnte. Könnte also ein Dickie dozieren (das Schöne ist, daß er das gar nicht kann!), so würde er wohl folgendes zu Gehör bringen – als gebürtiger Pan-Amerikaner aus Chicago:

»Die Deutschen haben viel erfunden. Ob sie auch die Literatur erfunden haben, ist nicht einwandfrei festzustellen. Erfunden haben sie bestimmt die Moral, die Aussage (darum auch dieses Nachwort!) und die Ernsthaftigkeit. Krimis sind – und wir zählen meine Tätlichkeiten, verehrter Leser, einmal der Einfachheit halber zu dieser Sorte Literatur – nach der allgemeinen deutschen Auffassung (die zum größten Teil von Professoren stammt) keine ernst zu nehmende Literatur. Sie sind überhaupt keine Literatur, und darum nicht ernst zu nehmen. Krimis vermitteln keine Bildungsgüter. Sie sind nur eine Unterhaltung. Aber alles, was nach Unterhaltung schmeckt, ist verdächtig – und darum abzulehnen. Die Deutschen sind nicht auf der Welt, um sich zu unterhalten, sondern um zu arbeiten. Vielleicht sind darum die meisten Unterhaltungen bei ihnen so flach, so zweideutig, weil sie aus Prinzip diese Unterhaltung ablehnen.

So entsteht das Paradoxon: Man liest Krimis bzw. ähnliche Literatur (um wohl doch im geheimen der Freude der Unterhaltung zu frönen) und schämt sich doch dieser Freude an der Unterhaltung. Merkwürdig ist: Die Deutschen gehen gerne in billige Heimatfilme – und unterhalten sich dabei köstlich. Sie amüsieren sich aber doch sehr, wenn im Kabarett darüber hergezogen wird. Vielleicht ist aber hier ein tiefsinniger Unterschied zu machen: Man schämt sich zu sagen, daß man Krimis liest – weil man sich unterhalten hat. Schämt sich nicht zu sagen, daß man den ›Edelweiß-Alpenglühenfilm‹ gesehen hat, weil man sich dabei nicht unterhalten hat. (Man war gerührt, hat geweint. Also hat man sich nicht unterhalten. Obwohl sich viele Frauen nur dann gut unterhalten, wenn sie weinen können.)

Fest steht: Man sehnt sich allgemein nach einer guten, amüsanten, heiter-lebensfrohen Unterhaltung (diese muß etwas mit Haltung zu tun haben, sagt Victor de Kowa), die dahinplätschert wie ein Bach. Wie das ›Forellenquintett‹. Aber damit degradiert man Schubert, wenn einer sagt: Die Darbietung des ›Forellenquintetts‹ von X hat mich herrlich unterhalten. Nein, da muß man von Aussage sprechen, die das Quintett hat – und wie die Musiker diese Aussage interpretierten. Da muß von der Hintergründigkeit dieser Musik die Rede sein und mit viel Getue die eigene Langeweile bemäntelt werden.

Menschen, die also gern Krimis und Abenteuerromane lesen, die gern eine Posse ansehen, sind oberflächlich. Wenn einer uns erzählt, er habe eine Revue, ein Musical gesehen, dann ist er nicht nur ein unmoralischer Mensch (was ja nicht so schlimm wäre!), er ist ein Kunstbanause! Die Welt fängt erst bei ›Faust II‹ an – und bei den Kommentaren darüber.

›Es ist so bequem, feierlich zu sein, und es ist so schwer, heiter, ja frivol zu sein‹, sagte einmal Chesterton.

Drum, lieber Leser, lache nicht!«

Toni Budenz und Peter Glock